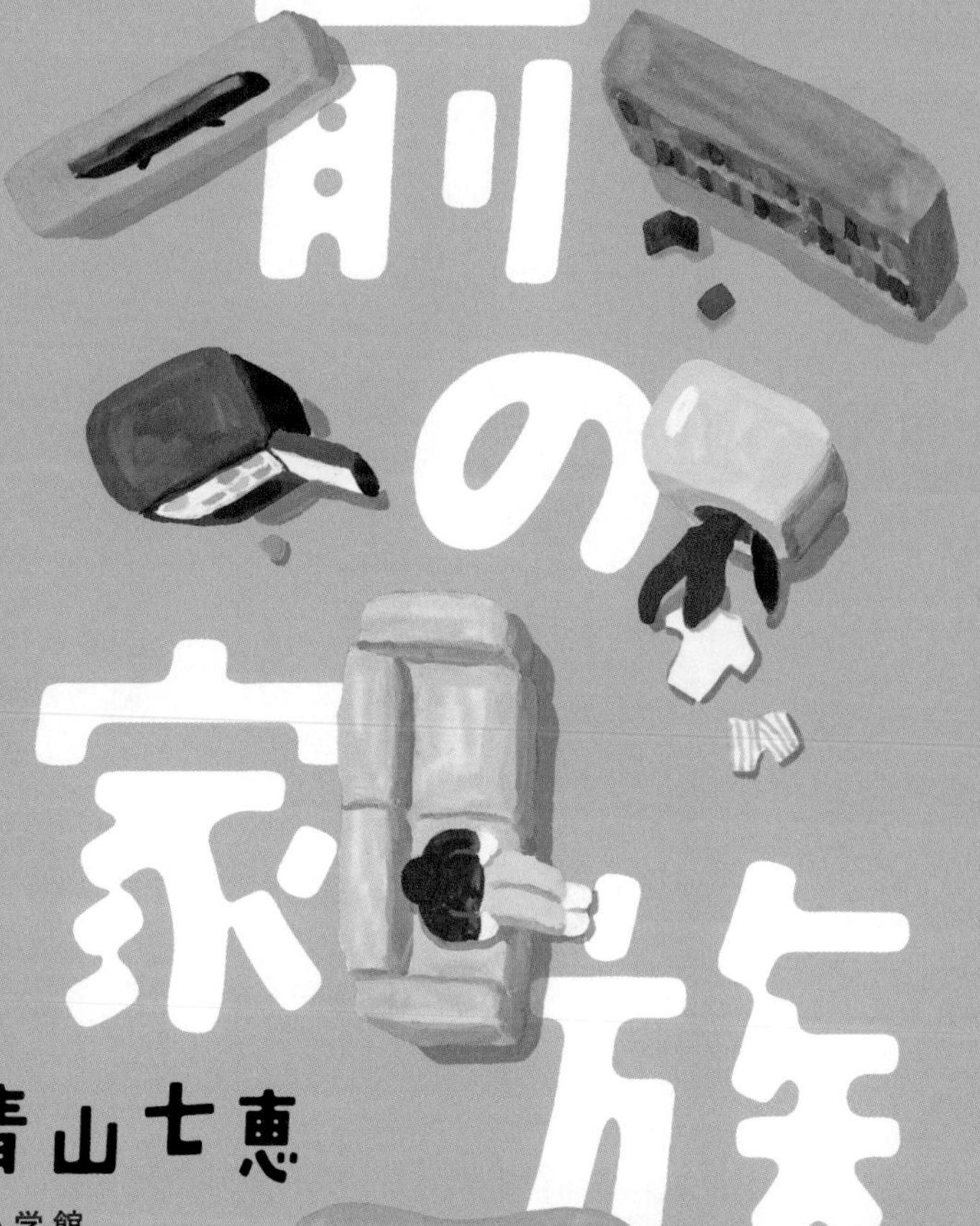

前の家族

青山七恵

小学館

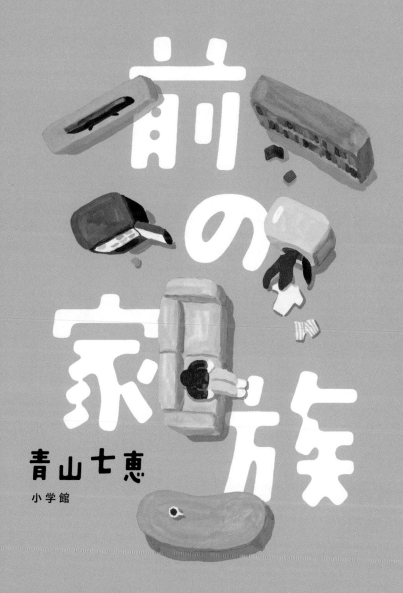

前の家族

目次

装画　山本麻央
装丁　アルビレオ

前の家族

1 引っ越すまで

借金をして家を買おう、そう思いついたのは六年前のことだった。

始まりは一枚のちらしだ。

ある日帰宅してポストを開けると、四つ隣の駅にできる新築マンションの入居者募集ちらしが入っていた。駅から徒歩七分、部屋のほとんどは単身者向けとのことで、モデルルーム見学とセットになったローン相談会の日時が書いてある。

目につく文字を拾っただけで、あとは水道修理のマグネットやピザ屋のちらしと一緒にテーブルに投げだしたままになっていたのを、翌朝まとめてくずかごにつっこむ前にもう一度眺めた。青空を背景にそびえ立つ、十階建てくらいの細長い焦げ茶色のマンション。「ときめきの暮らしが、ここに。」という陳腐な明朝体のキャッチコピー。何か胸騒ぎがして、ちらしを手にしたまま椅子に腰かけた。気づいたときには一時間近くが経《た》っていた。持っていたところが指の湿り気でしなしなになるほど、わたしはちらしに見入り、静かに興奮していた。

このマンションを買いたいかもしれない。

最初は単なる思いつきだった。でも、目の前で一気にレッドカーペットが広げられたかのように、それは輝かしい未来へ続くすばらしい思いつきであるように思えた。自分で家を買うなんて考えたこともなかったのに、待ってましたとばかりに理由は突然溢《あふ》れ出てきた。いつまでも賃貸物件に金を払いつづけるのは不安だとか、老後に金がなくなっても住める家がほしいだとか、このままずっと独りもので誰にも頼れなくても、自分の家があるという揺るぎない安心がほしいだとか。出てきたばかりのそれらの理由は皆本当らしく、威厳があって、腕組みをして心にどっかり腰を据えた。まるでずっと前からそこにいて、行き当たりばったりなわたしの一挙手一投足を睨《にら》みつけていたようだった。

「完成予想図」と小さく注釈のつけられた、ぴかぴかのマンションのイラストと間取り図にわたしは見とれた。一人で暮らすのに広すぎず狭すぎない、四五平米の1LDKのまっさらな、単身者向けの部屋。単身者、という言葉にも惹《ひ》かれた。「単身」という言葉は「独身」という言葉より、ニュートラルでさっぱりしていてなんのにおいもしない。同じ「身」がつく言葉でも、「独身」よりは「変身」の仲間であるように思える。間取り図に描かれたまっさらな1LDKの部屋は、人生の残り半分の時間を慎ましく暮らすにはこれ以上なくうってつけに見えた。ここでは何に変身するのも自由だという気がした。わたしはこのマンションを買いたいのかもしれない――いや、わたしはぜひともこのマンションを買いたい。水が上から下に流れるのと同じくらいの自然さで、思いつきは決心に変わった。

ところがこの決心は案外もろいものだった。数日後、意気揚々としてモデルルームに足を運んだとき、はたと気づいた。このマンションには、西向きの窓がある部屋が一つもない。おそるおそるそう指摘したわたしに、案内係の女性は「西日が入らないので、夏は比較的涼しいですよ」とにこやかに言った。

　西向きの部屋がないという事実にわたしは意外なほど揺すぶられた。子ども時代を過ごした実家を始め、それまで住んだ家には、必ず西向きの窓があった。記憶のなかの自分は必ず窓から射《さ》し込む西日のなかにいた。どうせ朝は早く起きられないから、朝日は見えなくてもいい。それより慣れ親しんだ、夏の殴り込んでくるような西日、冬の目に染みるような西日から断絶される生活のほうがずっとつらいのではないか。夕飯は何を食べるか、明日は何をするか、幸せとはなんなのか、考えるときにはいつも西日に照らされていたくはないか。昼寝をしたりおやつを食べたり物思いにふけるときに西から西日が差してこない家、そんな家にこれから一生暮らせるだろうか？

　結局、西日惜しさのために、わたしはあっさりこのマンションを諦めた。

とはいえ唐突に燃えあがった「自分の家がほしい」という欲求は完全には冷めきらず、そのあとも熾《お》き火になって残った。自分の家ならなんでもいいわけじゃない。わたしは、西向きの部屋のある、自分の家がほしい。この方向でなら、火はめらめらと燃えつづけたのだ。

　以来、週に一度は不動産売買のウェブサイトを開き、西向きの窓があるマンションを探す習慣ができた。西向きの窓だけではなく、リビングと寝室のほかに仕事部屋もほしい。できるなら三階建ての三階の角部屋がいい。いま暮らしている街を離れたくない。欲を出せばきりがない。くわえてもちろんお金の問題もある。ある程度広い部屋を望むなら、自分の収入では新築物件は無理だろうと早々に断念した。中古物件でもやっと見つけたここぞというマンションは、すべて予算を超えていた。

　だから物件探しを始めて六年経った今日、いま暮らしている賃貸マンションから歩いて一分もしないところに築十二年、２ＬＤＫの部屋を見つけたときには息をのんだ。

売りに出ているのは三階建ての三階の角部屋で、主要採光面は南西。ローンの予算内にもぎりぎり収まっている。間取り図を見る限り、西に面したリビングには確実に窓がある。急に胸がどぎまぎしてきて、左手で心臓のあたりを押さえながら室内の写真をじっくり眺めた。

売主はまだ居住中とのことで、十六畳のリビングの写真には、菓子皿の載ったテーブルセットや観葉植物が写っている。にんじん色の大きなソファはクッションやらブランケットやらで埋めつくされて、座るところが半分くらいしかない。寝室はほとんどベッドだった。セミダブルかダブルのベッドを二台並べて、連結してあるらしい。きっとまだ小さな子どもがいる家族が住んでいるのだろう。

気づくと息まで荒くなっていた。仲介業者につながる問い合わせフォームを開き、できるだけ早く見に行きたいと書く。気が急《せ》いて、何度もキーボードを打ち間違えてしまう。送信ボタンを押すと一分もしないうちに、今週末、午前中に見学可能です、と返事が来た。

「おはようございます」

売りに出されたマンションのエントランスに立っていたのは、ぴっちりしたスーツの上からカナダグースのダウンジャケットを羽織った、茶髪の若い男性だった。昨日の夜降った雪がまだ溶けずに残っていて、尖《とが》った焦げ茶色の革靴の先が濡《ぬ》れて変色している。わたしも慌てて頭を下げた。

古堀《ふるほり》です、とマスク越しに名乗った彼は、カナダグースの袖からのぞくドアノブみたいに立派な腕時計をちらりと見ると、「ではさっそく」と三〇七号室の呼び出しボタンを押した。

内見希望のメッセージを送ったとき、一分も経たずに返信してくれたのがこの古堀さんだった。待ち合わせ時間のことなどで何度かやりとりを重ねたけれど、古堀さんのメールは異様に返信が早く、誤字ばかりだった。「このご辞世なので、内見時は必ずマスク着用でお願いします。」とか、「エントランス前に後集合お願いいたします。」とか。文面からなんとなく、若くてせっかちなひとではないかと想像していたけれど、想像通りに古堀さんは若く、エレベーターに乗り込んだ瞬間、「3」と「閉」のボタンを同時に押すほどせっかちだった。このひとで大丈夫だろうか、と一瞬不安がよぎる。でも、自分の理想の家が手に入るか入らないか、それは仲介業者である彼の采配一つにかかっているのだから、なるべく感じよくして、気に入られておかねばならない。

外廊下を歩き、エレベーターから一番遠い三〇七号室の前までやってくると、彼はまるで古くからの友人のように気安くドアをこんこんノックし、返事が返ってくる前に四角いノブを引いてドアを開けた。すると廊下の奥のドアからがっちりした体格のマスク姿の男性が現れ、その後ろから天ぷら色のフリースに包まれた小さな女の子が駆けてきた。

「どうぞ、ゆっくり見ていってください」

上下灰色のスウェット姿で、いかにも休日のお父さん然としているこのひとが、この家の家主らしい。四十前後くらいだろうか、年はわたしとそれほど変わらなそうだ。ついてきたおかっぱ頭の女の子は父親の膝にしがみついて、金魚のように口をぱくぱく動かしている。玄関マットには、ピンク色と黄緑色のスリッパが交互に四組並んでいた。

勧められるがままスリッパを履いて廊下を進みリビングに入ると、すらりと背の高い女性が「おはようございます」と微笑《ほほえ》みかけてくれた。あわててつけたのか、ブリーツ入りのマスクがだいぶ下にずれている。　隠しきれていない類は杏仁《あんにん》豆腐のように白くて滑らかで、思わずスプーンを入れたくなるような感じだった。

ここはリビングとダイニングとキッチンと子ども部屋をすべて一緒にまとめた大きな部屋だった。不動産サイトの写真で見たにんじん色のソファには、さっきの子よりひとまわり大きい、おそろいの髪型におそろいのパジャマを着た女の子が座っている。四人家族なのだ。何より目を引かれたのは、西向きの大きな窓だった。腰の高さから天井ぎりぎりまで、壁の端から端までがぜんぶ窓。

窓は淡い緑色と白の格子柄のカーテンに覆われていた。一瞬のうちに、この窓から差し込む西日の情景がありありと目に浮かんだ。三ツ山のドレープを作るカーテン越しに、蜂蜜色の西日が床をあたため、本棚に並べた文庫本の背を焼く。半分光をあびたマグカップがテーブルに影を落とし、そのまわりで食べこぼしのクッキーかすがちらちら輝きだす。これこそ、わたしが求める窓だった。

「ひとまず、順番にご案内しましょうか」

家主の一言で、そこにいる六人全員がぞろぞろと連れ立って廊下に移動する。前から順番に、スウェットのお父さん、わたし、パジャマの娘二人、ワンピースのお母さん、スーツの古堀さん。テーマパークのアトラクションで、偶然同じトロッコに乗りあわせたみたいな、ちぐはぐな集団だ。玄関に向かって廊下の左側にはトイレと寝室が、右側には子どもの自転車が置かれた小さな物置のような部屋と、洗面所と浴室があった。洗面所ではドラム式の洗濯機がヴーと低い音を立てながらぐるぐる回転し、洗面台には子どもの歯ブラシが一本転がっている。

急によそのひとの生活に割りこんでしまった感じがして目をそらすと、気まずそうな顔にぶつかった。廊下の鏡に映ったマスク姿の自分だった。ショートカットの髪をしっかり撫《な》でつけ、白いシャツに紺色のセーターを重ねて、精いっぱいちゃんとした人物に見えるよう装っている。

一通り部屋を見て、また大きな部屋に戻る。不動産屋のウェブサイトに載っていた写真ではわからなかったけれど、一周してみて、この家にはあらゆるところに鏡があることに気づいた。廊下の左右の壁には一メートルくらいの間隔で菱形《ひしがた》の小さな鏡。靴脱ぎの横の壁には全身鏡。廊下からリビングに入ってすぐ左にあるキッチンスペースの突き当たりの壁に、モザイクで彩られた六角形の鏡。ダイニングテーブルの背後の掃き出し窓の横にはラタンの額で覆われた丸い鏡。小さな勉強机が二つ並ぶ北側の壁には小さな鉢植えのポトスがフックで吊《つ》るされ、子どもたちが描いたに違いないクレヨン画が飾られていたけれど、その隙間にも点々とクローバー型の小さな鏡が飾られている。そして東側の空調がついた壁には、この部屋で一番大きい横長の鏡――いま、その鏡がわたしたち六人全員の上半身を映している。

「一回りしましたが、何かお聞きしたいことがあったら……」

これから綱引きでもするかのように、両手をこすり合わせながら古堀さんが言った。わたしが気になるのは部屋じゅうの鏡よりも、西側の大きな窓だった。

「あのすこし……窓を開けてもらってもいいですか？」

頼んでみると、家主の奥さんがいいですよ、とカーテンをめくり、窓を三十センチほど開けてくれる。夜の雪を撫でた冷たい風が一気に吹きこんでくる。すぐ外には、隣の家のくすんだオレンジ色の瓦と四つ並んだソーラーパネルが見えた。太陽はまだ反対側の東にあった。

「西日は射しますか？」

振り返って聞くと、夫婦は顔を見合わせて、「もちろん、射しますよ！」と、元気な声で旦那さんのほうが答えた。

「こっちだけじゃなく、南側からも日がさんさんと。冬はすごく暖かいです」奥さんが付け足し、

「床暖房もついてますしね」と、古堀さんも言い添える。

その答えだけでじゅうぶんに満足だったのだけれど、三人はまだわたしの質問を待っているようだった。何か聞いておくべきことはないかと部屋を見回すと、大人たちから離脱してソファでタブレット端末をのぞきこんでいた姉妹がちらっとこちらを見る。上の子は十歳くらいだろうか。せっかくの休日に、知らない大人がずかずか家に上がりこんでくるのはきっと不快なことだろう。「もう大丈夫です」と答えると、

「引っ越すのが嫌で、すねているんです」

と旦那さんが言った。するとソファの小さいほうが大きいほうに何かささやき、二人はくすくす笑う。

「十二年間」奥さんが口を開いた。「ここに住んでいて、嫌な思いをしたことは一度もありません。本当に一度も」

奥さんはわたしをじっと見ていた。その目はすこしだけ潤んでいるように見えた。

内見は十五分ほどで終了した。

部屋を出て、裏の自転車置き場で古堀さんと今度の段取りを相談する。わたしはいますぐにでも買いたいと言いたいところだったけれど、あんまり前のめりになりすぎるのは危ないと思い、「前向きに検討します」と冷静を装った。すると古堀さんはとっておきの秘密を打ち明けるかのように、「ここだけの話、今日は午後に一組、明日は三組、内見の予約が入ってるんです」と声をひそめた。

「なかなかの好物件なので、早い者勝ちですよ」

微笑む古堀さんの袖から覗《のぞ》く腕時計が、持ち主の代わりにウィンクするように、朝日にチカチカッと光った。

十一歳のとき、はじめて海外旅行に出かけた。

行き先は台湾《たいわん》だった。親の後にひっついて電車を乗り継いで京急に乗り、空港に到着し、いかめしい顔をした知らない大人たちから待てと言われたり進めと言われたりを何度か繰り返して、ようやく飛行機に乗れた。空港はただ立っているだけで不安になる場所だった。自分がどこに向かって歩いているのか、何を調べられているのか、さっぱりわからないのだ。普段腹を出して寝ていたり尻をかいていたりする親たちが、急にテレビに出てくるようなちゃんとした大人に見えた。そして自分の無力さが、子どもながらにしくしくと身に染みた。車を運転したりご飯を作ったりは、その気になれば明日からだって自分にもできる自信がある。でも、海外に行くためのこんな複雑な手続きを自分一人でこなすとなると、考えるだけで泣きそうになった。

とはいえその十年後、はじめて一人でニューカレドニアに出かけたときには、何もかもが拍子抜けするほど簡単だった。最後の行き先さえ決まっていれば、あとは流れなのだ。紙に指示された場所に行き、出せと言われたものを出し、向かえと言われた場所に行くだけのこと。

家を買うのもだいたい同じようなものだった。

住宅ローンの選定、審査、税務署と区役所の往復、売買契約と申込み金の用意、実印の登録……とてつもなく煩雑に思えた手続きも、実際流れに乗ってしまえばあとは流されていくだけだった。

収入の安定しない文筆業だからローンの審査が通るかどうかは心配だったけれど、去年から創作クラスの教員として大学に雇われていたのがプラスに働いたのかもしれない。作家になる前の会社員時代から、旅行にも行かず高価な服も買わず毎日自炊をして地道に貯《た》めた金をまるまる頭金にできたのもよかった。

家を買うための手続きのほとんどは書類集めだった。蒔《ま》いた覚えもない個人情報が税務署や区役所に実っているので、あちこち収穫しにいって、クリップで留めて出荷する。そして出荷を終えると、次はいよいよ売買契約の段となる。

契約は東中野にある雑居ビルの一室で行われた。責任者だと言って事務所の奥から出てきた仲介業者の老年社長と顔を突きあわせ、契約書と重要事項説明書の文面をひたすら二人で読みあわせていく。白髪をオールバックにした社長は目つきが暗くするどく、まばらで薄い眉毛のあたりに神経質そうな雰囲気が漂っていて、不動産業者というよりはどこか古文書の研究者めいた外貌をしていた。登記や建築基準法の項目をゆっくり読みあげていく社長の声は、詩の朗読のようにしっとりした情緒がある。わたしは書類を読んでいるふりをして半分目を閉じ、ありがたく傾聴した。

その後、事務所に売主（契約書の書面を見て、小林《こばやし》さんという名前を知った）が現れ、わたしからの手付金、ぴったり百万円を現金で受け取った。わたしは今日も、白いシャツに紺色のセーターという出《い》で立ちだったけれど、小林さんもコートを脱げばこのあいだと同じスウェット姿だった。動作がきびきびして声が大きいので、なんとなく、中学校の体育教師が休み時間にちょっと顔を出しました、という感がある。互いに契約書に押印し、晴れて契約完了となった。とはいえ引き渡しは四ヶ月も先だから、たいした実感もない。実を言えば銀行に行ったり書類を集めたりしているときだって、当事者意識は薄かった。忙しい誰かのために、自分の時間を削って面倒な手続きをやってあげているくらいの感じでいたのだ。

だから契約書の買主の欄についいましがた書き込んだばかりの自分の名前を見て、あらためてギョッとする。これはわたしのことだ！　まるでもう生きてはいない誰かを思い出すように、アルバムの写真に写る子ども時代の自分の顔が思い浮かんだ。あの子どもが、銀行から大金を借りて自分の家を買う？　信じられない。あの何もできない、空港で自分の無力さに絶望していた、丸々太ったただの子どもだったあの子が、たった一人で家を買う？

契約が終わると、今度は本腰を入れてリフォームのことを考えなければならなかった。

あらかじめ話を聞きにいっていたリフォーム会社三社とやりとりして、部屋の現地調査のために新居を訪ねる日を調整する。リフォーム会社とわたしと古堀さんと小林家、四者の予定をすり合わせるのはなかなか難しく、結局訪問は契約から一月ほど過ぎた三月半ばの土曜となった。

現地調査の日も、内見の日と同様、前日に雪が降った。季節外れの大雪だった。エントランスで待っていた古堀さんはまたしてもカナダグースのダウン姿で、みぞれ状の雪で焦げ茶色の革靴を濡らして待っていた。

部屋に誘導されスリッパに履き替えると、売主夫婦への挨拶もそこそこに、リフォーム会社一社につき二名、合計六名の女性たちが伸び縮みする特殊な器具を使って壁の長さや窓枠の大きさを測っていく。ダイニングテーブルの椅子に腰かけるよう勧められた古堀さんとわたしは、奥さんが淹《い》れてくれた紅茶を飲んだ。ソファにいる子どもたちはまたフリースのパジャマ姿で、今日はそこにさらに分厚いキルティングのはんてんを羽織り、ぶくぶくに着ぶくれている。すでに何度も内見でここを訪れて、売主夫婦とも距離が縮まったせいか、古堀さんはすっかりうちとけたようすだ。マスクを外し、足まで組んで、「うちの子どもは幼稚園で……」などと話している。

「お子さん、転校は大変でしょう」

と古堀さんが水を向けると、旦那さんが「いやあでも、引っ越し先は大通りの向こうですから、こっちの友だちと遊ぼうと思えば遊べるんですよ」と言う。古堀さんから前にちらっと聞いていたが、一家はここから歩いてすぐの幹線道路の向こうに土地を買って、新築の一軒家に引っ越すらしい。

話に入るタイミングが掴《つか》めずおとなしく紅茶をすすっていると、小さいほうの子がテーブルに寄ってきて、父親の腕にしがみついた。じっとわたしを見るので、「こんにちは」と小声で言って笑いかけてみる。反応は何も返ってこない。視線を感じたので顔を上げると、向こうのソファに残っているお姉さんのほうも、タブレット端末に当てていたタッチペンの動きを止め、こちらをじっと見ている。

嫌われている、と直感的にわかった。このマンションは築十二年だから、新築時から住んでいる小林一家の娘二人は、生まれてからいままでずっとこの部屋で育ってきたはずだ。大人の世界では正当な契約に基づく売買であっても、彼女たちからしたら、わたしは金にものをいわせて家族からこの家を奪おうとしている極悪人に見えているのかもしれない。

「冷蔵庫いりませんか」

やぶからぼうに旦那さんが言った。ダイニングテーブルからは、キッチンカウンター越しに大きな冷蔵庫が見えた。近づいて扉を開けなくても、いまの賃貸ワンルームで使っている冷蔵庫の三倍くらいの容量があるのがわかる。

「冷蔵庫ですか?」

「新しい家にはべつのものを買っちゃったので」奥さんが言った。「これは色が、合わなくて」

冷蔵庫の色は濃いブラウンだった。一呼吸置いて、わたしは答えた。

「わたし、一人暮らしなので、すこし大きすぎるかも……」

「ついでに隣の収納もどうですか?」

冷蔵庫の隣には、おそらくオークか何かの天然木を使った立派なキッチンボードが並んでいた。真ん中の台に置かれた電子レンジの扉が開けっ放しになっていて、なかにマグカップが入っているのが見える。

「収納は……あったら嬉《うれ》しいですけど」

「じゃあ冷蔵庫と一緒にどうぞ。ついでに、あのボックス収納もどうですか?」

奥さんはリビングのテレビのすぐわきに三つ並んでいる黒いキューブ型のボックススツールを指差した。これは明らかに、わたしの新生活には不要な品だった。いえ、大丈夫です、と言いかけると、

「空調もよろしければ」

と笑顔で旦那さんが付け足した。

空調はぜひともほしかった。いまの賃貸物件の空調は当然、ここには持ってこられない。これから登記にリフォーム、引っ越しとただでさえ立て続けにいろんな出費があるのだから、リビングと

寝室、二台の空調の出費がゼロになるのは正直ありがたい。

古堀さんが書類カバンからいそいそと一枚用紙を取り出し、ボールペンで何か書きはじめた。覗き込むと、A3の横長の用紙の左上には「設備表（区分所有建物用）」と書かれていた。給湯器、流し台……と細かい項目ごとに、「設備の有無」「故障・不具合」というチェック欄が設けられているのだが、そこにある「冷蔵庫」の項目の「その他」欄に、いましがた古堀さんは「残置」と書いたのだった。続けて「食器棚（作付）」「冷暖房機（リビング）」「冷暖房機（寝室）」の欄にも、「残置」が書き入れられた。最後に、右下の備考欄に「ボックス型収納3個、残置」と記して、古堀さんは旦那さんとわたしに署名を求めた。

気づくと小さな姉妹二人が、わたしの両脇をかためていた。彼女たちはこんな極悪人は見たこともない、とでも言いたげなようすで、頬を赤くして目を吊りあげ、わたしを睨みつけていた。

2 訪問者

鍵の引き渡しは、古堀さん経由で近くのローソンの駐車場で行われた。

車の横に立っていた古堀さんから鍵を受け取ると、わたしはその足で新居となるマンションに向かった。

約半年前、まだ小林一家の住処《すみか》だったこの部屋を、隊列を組んで見て回ったことが懐かしい。小林一家は昨日新居に引っ越していき、ごちゃごちゃ物であふれかえっていた部屋はみごとにすっからかんになっていた。置いていかれた冷蔵庫とキッチン収納と空調をのぞいて、家具はすべてなくなっている。冷蔵庫らと同様に、設備表で「残置」とされていたはずのボックス型収納三つはなぜか見当たらない。わたしの反応に気づいていた奥さんが、気を利かせて廃棄していってくれたのかもしれない。

奇妙なことにこうして何もなくなってみると、ぎっしり家具がつまっていたときよりも部屋は狭く見えた。

わたしは部屋の隅から隅までを歩いてまわった。どの部屋も明らかに掃除されていない。売り渡したあとは知ったことではない、どうせリフォームするのだから、というのが先方の理屈なのだろうか。床のあちこちに固まった削り節みたいな埃《ほこり》のかたまりが落ちていたし、それに混ざってクリップやふせん、五円玉も落ちていた。ベランダには枯れ枝が生えた植木鉢と雑巾と用途不明のまないた大の板が置き去りにされていた。

それにしても、廊下の石巾木《いしはばき》が気に入らない。焦げ茶色のフローリングに、黒い斑点が入った大理石風の石巾木がぜんぜんマッチしていないのだ。相見積もりで決定したリフォーム会社には、いのいちばんにこの石巾木をとっぱらうことをお願いしてある。あらためて見渡してみると、壁にも床にも十二年分の汚れと傷が残っていた。リフォームは明日から始まる。石巾木は撤去するし、壁も床もすべて張り替える。このすっからかんの、小林一家の十二年間の痕跡が染み込んだ家が、これからわたしの家になるのだ。

大きな部屋に戻り、西向きの窓を開けて、生ぬるい空気を入れた。もうじきここで、いやというほどまっこうから西日を浴びられる。そう思うと、武者震いのように全身が細かく波打つ。

太陽は厚い雲に隠れて見えない。代わりに隣家のオレンジ色の屋根が、安住の住処を手に入れたわたしを静かに祝福してくれるように思えた。深呼吸した途端、ふと背後に何か視線を感じる。振り返ると、向こうの壁の鏡に自分の上半身が映っていた。これもどうせリフォームするのだから、ということなのか、壁の鏡は取り外されていなかった。もう一度部屋じゅうを点検し、数えてみると十七枚あった。鏡はすべてわたしの目線よりげんこつ一つぶん高いところに取りつけられていた。背の高い、杏仁豆腐のような肌をした奥さんを思い出す。鏡はすべて奥さんの目線の高さにあった。ふと気になって寝室のウォークインクローゼットを開けると、そこには全面鏡が張られ、そして設備表に「残置」と書き入れられた、あのボックス型収納三つが縦に積まれていた。

三週間にわたるリフォームが完了し、管理会社に指定された業者に電話をかけると、鍵の交換には四ヶ月かかります、と言われた。ドイツ製の頑丈な鍵なので、ドイツの工場に直接注文をかけて、納品を待たねばならないそうだ。ちょうどこの部屋の内見をしたころに騒がれ出した新型コロナウィルスのパンデミックは、まだしばらく収まる気配がない。ドイツの鍵職人も在宅勤務で工場の道具が思うように使えないということなのか、それとも鍵の部品を輸送する交通機関の人手不足ということなのか、通常の発注よりかなり時間がかかる見込みだという。

小林家から引き渡された鍵は合計三本だった。防犯上、リフォームが終了した時点で鍵を交換したほうがいい、と仲介業者にもリフォーム業者にもアドバイスを受けていた。本当ならいますぐ替えたいくらいで、納期まで四ヶ月もかかるとは想定外だけれど、背に腹は替えられない。もしこの四ヶ月のあいだに、小林家の荷物のなかから渡し忘れた鍵がひょっこり出てきたとしても、あの家族がその鍵を使ってここに忍び込むようなことは考えられない。そもそも、わたしの持ちものに彼らが望むものなど何もありはしないだろう。

リフォームされた部屋から、小林家の痕跡はほとんど消えた。焦げ茶色のてかてかしたフローリングはブラックチェリーのフローリングに、壁紙は細かな石目調のものに張り替えた。例のダサい石巾木も、マットな質感の白い巾木に替えた。置いていかれた冷蔵庫は半日がかりで庫内のしきりやポケットをすべて取り外し、洗い、除菌ウェットティッシュで拭きあげた。空調はリフォーム業者に清掃してもらったし、予算の関係でリフォームが叶《かな》わなかったキッチン、浴室、洗面台は水回りクリーニングで新品のようにピカピカ光っている。カビで真っ黒になっていた窓のゴムパッキンも、コーキング作業できれいになった。

これですべてわたし好みのわたしの家だ。

それなのに、本や食器や衣服や化粧品をあるべき場所に収納しているあいだも、作業を終えて新たに購入したペンダント照明の柔らかな灯の下でジンジャーエールを飲んでいるときも、わたしはなぜだか小林家のことばかり考えていた。水道をひねるにも窓を開けるにも、あのひとたちも十二年間こうしていたのか、と自分の手に重なる彼ら四人の手を想像せずにはいられないのだ。壁も床もまっさらに張り替えたというのに、その奥の鉄筋コンクリートから、家族の気配がじわじわと滲《にじ》み出ている気がする。わたしはリビングの奥にテレビを置き、その向かいにソファを置いたけれど、小林家の配置は逆だった。なのでソファに座ってテレビを見ていると、反対側に座る小林家四人からじっと見つめられているような感じがする。

それに鏡のことだ。家じゅうにかけてあった十七枚の鏡。子どもたちの勉強机二台が並んでいた広いリビングの北側に、わたしも仕事机を置いた。ここでパソコンに文字を打ち込んでいると、ときどきなんとも落ち着かない気持ちに襲われ、椅子から立ち上がり、鏡がかけてあった場所を見てまわってしまう。どこかに撤去し忘れられた一枚がまだ残っているような気がするのだ。どこを見ても、当然鏡はない。ウォークインクローゼットの全面の鏡もふくめ、すべてリフォーム業者の手で剝がされていて、その上から新しい壁紙が張られている。わたしは鏡が設置されていた壁に手のひらを沿わせ、そこが平らであること、下には何も埋め込まれていないことを確かめる。赤の他人の一家族が過ごした十二年という歳月は、壁や床を張り替えたくらいですぐに消えるものだろうか。

気にしすぎているのかもしれない。

前の家族のことを頭から取り払ってしまえば、しごく快適な新居だ。ここがわたしの家だった。

夜はよく眠れ、前よりも早くに自然に目が覚めるようになった。もう二度と引っ越さなくていい、ずっとここにいていいのだという安心感がしっかりとある。少なくとも前の家族が住んでいた十二年よりも長く、自分はここに住むだろう。その二倍の二十四年、三倍の三十六年だって住むかもしれない。そのころには、テレビから彼らの視線を感じたり、壁に手を当て胸をなでおろしたりする必要もなくなっているだろう。わたしの息は鉄筋コンクリートまで染み込み、この部屋はわたしの痕跡だらけになるだろう。

買い足した家具が一通り揃《そろ》い生活が落ち着いたころ、姉を新居に招いた。

「広いね」と彼女は言った。姉は結婚していたこともあるが離婚した。結婚したのは六年前だけれど、離婚は時期がはっきりしない。いまは一人で、元夫と住んでいた郊外の一戸建てに住んでいる。別れた相手とそれなりの思い出を築いたあと、その相手なしでそこに住みつづけている姉の気持ちは理解が難しい。わたしだったらとても我慢できない。相手と一緒に見ていたテレビ、一緒にコーヒーを飲んだテーブル、一緒に寝たベッド……。そんなものに囲まれ生活を続けることは、亡霊と一緒に暮らすようなものだと思う。

八月の初めのことで、外気温は三十五度を超えていた。まずはシャワーを浴びさせてほしいと言うので、タオルを用意し、浴室に案内する。

「コーキングがとれてる」

五分後、裸にタオルを巻いて出てきた姉はそう言った。指差したのは、浴室内のシャンプーなどを置く壁際の台の端だった。確かにコーキング剤が剝げて、台と壁のあいだに隙間が見える。

「あれ、どうにかしたほうがいいよ。カビが生えそう」

ここに暮らしてもう一ヶ月近く経つというのに、言われるまで気づかなかった。小林夫妻も仲介業者もリフォーム業者も、この劣化には何も言及しなかった。あえてなのか本当に気づかなかったのか不明だけれど、教えてくれれば修繕を頼んだのに、何か騙《だま》されたような気がする。

「それに、シャワーのホースのビニールにも切れ目が入ってる。水が溜《た》まっちゃうよ」

わたしは予算が足りずにユニットバスの交換をあきらめたことを話した。姉はふうんと言って、冷たい飲みものをほしがった。冷蔵庫から冷やしてあったハト麦茶をグラスに注《つ》いで差し出すと、ごくごく喉を鳴らして飲み干し、「冷蔵庫がばかでかいね」と言う。

「それに、ラメ入ってない？」

これも言われてはじめて気がついた。近づいてよく見てみると、確かに、濃いブラウンの表面にチカチカ小さなラメが入っている。

「がーらがら」

姉は冷蔵庫の扉を開け閉めして、笑いながら冷たい風に当たっていた。

子どものころ、休日に車に乗せられ家族で家電量販店を見物にいくことがよくあった。親二人が空調や炊飯器や洗濯機を見て回っているあいだ、わたしと姉は冷蔵庫のコーナーで、そこに並ぶすべての冷蔵庫の扉を順番に開けていった。なかにはイミテーションの、ゴムでできたぷにぷにの果物や肉がぎっしり詰まっている冷蔵庫もあって、そういう冷蔵庫に当たると二人で狂喜乱舞したものだ。偽物の食べものを一つ一つ手にとって眺め、かじるふりをしたり、頬ずりをしたり。空っぽの冷蔵庫だと心底がっかりした。いま、姉はわたしのがらがらの冷蔵庫を、かつて中身がいっぱいつまっている冷蔵庫を見つけたときのような満面の笑みで眺めている。

「これ、もらったんだ。前の家族に」

「あんた一人じゃ、こんなに大きいのは使いきれないでしょ」

「そう思ったんだけど、断りきれなくて……」

「よその家族が使ってた冷蔵庫って、なんかいやじゃない？」

「自分でちゃんと洗ったよ。仕上げに除菌ティッシュで拭いたし」

「それにお風呂も。どんな使いかたしてたかわからないし」

「お湯張って浸《つ》かる以外に、どういう使いかたがあるの？」

「それはねえ……」

インターフォンが鳴った。注文したピザが届いたのだ。紙製の容器の蓋を開けた姉は目を半月形にして喜んだ。一枚まるまる、姉の好物のパイナップル入りのピザを頼んでおいた。

まだ食事用のテーブルを買っていないので、ソファの向かいのローテーブルでピザを食べていると、姉がある一点に目を留めていることに気づく。温かいパイナップルの甘みが急に歯にしみてくる。これから何を言われるのか、わたしはだいたいのところを察知した。

「あそこ、汚れてる」

姉が指差したのは、キッチンカウンターの下の、リビング側の壁に埋め込まれるかたちで設置されたキャビネットだった。扉を開けると三段に分かれており、一番上には会社員時代の福利厚生でもらった大きな薬箱を入れてある。

「キャビネットの下のとこ」

見てみると、確かにキャビネットの下の白い部分に紅茶をぶちまけたような茶色いしみがある。周りの張り替えた壁が真っ白なので、すごく目立つ。なぜいままで、こんな目立つ汚れに気づかなかったんだろう。

わたしは立ち上がり、キッチンから除菌ウェットティッシュを持ってきて床にしゃがみ、頭を低くしてそのしみを拭った。水溶性の汚れだったらしく、ティッシュを二、三度往復させただけでしみはすぐに落ちた。

「よかった。落ちた」

「前の家族の痕跡って感じだよね。売主、どういうひとたちだったの?」

「四十くらいのお父さんに、同じくらいのお母さんに、小学生っぽいお姉ちゃんに、就学前っぽい妹」

「そのひとたちはいつから住んでたの?」

「このマンションができたときから。十二年前からだよ」

「で、どうしてここを売ったの?」

「新しい家を建てるんだって。この部屋にお化けが出るからとか、ご近所トラブルとかじゃないよ」

「その新しい家はどこにあるの?」

「なんでそんなこと聞くの?」

「べつに。なんとなく」

「幹線道路の向こうっかわ。新築の一軒家だって」

「行ってみようよ」

箱の上に落ちたパイナップルのかけらをつまんで、姉は言った。

「なんで?」

「気になるじゃん。どういう家に住んでるのか」

「べつに、気にならないよ」

「見にいこうよ。ひまだし。もうちょっと日が落ちてきたら、散歩がてら、行ってこようよ」

パイナップルを口に放った姉は、しょっちゅう妹をいたずらに誘っていたときの幼い顔に戻っていた。このひとは別れた夫の家を見にいったことがあるに違いない、わたしはそう確信した。

「でも見つかったら、ヘンに思われそうで嫌だ。ストーカーみたいで気味悪いし」

「マスクしてたら誰だかわかんないし、大丈夫だよ。行こうよ」

正直なところ、あのひとたちがいまどんな家に住んでいるのかまったく気にならない、なんていうことはない。むしろ大いに気になっている。

入居して一月近く経ついまでも、わたしは小林家の亡霊とともにここに暮らしていた。冷蔵庫や空調や収納ボックスのせいなのだろうか? 寝室にいるとリビングから彼らの笑い声が、リビングにいるとキッチンから冷蔵庫をバタバタ開け閉めする音が聞こえる気がする。

新しい家で新しい生活を始めたあの一家に、彼らの抜け殻を押し付けられているような、釈然としない心地だった。現実の彼らを目にすれば、そんな錯覚も消えるのではないかと思ったこともある。でも実際にGoogleマップの検索窓に、引き渡し締結書に書かれていた住所を打ち込む勇気は出ない。自分の心の安穏のためだけに赤の他人の住居を探るだなんて、そんなのは下世話だ。でも姉は絶妙な言い訳を与えてくれた。姉がこのあたりを散歩したいと言うので、しかたなく……わたしはすでに、道端であの一家と遭遇したときの言い訳とその口調を決めてしまっていた。

すこし日が傾いた夕方に家を出た。

背の高い姉はサングラスをかけヒールサンダルを履いているので、住宅街ではやたらと目立つ。わたしは持っているなかでいちばん顔を覆う面積の広いマスクをつけた。だいたい記憶していると嘘《うそ》をついて、住所はあえて確認しないで来た。この期に及んでも、あくまで近くを歩いていたら偶然に、という状況を装いたいのだ。

幹線道路にかかる歩道橋から振り返ると、家々の屋根が夏の強烈な西日に照らされぎらぎらと輝いていた。橋の下では、同じく背をぎらぎらさせた車が長い列を作っている。排気の音と並木に止まる蟬《せみ》の声が混ざりあって、ひどい騒がしさだった。車と家々の室外機から吐き出される熱気で、空は歪《ゆが》んでいるように見えた。思わず立ち止まると汗が一気に噴き出してくる。

「こないだ新聞で読んだんだけどね」隣に立ち、欄干にもたれた姉が言った。「歩道橋から女のひとが飛び降りて、この幹線道路を走ってたトラックの荷台に落ちたんだって。でもそのトラックはそのまま走りつづけて、しばらく行ったところで停止して、運転手が出てきたんだって。荷台にはぐったりした女のひとが倒れていたわけなんだけど、それを見た運転手は『人形だ』って言って、死体を道に残して、そのまま走り去っていっちゃったんだって。これは、そのトラックの後ろを走ってた運転手の話」

「何それ。怖いね」

「怖いでしょ」

2
訪問者

歩道橋を降りてから、わたしを先頭に一列になって目的の家の方面に向かった。

大通りから住宅街の細道に入り、古い都営住宅が何棟も並ぶ区画を通り抜け、小学校の裏道に出る。突き当たりの区民プールの駐車場をぐるりと回ったあたりが、目指す区画のはずだった。そこまで行くと、「このあたりだから」と言って、わたしは先を姉に譲った。サングラスとマスクで覆われた姉の表情はまったく読めない。「これは人形だ」と言うトラック運転手の言葉が、頭のなかに響いた。

「新築の家なんだよね?」

姉はヒールをコツコツ鳴らして前を歩きはじめた。カーキ色のコットンのワンピースの背中が汗で濡れ、色が濃くなっている。耳からぶらさがる金色の輪っかのピアスが、西日を浴びてぎらりと光った。

三十分近く歩いても、小林と表札のついた家は見つからなかった。

姉がもう無理と言い、わたしたちは道端の自販機でコカ・コーラを買って、飲みながら駅に向かった。

数日後、早めの夕食の買い出しを終えてスーパーから戻ってくると、マンションの玄関前の段差の低い階段に子どもが一人座っていた。

引っ越して以来これまで何度か、そこにマスクをした小学校低学年くらいの子どもが二、三人腰掛け、誰かの家から持ち出してきたのであろう小テーブルの上で菓子を食べたりタブレットに見入ったりしているのを見かけたことがある。わたしは彼らのその遊びようを勝手に「出店」と名付けていたので、その子を見たときも、「出店」の仲間を待っているのだろうと思った。

「出店」の子どもたちはこちらが愛想よく「こんにちは」と声をかけても決して挨拶を返さず、それどころかちらりとこちらに一瞥《いちべつ》をくれるだけで目も合わせない。こんなご時世だから、知らない大人は無視するよう教育されているのだろう。放っておけばいいとわかってはいても、わたしは自分の人間性を保つため「出店」の前を通るたびに、しつこく「こんにちは」と挨拶しつづけた。何十回、何百回とそうして声をかけているうちに、いつか「知らない大人」ではないと認定される日が来るかもしれない。そのころには、彼らは車輪の大きな自転車に乗りSNSのアカウントを持ち自分の子どもをもうけ親を看取《みと》っているかもしれないけれど、年老いたわたしと静かな友情を結び、西日が当たる部屋で紅茶を飲みながら共に語らうことだってあるかもしれない。

座っていたのは女の子だった。三段あるうちの真ん中の段に腰かけ、両手を丸めて膝に乗せている。「出店」の子にしてはじろじろとこちらを見ている。マスクはしていなかった。そうして見られていると「こんにちは」が言いづらい。わたしは暑くて顎《あご》まで下げていたマスクを口元に引っ張りあげ、そこにあるとわかっているポケットのなかの鍵をわざと大げさに探るふりをした。そのまま階段の端を歩いて「開けたら必ず閉めてください」という管理組合の注意書きが貼られた扉を開け、オートロックに鍵を挿して回したとき、背後に気配を感じた。振り返ると、女の子は扉の向こうの階段には座っておらず、わたしのすぐ後ろに立っていた。

「こんにちは」

と言ってみたものの、挨拶するにはおかしなタイミングとおかしな距離だ。女の子は笑うのかむっつりするのか迷っているような中途半端な表情で、「……ちは」とはっきりしない挨拶を返す。

2
訪問者

ランドセルも背負わず、手ぶらで、腕が剝《む》き出しになる水色の膝丈のコットンのワンピースに、足元は子ども用のピンクのクロックスのサンダルを履いている。もしかしたら、鍵を持たずに外に出て、締め出されてしまったのかもしれない。

「ここのマンションの子？」

彼女はうなずいた。それから「ううん」と首を横に振った。

「お友だちを待ってるの？」

違う、と彼女は言った。オートロックの鍵を回して開けっ放しになっていた自動ドアが、ピピピと音を立てて閉まる。わたしは手の甲で額の汗を拭き、手に食い込むレジ袋を持ち直してから、すこし腰を丸めて彼女の目の高さで話した。

「大丈夫？　何か困ったことがあるの？」

子どもはどこか納得いかないような表情でこちらを見つめ、視線を下に落とした。マスクをしていない、剝き出しの顔の子どもを見るのはずいぶん久々だという気がする。いくらでも日焼けできそうな格好をしているのに、肌がとても白い。どんな日焼け止めを塗っているんだろう、そう思ってハッとした。

「もしかして、前にここに住んでた子じゃない？　三階の、いちばん端っこの部屋に」

すると彼女はようやく満足げに「そう」とうなずいた。わたしは丸めていた腰を伸ばし、あらためて彼女を見下ろした。顔を合わせるのは何ヶ月ぶりだろう。冬の内見の日と、リフォームのための測量に行った春先の日、二度しか会ったことがない。でもこの色の白さには確かに見覚えがある。姉妹揃って母親譲りの色白だ。目の前にいるのは姉妹のうちの、大きいほうだった。

「どうしたの？　何か部屋に忘れものでもした？」

違う、彼女はまた不満そうに呟《つぶや》いた。

「じゃあなあに？　お母さんから伝言でもあるのかな。それとも、新しい家と間違って、こっちに帰ってきちゃったのかな」

彼女はふ、と鼻で笑った。こちらを馬鹿にしているのではなく、思わず笑みが漏れてしまった、そういう感じの笑いだった。

「わたしのこと、覚えてる？」と聞くと、うなずく。「わたしも、覚えてるよ。小林さんちの、お姉ちゃんのほうでしょ」

「このあいだ、うちの近くにいたでしょ？」

言われてぎくっとした。このあいだというのは、姉と一緒にこの子たちの新居を探して幹線道路の向こうを歩き回った日のことだろうか？　引きかけていた汗が、一気にまた噴き出してくる。

「このあいだっていうのは、いつのこと？」

「日曜日」

「日曜日かあ。うん、その日はうちにわたしのお姉ちゃんが来ていてね、二人でぶらぶら散歩をしてたから、そのとき、わたしたちを見かけたってことかな？」

子どもが何も答えないので、わたしは「見てたの？」と聞き直した。あの日、当てずっぽうに歩いていたわたしたちは確かに彼女たちの家の近くにいたのかもしれない。わたしも姉も暑さで頭がぼんやりし、新居の表札を見過ごしていたのかもしれない。

うん、と彼女はうなずいて、「家、見せて」と言った。

「え？」

「家。見せて」

「わたしの家を？　なんで？」

「だって、こないだうち見てたでしょ。見せて」

「ううん、見てないよ」

「見てたよ」

子どもはわたしの目をじっと見つめた。リフォームのための測量に行った日も、この子は妹と二人でわたしを囲んでこんな目でわたしを凝視していた。

「ごめんね。せっかく来てもらって悪いけど、うちに上げることはできないよ。お母さんが心配するよ」

「なんで？　見せて」

懇願するような口調になった。この瞬間、主導権はこちらに渡った。今度はこの子が、大人の機嫌をとる番だ。

「ごめんね。できない。気をつけておうちに帰ってね」

わたしはレジ袋を持っていないほうの手で閉じた外玄関の扉を押し、そのまま背中で押さえて小さく手を振った。彼女は動かなかった。

「お母さんが心配するよ。帰ったほうがいいよ」

一瞬泣きそうな表情を見せたけれど、そのままじっと顔を見ていると、彼女は目をそらして無言で外に出ていった。

ちょっと冷たかったかな、と部屋の鍵を回しながら思った。でも、いくら顔見知りだからといって、よその子ども一人を自室に上げるのは危険だという気がする。部屋を見たいと乞われたからと弁解してもあらぬ誤解を受けそうだし、もし目を離したすきに子どもが誤って輪ゴムを食べてしまったりベランダから落ちてしまったりしたら取り返しがつかない。ただでさえパンデミックで他人との接触を控えるよう要請されるいまの世のなかなのだから、慎重に行動するに越したことはない。

スーパーで買い込んできたアイスバーや豆腐を冷蔵庫にしまいながら、まだなんともいえない胸騒ぎが残っているのを感じていた。あの子もつい二ヶ月前までは、小さな手でこうしてこの冷蔵庫の扉を開け閉めしていたはずだろう。今日のような残暑の厳しい八月には、冷凍室からアイスを取り出し立ったままかぶりついていたかもしれない。冷凍室の引き出しにかけた手に、小さい手が重なった。いないのにいるという感じがした。いまに限ったことではない、そして彼女一人に限ったことでもないのだが。

冷房の電源をつけ、素麺《そうめん》を茹《ゆ》でるために大鍋に湯を沸かした。湯が沸くのを待っている途中、強烈な西日が差し込むリビングの窓を開け、外を見下ろしてみた。子どもはまだそこにいた。腰に両手を当て、上体をそらすような格好をして、まっすぐこちらを見上げていた。

名前を聞くと、ありさと答えた。

ありさはわたしが茹でた素麺をほんのすこしすすり、あとはきょろきょろと部屋のなかを見渡していた。彼女がここに住んでいたころの名残《なごり》はもうない。間取りこそ同じだけれど、床も壁紙もすべて張り替えた。彼女の母親のお気に入りの鏡も一枚も残っていない。

2
訪問者

「変わったでしょ」

ありさはうん、とうなずいた。

「べつの部屋みたい？」

「向こうを見てきていい？」

案内するのはかまわないけれど、素麺を食べてしまってからにしたかった。でも相手は手持ち無沙汰のようだ。わたしは箸を置き、廊下の奥、左側の寝室に向かった。ぺたぺたと裸足《はだし》の足音を鳴らしながらありさはついてきたけれど、部屋には入らず、廊下との境目に立って室内を眺めた。それからトイレと物置部屋と洗面所と浴室を見せた。廊下の巾木も、「違うでしょ、違うでしょ」とたっぷり眺めさせた。アトラクションにたまたま乗りあわせた客同士のように、ぞろぞろ隊列を組んでこの家のなかを見て回ったあの冬の日の記憶が思いのほか遠い。いまのありさとわたしは、遊園地で親からはぐれた女の子と、彼女を迷子預かり所に連れていこうとしている通りすがりの客というところだろうか。

変わり果てた元我が家にありさは言葉を失っていたものの、浴室を見せたときだけは「同じだ」と目を輝かせた。

「そう。お風呂はもとのまんま」

「なんで？」

「お金が足りなかったから」

多少おどけたつもりだったけれど、ありさは笑わない。

「シャワーのホースのカバーが破れかけてるの。それから、コーキングも剝がれてるところがある」

　実際にホースを手にとって見せ、コーキングが剝がれた台の端も見せた。ありさは戸惑っているような表情を見せた。もしかしたら、責められていると感じたのかもしれない。

「ちょっと壊れてるけど、それでいいの。これで気に入ってる。だからお母さんたちに言わないでね」

　わたしたちは再びリビングに戻った。ありさはソファには座らず、毛足の短いラグにじかに座って、ローテーブルに肘を乗せた。そしてわたしが素麵の続きを食べているあいだ、つけつゆのガラスの器に渡した箸の位置を人差し指でちょっとずつずらしては戻し、ずらしては戻す、という孤独な遊びをしていた。その読めない指の動きを眺めていると、

「一人で住んでるの？」

　とだしぬけに聞かれた。

「え？」

「一人で住んでるの？　ここに」

「そうだよ」

「なんで？」

「一人暮らしが好きだから」

　ありさは箸に触れる指を動かさず、振り返って窓の下に並ぶ本棚を見た。仕事机のある部屋の北側にも、壁一面の本棚を取り付けてある。

「なんでこんなに本があるの？」

「本を読んだり、書いたりする仕事をしてるから」

「図書館みたい」

「図書館にはもっとたくさん本があるよ」

「全部読んだの？」

「全部は読んでない。半分くらいかな。ありさちゃんは、本は好き？」

「どっちでもない」

　ありさはまた目を伏せて、箸の動きに集中した。それからまた顔を上げ、「なんで一人で住んでるの？」とさっきと同じ質問を繰り返した。

「ありさちゃんたちはここに四人で住んでたんだもんね。一人で住むには、広いかもね」

「結婚してないの？」

「してないよ」

「ここにほんとに、一人で住んでるの？」

「うん」

「ママが、食べきれないぶんをよそっちゃだめって言ってた」

「素麺のこと？」わたしはザルに上げた素麺に目をやった。「食べきれると思うけど」

「違う。この部屋のこと」

　ありさはわたしの顔をじっと見ていた。何か素麺よりも冷ややかなものが、喉から胃に向けて流れ落ちていった。

「お母さん、いいこと言うね。そうだよね、よくばっちゃだめだよね」

「何歳?」

「ありさちゃんは何歳?」

「九歳」

「ありさちゃんのお母さんは?」

「三十六歳」

「へえ、じゃあわたしより一つ年下だ」

「三十七歳?」

「うん。一月生まれ。ありさちゃんは何月生まれ?」

「五月」

「そうなんだ。五月はわたしの一番好きな季節だよ」

するると相手は突然わたしとの会話に飽きたのか、「帰る」と言って立ち上がった。わたしはまだ素麺を食べ終えていなかった。あと三口か四口というところだ。

器を空にしてから彼女を下の外玄関まで送り、手を振った。来たときのしつこさが嘘のように、ありさは挨拶もせず手も振らず振り向きもせず、道を走って西日が差す角の向こうに消えていった。

3 猫の勉強会

引っ越しから一ヶ月経っても、わたしは毎日うろうろ家のなかを歩き回り、何かの手違いで寸足らずになったカーテンの長さを測り直したり、お気に入りのポストカードを壁にピンで留めたり、鉢植えの観葉植物をせっせとあちこち移動させたりしていた。

日が落ちるとパソコンの前に陣取ってインテリアショップの通販サイトを開き、寝室のペンダントライトやリビングの掃き出し窓の前に敷くラグ、そして歯磨きのときにちょっと腰掛けるためのハイスツールを求めて、ひたすらマウスをクリックしつづける。

一月の内見の日以来、わたしはずっと何かを選びつづけていた。ローンを組む銀行を、ローンの年数と月毎《ごと》の返済額を、リフォーム会社を、張り替える壁紙とフローリングの品番を、引っ越し業者を、引っ越しの日時を、業者への差し入れのお茶とアイスを、新たな隣人への挨拶がわりの品物を。こんなに決断の機会が続くと、だんだん一つ一つの決断は直感頼みに傾いてきて、早押しクイズをしているような感覚になってくる。チェスナットE5935、正解! パピコチョココーヒー味、正解! おかきアソート五袋入り、正解! なぜこんなに切迫しているのか、わたしは誰に向かって答えているのか、この焦りの正体はなんなのか? そんなことをじっくり考えるより、いまはとにかく新生活を完成させることが先なのだ。

何かを選ぶ。お金が減る。そして部屋にペンダントライトが、ラグが、ハイスツールが運び込まれてくる。自分の力ではどうにもならないことが多すぎる世のなかで、この家のなかでだけは、すべてがわたしの思い通りに進んでいく。自分の決断とその結果をこんなにインスタントに実感できることに酔いそうになる。良くない兆候だ。正直、逃避をしているのだと思う。引っ越してきて以来、書かねばならない原稿がまったく書けていない。

とりわけ大学が夏休みに入ってからは、わたしの興味関心意欲はすべて家まわりのことに向けられていた。秋学期が始まる九月末には原稿を見せると編集者に約束しているのに、八月も半ばを過ぎて一枚たりとも書けていないのはとてもまずい。まずいとわかってはいるのに、今日もわたしはパソコンの白い画面を文字で埋めることなく園芸業者のサイトを開き、前の住居から運んできたベンガレンシスの隣に置くべき明るい斑《ふ》入りのポトスを探している。

ようやくイメージ通りのポトスが見つかり、送料込みの三四九〇円、日時指定便で注文完了のメールを確認したときには、夜中の三時を回っていた。

寝室に向かう前に、キッチンカウンターに散らばった郵便物を軽く整理していると、見慣れない通販会社のカタログが目についた。A4サイズの封筒の窓から覗く宛名欄には、わたしの名ではなく、小林から始まる名前が印字されている。小林杏奈《あんな》。すぐにピンと来た。これは前の家族の一人の名、小林一家の背の高い奥さんの名前だ。

郵便局で転送手続きを取っても、民間の宅配業者経由で送られてくるダイレクトメールは変更手続きをしない限り、こうして引っ越し前の住所に送られてきてしまう。奥さん宛のダイレクトメールをいまわたしが手に取っているように、自分宛のダイレクトメールも以前の住所の現住人の手に取られているかもしれないと思うと、どことなく気味が悪い。

スーパーに買い出しに行くたび、一ヶ月前まで十一年暮らしていたマンションの前を通る。今日、室内が丸見えだった窓にハイビスカス柄のド派手なカーテンがかけられているところを目にしたときには複雑な気持ちになった。もっと言うと、十一年間も愛着を持って大切に暮らしつづけた部屋が、踏み荒らされたような不快感があった。でもわたしはすでにあの部屋を去った人間だ。大家さんでもないのだから、どんなに陽気なカーテンで窓を飾られようが、奇天烈《きてれつ》な家具の配置をされようが、文句を言える立場ではない。ひょっとして先日ありさがうちを訪ねてきたのも、こういう行き場のない不快感のためなのかもしれない。また来るのではないかとびくびくしていたけれど、あれから三日経ってもありさは姿を見せなかった。

通販会社のダイレクトメールは、念のため捨てずにクリアファイルに挟んで書類入れにしまった――もし今後またありさが訪ねてくることがあったら、そのときに持ち帰らせるつもりで。決して、再訪を期待したわけではない。それでも、こうした未来を想定した具体的な行為が、その未来を呼び込んでしまうものなのだ。


ピンポン、とインターフォンが鳴ったとき、わたしは久々にパソコンに白い画面を開き、小説の構想に取り掛かろうとしているところだった。

昨日のポトスがさっそく届いたのか？　何の言葉も映さない目の前の白い画面に、一気にポトスの緑の葉が広がっていく。インターフォンの画面を覗くと、見慣れた宅配業者の顔ではなく、マスクに半分覆われた子どもの顔が二つ並んで大写しになっていた。どうしたものか迷うより先に、いつもの癖で通話ボタンを押してしまう。

「はい？」

画面の左に映っているのがありさで、右はおそらくその妹だった。

「ありさちゃんだよね？」

ありさはかすかにうなずいた。

「どうしたの？」

ありさはじっとこちらを見据えたままで、返答する気配はない。わたしは諦めてドアの解錠ボタンを押した。姉妹の姿は画面から消えた。

今日は二人なのか。とりあえず部屋着から綿のワンピースに着替え、髪の乱れを直したところで玄関のインターフォンが鳴る。ドアを開けると、このあいだと同じワンピース姿のありさと、その斜め後ろに、サイズが小さいだけで顔も格好も瓜二《うりふた》つの妹が立っていた。二人とも、マスクはつけていない。

「こんにちは」

ありさはこんにちは、と小声で返し、後ろの妹の手を引っ張って、わたしの目の前に立たせる。

「ありさちゃんの妹さんかな？　お名前は？」

「まり」

本人ではなくて、ありさが答えた。まるでわたしに横取りされそうだったケーキを妹に取り返してやったかのような、得意気な顔つきで。

「また来たんだね」

返事はせず、ありさはまりのサンダルを脱がせ、自分も素足になって廊下に上がってきた。まりの手を掴んでいないほうの手には、果物のアップリケが縫い込まれた布製のトートバッグを持っている。中身は見るからにぱんぱんに詰まっていた。嫌な予感がした。

「まず石鹸《せっけん》で手を洗ってね」

流し込むように子どもたちを洗面所に誘導する。まりの背が洗面台に足りないことに気づいて、キッチンの収納から踏み台を手に取って引き返すと、洗面台のまわりはすでにびしょびしょに濡れていた。二人はタオルハンガーからタオルを外して、端と端で手をぬぐっている。わたしはそのタオルを取り上げて洗濯機に放り込み、新しいタオルをハンガーにかけた。これはリフォーム会社のウェブカタログ上で、百種類近くのハンガーからじっくり選んだ一品だった。艶消しのステンレスとオーク材を組み合わせた、モダンな印象のタオルハンガー。普段はタオルに隠されて見えないけれど、いま、このお気に入りのタオルハンガーを目にしたことで、不安な気持ちがすこし落ち着いた。ここはほかの誰のものでもない、わたしの家だ。堂々とふるまえばいい。

「アイス食べる？」

冷房の効いたリビングルームに入ると、二人はそれが定位置であるかのように一直線にソファに向かい、ラグの上に並んで座った。わたしは冷蔵庫で冷やしてあった黒豆茶をグラスに注ぎ、トレイに載せて運んでいった。二人はグラスを取ってお茶をごくごくと半分ほど飲み、そのグラスをトレイではなくローテーブルにじかに置いた。わたしはテーブルの引き出しからコースターを二枚取り出し、グラスをその上に置き直した。

「遊びにきたの？」

　ありさは首を横に振り、トートバッグからパステルカラーの犬のような動物が描かれたノートと算数のドリルらしきものを取り出す。

「それ何?」

「勉強する」

　わたしは閉口して、ラグの上にあぐらをかいた。

「ありさちゃん。お勉強なら家でできるでしょ。ここよりずっと、広くて新しくてきれいなお部屋があるでしょ」

　ありさは答えず、さらにトートバッグからクーピーペンシルと黒と山吹色の表紙のスケッチブックを取り出し、まりの前に広げた。まりがクーピーに手を伸ばすと、その拍子にテーブルのグラスが倒れ、黒豆茶がスケッチブックとドリルを濡らし、ラグに滴る。キッチンにすっ飛んでいきタオルを手に戻ってくると、二人はさすがに悪いことをしたという反省の思いがあるのか、正座をした膝の上に両手を乗せてじっとしていた。

「服濡れてない?　大丈夫?」

　二人はうん、とうなずいた。スケッチブックとドリルをタオルに挟んでぬぐい、水分を吸ったラグをとんとんと叩《たた》いていると、「勉強していい?」とあらためてありさが聞いてきた。そう殊勝に聞かれると、こちらもあまり厳しいことは言えなくなる。

「いいよ。でもあんまり長く勉強しないで。時間を決めてやってもらっていい?　あの時計で、短い針が4のところに来るまでってことにしない?」

「四時まで?」

「そう。だいたい三十分くらい。そしたら二人でおうちに帰ろうね」

グラスを片付け、わたしは部屋の北側にある仕事スペースに戻った。デスクの前に腰掛けて振り返ると、ソファの背からありありさの頭のてっぺんがぎりぎり見える。何か異変があれば、すぐに感知できる距離だ。

せっかく整いかけていた集中は完全に乱されていたけれど、ひとまずはパソコンのロックを解除し、再び白い画面を表示する。書こうと思いながらずっと書きあぐねているのは、四年前フランスの田舎《いなか》の町で、外国人作家向けのレジデンスに滞在したときに出会った、一人の女性にまつわる話だった。

彼女はその町で十年外国人向けの語学教室を営む、六十代のフランス語教師だった。

わたしはインターネットでその教室を見つけ、週に二度彼女の自宅兼教室に通い、四十五分間のレッスンを受けることに決めた。大学時代に一通りの文法は身につけていたから会話中心のレッスンをお願いしたつもりだったのに、実際始まってみると、四十五分間喋《しゃべ》っているのはほぼ彼女だった。体感だと会話の九割は彼女が話し、わたしに理解できたのはその九割のうちの一割くらいだけ、そしてわたしが話した一割のうち、彼女に理解できたのはその半分くらいだったと思う。ただ、具体的な単語は聞き取れなくても、彼女が何を話しているかについてはなんとなくわかった。夫の仕事。三人の息子たちの現在。家族と離れて一人でいまここで仕事をしている理由。若いころの夢。旅した場所……。

市場の裏通りにある小さな教室で訳もわからず相槌《あいづち》を打つごとに、ホッチキスで留められるように、わたしはその場に、彼女の言葉のなかに身を綴《と》じられていくような感覚を味わっていた。そうして二ヶ月間、彼女の内側に招き入れられ続けた結果、その返礼として自分の一部を置き去りにしてきたような感覚がいまだにある。教室に飾ってあった夫と三人の息子の写真、足の踏み場もないほど散らかっていた仮眠室、押し潰されるようなひどい音を立てるプリンター、長机に並べてあった何十ものマグカップ、箱入りのチョコレート、ティーバッグ。そういうごたごたしたもののなかに、小指の爪から第一関節くらいのわたしの切れ端がいまも埋もれている気がするのだ。

帰国して以来、一度も手紙やメールのやりとりはないけれど、彼女のことはずっと気になっていた。いつか小説に書こうと思いながら、ずるずるその時を引き延ばしていたのだった。でも彼女と同じく、自分の場所と言える場所を持ったいまの自分になら、誰かを取り込んでいく側の眼差《まなざ》しも持って、あの特別な時間をフィクションとして組み上げられるかもしれない。

最初の一行を呼び込むために、わたしはできるだけ鮮明に彼女の部屋のようすを頭に描こうとした。キーボードに指をかけたところで気配を感じて振り向くと、斜め後ろからまりが画面を覗き込んでいる。

「どうしたの?」

自分の頭のなかまで覗かれた気がして、咄嗟《とっさ》にパソコンを閉じた。

「つまんなくなっちゃった?」

目線を合わせて聞いてみると、「喉渇いた」と小さな声が返ってきた。ソファの向こうのありさは特に妹の動向を気にしていないらしく、振り向きもしない。

わたしは椅子から立ち上がり、キッチンにお茶のガラスポットを取りにいった。まりは後ろからついてきて、冷蔵庫を開けるわたしをじっと見ていた。

「これ、まりちゃんちからもらった冷蔵庫だよ」

言いながら、おかしな言いかただと思う。まりちゃんちからもらったのだが、冷蔵庫じたいは移動していない。「まりちゃんち」の人間のほうがよその場所に移動していったのだ。

「冷蔵庫、覚えてる?」

まりはうん、とうなずいた。

「アイス食べる?」

まりは姉のいるリビングを振り返ってから、泣き出しそうな顔になった。勉強している姉を邪魔しないか、不安なのかもしれない。

「いいよ、食べようよ。わたしも食べるから」

シンクにためてあった洗いもののなかから、デザート用のスプーンを取り出し、スポンジでこする。このシンクで洗いものをするたびに、水が近い、と思う。おそらくは新築で入居する前、長身の奥さんの背丈に合わせてカスタマイズされたキッチンなのだろう。シンクの位置が高いので、洗いものをするときにはしっかり肘を締めておかないと、ふちにぶつかってしまう。すぐ横でわたしがアイスを用意するのを待っているまりを見ていると、あの奥さんも何度となく、こうして、まさにこの位置で、おやつや夕食を待つこの子を見ていたのだろうという感慨めいたものが湧いてきた。奥さんのからだに合わせて作られたこのシンクで洗いものをしているときだけは、わたしのからだも奥さんのからだのかたちになってしまっている気がする。

三つのカップアイスと三本のスプーン、そして新たに黒豆茶を注いだ三つのグラスをトレイに載せ、ローテーブルまで運んだ。まりのスケッチブックはラグの上に放り出され、いまはありさの勉強道具だけがテーブルを覆っている。ありさはまだ下ろし立てのような長い鉛筆で、算数の問題を解いていた。

「ありさちゃん、ちょっと休憩しない?」

ありさは時計をちらりと見た。

「まだ四時になってない」

「なってないけど、ちょっと休憩しようよ。熱中症にならないように、水分とって、アイス食べようよ」

トレイの上のカップアイスに目をやると、ありさはしぶしぶといった感じでドリルを閉じ、開けっ放しの筆箱も閉じて机を片付けた。

「勉強熱心なんだね」

ありさはカップの蓋を外し、ふちの軟らかいところにぐりぐりとスプーンを入れると、カップごとまりに差し出した。わたしの質問に答えもしなければアイスの礼も言わないけれど、こんな妹想《おも》いの仕草にはほろりと来る。

わたしたちはしばらく黙ってアイスを食べた。考えてみれば、数年前のおぼろげな記憶を題材にするよりも、いまこうして他人の娘たちと黙ってアイスを食べるという奇異な状況のほうが、ずっと小説らしい筋書きだ。

「まりちゃん、新しいおうちはどう?」

ありさの返答は期待できないので、質問をまりに向けた。まりはスプーンを小さな口にくわえ、助けを求めるように姉のほうを見た。もっと単純な質問をすべきだと思い、「新しいおうち、好き?」と聞き直した。まりは小さな口をさらにすぼめた。どうやらもっともっと単純な質問が必要らしい。するとありさが言った。

「今日、泊まっていい?」

「だめ」わたしは一も二もなく答えた。

「なんで?」

「だめだよ。ありさちゃんの寝るとこないもん」

「あるよ」

「どこ」

「ここ」ありさはソファの表面をトントンと叩いた。「ここに寝る」

確かにこのソファは、来客があったときにベッド代わりに使えるよう大きめサイズを吟味して購入し、引っ越し当日に運び込んでもらったものだ。昼寝にもぴったりだと思っていたけれど、明け方近くにベッドに入って好きなだけ寝ているせいで昼にはまったく眠くならず、ここではまだ一度も本格的に眠ったことはない。

「これはソファだよ。ここは座るとこで、寝るとこじゃないよ」

「大丈夫。寝られる」

「寝られないってば。それに、お母さんがだめって言うよ、絶対」

お母さん、と口にした途端、それまで黙って二人のやりとりを聞いていたまりの口が、蝶番《ちょうつがい》が外れたみたいにぱかっと開いた。それからみるみる、すべらかな白い頬が赤みを帯びてきて、長い睫《まつ》毛《げ》にふちどられた目が潤んだ。「お母さん」の一言で、里心を刺激されたのかもしれない。

「まりちゃんは、おうちに帰りたいよね？」

猫撫《ねこな》で声で聞くと、まりはいまにも泣き出しそうな顔で、うん、うん、とうなずく。

「ほーら。まりちゃん、帰りたいって。じゃあお姉ちゃんも帰らないとね」

「泊まる」ありさは涙ぐむ妹の腕をつねり目を吊り上げ、眉間に皺《しわ》を寄せながら言った。「まりも泊まる」

わたしは何を言っても無駄だということを理解させるため、すぐには答えずわざとのろまな仕草でアイスクリームをスプーンいっぱいに掬《すく》い、大口を開けてなかに放った。そして上顎と舌の熱でじっくり溶かしたあと、冷たく痺《しび》れた甘い歯と唇を丁寧に舐《な》め、たっぷり間を置いてから一言、

「だめ」

と答えた。

「なんで」ありさはクッションに爪を立ててがりがり言わせながら食い下がる。「なんでだめなの？」

「だめなものはだめなの。逆に聞くけど、ありさちゃんはなんでうちに泊まりたいの？　立派な新しいおうちがあるのに」

「あの家はヘンなにおいがする」

意外な答えだった。ありさは爪研ぎしていたクッションを掴み、ソファの背に放り投げる。

「ヘンなにおいがするの？　どんなにおい？　新築のにおいじゃなくて？」

「わかんない」

「建てたばっかりの家だから、そんなこともあるのかもね。もしかしたら、シックハウス症候群っ

てやつかな。知ってる？　新しい家に住むと、咳《せき》が出たり頭が痛くなったりするんだよ。壁とか家具とかから悪いガスみたいのが出るせいで。ありさちゃんもそれで具合が悪くなったの？」

ありさはううん、と首を横に振る。

「違うか。じゃあどんなにおい？」

「よその家のにおい」

「ヘンなの。最初からありさちゃんの家なのに」

ありさは苛《いら》つきを隠そうともせず、今度は手をタワシのようにして猫っ毛のおかっぱ頭を激しくかきはじめた。「だめだめ、そんなにかいちゃ」手を伸ばそうとしてふとまりを見ると、さっきは泣き出しそうだったのが、いまは目をつむってすうすう寝ている。ここで本格的に寝られるのはまずい。

「ちょっと、まりちゃん、起きて。もう帰る時間だよ」

ありさに伸ばしかけた手をまりの肩に乗せ軽く揺らすと、まりはハッとして目を開け、わたしの顔を見た。焦点は合っていても何の感情も欲求も読み取れない、たまたまここに迷い込んだ小鳥のような目だった。

「ほら、もう四時になっちゃった。勉強会、終わり。帰らないとお母さんが心配するよ。おうちまで送っていこうか？」

そしたら堂々と新居を見物できるしね、と心のなかで付け加えたのを心の耳で聞き取ったのか、ありさは「いい」と申し出をすげなくはねつけ、鉛筆を握ってテーブルのドリルの上にかがみこんだ。どうやらまだ粘るつもりらしい。なんだか急に疲れてきた。冷たいものをひといきに食べすぎたせいか、腹に力が入らない。

「わかった。じゃあ約束しよう。あと三十分。あと三十分だけね。四時半になったら絶対に帰ろうね」

姉妹を残して反対側の仕事机の前に座ってみるものの、まともな文章になりそうな言葉はもう一言も頭に浮かんでこない。

三十分後、二人はおとなしく荷物を片付けて帰っていった。家を出る直前に思い出して、母親宛の通販会社のカタログをありさのバッグに入れてもらう。家まで送るつもりでマスクを装着し、財布とスマートフォンをポケットに入れて共用玄関まで降りていったけれど、外に出て一緒に歩き出そうとした途端ありさが「ついてこないで」と睨むので、そのまま一人で姉妹の後ろ姿を見送った。

「いやがらせじゃないの?」電話口の姉が言った。

「いやがられるようなこと、したかな?」

んんーという唸《うな》り声を聞きながら、ベランダで伸びをする。

掃き出し窓の外のベランダは焦げ茶色のすのこが敷きつめられ、いい感じのウッドデッキ風になっている。この加工は前の家族のDIYだった。冷蔵庫やボックス型収納などは半分押し付けられたようなものだけれど、このベランダのすのこ仕様だけは気に入って、自分から頼んで残してもらったのだ。

夏の日暮れどき、ここに折り畳み椅子を置いて夜風に当たるのは気持ちがいい。斜め向かいに建つ古いマンションの白壁と夜の初めの東の空の色が行ったこともないギリシャの島の風景を想わせて、ほんのり異国情緒が味わえる。

「あんたに家をとられたと思ってるんじゃないの?」

「やっぱりそうかな。新しい家はヘンなにおいがするって言ってた」

「ヘンなにおい? 新築のにおいってこと? 新車のにおいみたいな、酔いそうな感じかな」

「よその家のにおいだってさ。それ以上はよくわかんない」

「へえ。あんたんとこも、もうよその家のにおいになってるはずだけどね」

「そうだよね」

「あとは、助けを求めてるとか」

「助け?」

「家で親から暴力ふるわれてるとか、ネグレクトされてるとかさ」

「まさか」

「わかんないよ。家っていうのは、誰にとっても安らぎの場所ってわけじゃないんだから。いまは大人もずっと家にいなきゃいけないときだしね。親もイライラしてるんじゃないの」

「そんなふうな親御さんには、ぜんぜん見えなかったけど……」

わたしははじめて内覧でここに上がったときの、夫婦のひとの好《よ》さそうな顔、娘たちのリラックスしたあどけない姿、一家の柔らかな一体感を思い返した。

「家のなかのことは外からじゃなんにも見えないんだから。あんまり続けて来るようだったら、どこかに相談したら? 児童相談所とか、区民センターとかさ」

前の家族の子どもがときどきうちに来るんだけど。わたしはそう言って話を始めた。でも実は、先週二人揃って訪ねてきてから今日までのここ一週間、姉妹は土日以外、毎日この家にやってくる。

電話を耳に当てながら窓の内側に目をやると、キッチンカウンターに空になった三人分のグラスと菓子皿が載っているのが見えた。今日はすこし奮発して、駅前の洋菓子屋で買ったレアチーズケーキを出してみた。二人を喜ばせるためではない、わたしが食べたかったのだ。

「そもそも、その子たちいくつなんだっけ?」

「上の子が九歳、下の子がもうすぐ六歳。うちで勉強会みたいなことしてる」

「下の子は保育園行ってないの?」

「春からずっと行ってないって」

「じゃあやっぱり、お父さんかお母さんがリモートワークで家で面倒みてるのかな」

「うん。お母さんは春からずっと在宅で仕事だって」

下でガチャンと音がして、そっと手すりの向こうを覗いてみると、荷台に大きな黒い箱を載せた宅食サービスの自転車がよろよろ走り出すところだった。ほっとした。ひょっとして、まだ二人が隠れていたのではないかと思ったのだ。

「じゃあ、外飼いのよその猫に餌付けしてる感じ?」

「子どもだよ。猫じゃないし、そんなになついてもないし」

「調子に乗ってあんまり遊んであげてると、そのうちあんたの家の子になっちゃうよ」

「ならないよ。やめて」

電話の向こうで、ピーピーピーと音がした。姉が元夫といまの家に引っ越したときに買った、クリスマスの七面鳥が焼けそうなくらい大きくて頑丈そうなオーブンレンジの音。新築祝いで遊びにいったとき、姉はその立派なオーブンでホタテ入りのグラタンを焼いてくれた。

「お弁当あったまった。じゃあね、食べるから切るよ」

「お姉ちゃん」

「何？」

「またうち、遊びにきてね。この家、なんかやっぱり、広すぎて……」

「寂しくなった？」

「そういうわけじゃないけど……」

そのうちね、と言って姉は電話を切った。寂しいやつだ、と思われただろうか。でもわたしもすこし、姉のことを寂しいやつだと思っている。

キッチンに行って鍋に湯を沸かし、素麺を茹でた。何か足元に違和感があって見下ろすと、スリッパが両方右足用だった。ベランダに出る前はちゃんと揃ってたはず、そう思いそうになるところをぐっと堪《こら》える。この家にはいまわたし一人しかいないのだから。

せっかくの新しいフローリングを子どもの裸足で歩き回られることに抗議の意をこめて、ここ一週間、もともと来客用に揃えていた大人用のスリッパ二組を玄関に出しっぱなしにしている。「履いて」と頼んでもぶかぶかなのが嫌なのか、ありさもまりもラグに上がるタイミングでスリッパを脱ぎ、その後はずっと裸足で過ごす。結局姉妹が帰ったあとで、リビングに脱ぎっぱなしのスリッパを玄関まで片付けることになるのだけれど、自分が外出から帰ると常に同じデザインの三組のスリッパが玄関に並んでいる状態なので、よく左右を履き間違える。今日は両方右を履いていたけれど、昨日は両方左を履いていた。間違えたのは自分であって、決して、ベランダに出ているあいだに誰かがいたずらしたわけではないのだ。

ここで姉妹の「勉強会」が開かれるようになってから、こんなちょっとした違和感にも神経質になっている。流したはずのトイレが流されていない。捨てたはずのゴミが元の位置にある。観葉植物の葉が折れている。消したはずのキッチンの電気がつけっぱなしになっている。以前だったら、こんなことはただの自分の不注意として、意識することさえなかった。でもいまは違う。すぐにあの姉妹を想像してしまう。ひょっとして、あの子たちはまだ帰っていないのではないか？　クローゼットに隠れているのでは？　わたしに見えないところから、わたしをじっと観察して笑っているのでは……？

こんなのは妄想だ。まだ自分の家に慣れきれていないから、安易に不穏なイメージにすがりついてしまうのだ。あの子たちが自分の家によその家のにおいを嗅ぎとっているように、わたしもまだ、この家によその家の残り香を嗅いでいる。

そのよその家というのは、ほかでもない、あの子たち一家のことなのだけど。

例によって翌日も十五時半にインターフォンが鳴り、ありさとまりが姿を現した。

電話の姉の言葉が気になり、さりげなく、Tシャツからのぞく腕や首におかしなあざがないか盗み見てしまう。夜中にインターネットで調べたところ、湿疹《しっしん》や体臭や大量の虫歯も虐待やネグレクトのサインであることを知った。背後からこっそり鼻を利かせ、菓子を与えながら口のなかを覗き見る。いまの距離で確認できる範囲では、二人のからだにそれらしき痕跡は何もなさそうだった。でも姉の言うとおり、家のなかのことは外からは何も見えない。

普段ならありさがテーブルに勉強道具を広げたタイミングで仕事机に移動するところだけれど、今日はソファに居座り、皿に袋から出して六つ並べたチョコパイの一つをかじりながら姉妹のようすを窺《うかが》った。まりはディズニープリンセスの塗り絵を広げながら、クーピーを持った手でしきりに右のまぶたを触る。見えづらいところばかり見ようとしていたせいでうっかり見逃していたけれど、まぶたがうっすら赤くなっている気がする。まりはしつこいわたしの視線に気づき、塗り絵の上にかがみこむように顔を伏せた。

「ねえ、まりちゃん」

できるだけ優しい声で話しかけてみる。

「ここ、どうしたの？　目のとこ」

わたしが指で自分の右まぶたを指してみせると、「蚊だよ」とまりより先にありさが答えた。

「そうなの？　まりちゃん、蚊にくわれたの？」

するとまりは、ウン、と消え入るようにうなずく。

「ほんとに？　痛くない？」

「痛いんじゃなくて、かゆいんだよ」と、またありさ。

「ほんとに？　ほんとのほんとに？」

「さっき外でくわれたんだよ。この子はぼーっとしてるから、すぐ蚊にくわれる」

「ぼーっとしてるのは悪いことじゃない」

思わず怖い声が出てしまった。わたしも子どものころ、この子はいつもぼーっとしていると姉によく笑われたのだ。固まっている二人を前に、気まずくなって薬箱のムヒを取りにいった。

「まりちゃん、かいてると余計にかゆくなるよ。ムヒ塗ったら」

「わたしが塗る」

ありさはわたしからムヒを奪い取り、キャップを開けて青いスポンジに自分の人差し指を押し付け、その指でポンポンと優しく妹のまぶたをタッピングした。まりは目を閉じ、されるがままになっている。この小さな姉は普段からこうして、ぼんやりした妹の世話を焼いてあげているのだろう。わたしも三十年ほど前までは、姉にカルピスを作ってもらったり、セーターの毛玉をとってもらったり、汚れた靴の泥を落としてもらったりしていた。いつでも助けてくれるひとがすぐ近くにいるという状態で自分がどう生きていたのか、自分でやることとひとに任すことの線引きをどう判断していたのか、わたしはもうすっかり忘れている。ムヒを塗り塗られている姉妹を前に、いま、そのことがむしょうに寂しい。

「仕事しないの？」

言われて我に返った。気づくとムヒはキャップをかぶせられ、テーブルの隅に直立している。

「二人は、仲がいいね」

まりは恥ずかしそうに姉のほうを見たけれど、姉のほうは何も答えず、鉛筆を手に取り算数のドリルのページをめくった。

「わたしにもお姉ちゃんがいる。いまでも仲がいいよ」

「なんて名前？」ありさが目を上げずに聞いた。

「茜《あかね》。わたしは藍《あい》。二人とも、色の名前。お姉ちゃんが濃い赤で、わたしが濃い青」

クーピーのケースから赤と青を取り出し、二人の目の前で振ってみせる。まりはその動きを食い入るように見つめていたけれど、ありさはすぐに興味を失ってドリルに戻った。懐柔できるとしたらこの妹のほうだ。わたしはまりの目の前でクーピーをぴたっと止め、「まりちゃん、冷蔵庫のなか見る?」と誘ってみた。

まりは再び姉の横顔をそっと窺ったけれど、姉は好きにしろと言わんばかりにドリルの数字から目を離さない。

「お姉ちゃんはお勉強してるから、冷蔵庫見にいこっか」

軽く腕をとってみると、まりは素直に立ち上がり、キッチンまでついてきた。「冷蔵庫見にいこう」これは昔、家族で訪れた休日の電器屋で姉が何度となくわたしにかけてきた言葉だ。そしてわたしたち二人は、売り場に並べてある冷蔵庫を強盗のようにかたっぱしから手荒く開けてまわったのだ。

冷蔵庫を開けてやると、まりはかつてのわたしのように驚くでも落胆するでもなく、ただそこから漏れ出る涼しい風を浴びてぼんやりしていた。何が入ってるかなあ、節をつけて問いかけながらも、わたしはカウンターからありさのようすを盗み見、まだドリルに没頭しているところを確認してから、すばやくまりの前にしゃがみこんで小声で聞いた。

「まりちゃん、お姉ちゃんには内緒にするから、おうちで何か困ってることとか、いやなこと、ない?」

まりは何を言われているのかわからないらしく、うっすらとした眉尻を下げて目を泳がせているので、同じことをもう一度繰り返し、「内緒にするから」と念を押した。そして蕾《つぼみ》のかたちに合わせた両手を右耳にくっつけ、内緒話がしやすいよう頭をまりのほうに傾けた。「言って、言って」

と小声で繰り返すこと十数回、ようやく両手の隙間から小さくすうっと息を吸う音が聞こえたその瞬間、ピンポーン、とインターフォンが鳴った。

ハッとして顔を上げると、ありさがキッチンの入り口に立って、わたしたちを無表情で見下ろしている。

「ママが来た」

とありさは言った。

「えっ、ママ？」

慌てて立ち上がりインターフォンの画面を覗くと、白いマスクをつけたボブカットの女性の顔が映っている。

「ほんとにお母さん？」

隣で画面を見上げているありさに聞くと、うん、とうなずく。キッチンからついてきたまりも一緒になって、黙ってうなずいた。

「どうしよう。出たほうがいい？」

うろたえているのはわたしだけで、姉妹は画面の母親をまっすぐ見据えて平然としていた。向こう側の母親も、その視線を受け止めるように毅然《きぜん》とこちらを見つめ返している。

「出たほうがいいよね。ママさんだもん」

自分でもよくわからないことを口走って勢いで通話ボタンを押すと、「すみません」とかすかに聞き覚えのある声が返ってきた。

「はい」

「うちの娘たちが、お邪魔してませんでしょうか」

「います。二人とも」

「ああ、すみません。ご迷惑おかけして、本当に……」

「いま、開けます。どうぞ」

共有玄関の解錠ボタンを押すと、母親は深く頭を下げて画面から消えた。

「どうしよう。ママさんが来るよ」

入りたいと言うから入らせているだけで、とりたてて悪いことはしていないはずだけれど、わたしは半分パニック状態になって周囲を見渡した。

何か見られてはまずいものがないか？　ソファの前のローテーブルには、食べかけのチョコパイとその空袋が散乱している。これはあきらかに虫歯と肥満のもとだ。慌てて菓子皿ごとキッチンにひっこめたところで、ピンポーンと玄関のチャイムが鳴った。並んでこちらを見ている姉妹と目が合った。するとほんの一瞬、わたしたちはしょっぴかれる寸前のこそ泥三人組みたいに、諦めと後ろめたさからの解放を喜ぶ視線でぎゅっと一つに結《ゆわ》えられた。わたしは覚悟を決めて洗面所の鏡で軽く髪を直し、玄関のドアを開けた。

「すみません、うちの娘たちが……」

長身のママさんは頭を下げ、廊下の奥にいる姉妹に向かって「何やってるの、もう」と眉間に深い皺を寄せた。

「いえいえ、どうぞ、とりあえずママさんも上がってください」

「いえ、そんな、ごめんなさい、すぐに娘たちを連れて帰りますので。ほらっ、帰る準備しなさい」

「いいんです、せっかくですので、冷たいお茶でも飲んでいってください。あ、スリッパ」

わたしはリビングに駆け戻り、ラグの端に放置されているスリッパ一組を取ってきて、玄関の上がりかまちに置いた。

このひとに最後に会ったのはいつだろう、あれはリフォームのための現地調査に行った日だから、確か春の初めだった。三月なのに冷たい雪が降った日の次の日だ。あの日、奥さんはまだ分厚いセーターを着ていたけれど、今日はTシャツに麻素材のばさっとしたロングスカートを穿《は》いている。足元は素足にビルケンシュトックのサンダルで、わたしがスリッパを置くと、「それでは失礼します」と斜めがけのポシェットから白いスニーカーソックスを出してさっと穿き、その足をスリッパに入れた。洗面所を案内すると、娘たちもぞろぞろあとをついてきて、母親がハンドソープを2プッシュし、念入りに手を洗うところをじっと見ていた。

「いま、みんなでお茶を飲みながら、宿題をしたり、お喋りしたりしていたところなんです」

リビングに入るなり、母親は「わ、すてき」と声を上げた。

「リフォームなさったんですね」

言いながら、目を見開いて部屋を見渡している。マスクで顔の下半分は見えないけれど、口も目と同じようにぱっかり開いているに違いない。でもすぐに両の眉山の角度が上がり、床の木目や壁紙の凹凸を見定めるような鋭い目つきになった。

「ええ、床と壁紙を張り替えました」

なんだか査定されているような気持ちでそう答えると、「すてき」母親は同じことを繰り返す。

「すてき。前よりずっとすてき。カーテンも真っ白で」

「はい、ごめんなさい、ぜんぶ替えてしまいました」

「いえいえ、謝ることなんてないですよ。本当にすてき。ぜんぜんべつの部屋みたい。それより、うちの子たちが勝手にお邪魔して、本当に申し訳ありません。二人とも、帰るから準備しなさい」

いつのまにかソファの定位置に戻っていた姉妹は、母親にせきたてられてしぶしぶテーブルのドリルやスケッチブックを片付けはじめた。そのすきに大急ぎでキッチンに戻り、グラスに氷と黒豆茶を注ぐ。ふと背後に視線を感じて振り向くと、さっきありさがそうしていたように、母親がキッチンの入り口に立っている。

「使っていただいているんですね」

「はい？」

「冷蔵庫」

横の冷蔵庫と彼女を見比べ、ようやく意図を理解した。わたしは「はい、使わせてもらってます」と感謝の念がとめどなくあふれてとまらないというふうな満面の笑みを作ってみせた。とはいえ母親はろくにその笑みを受け取ってはくれず、久々に再会した肉親に向けるような情愛のこもった目で冷蔵庫を見ていた。

「お茶、向こうでどうぞ」

二人でリビングに戻ると、子どもたちはすっかり片付けを終えてぼんやりソファに座っている。母親が来ると、姉妹はちょっとずつ尻を向こうにずらし、できたスペースに母親を座らせた。グラスのお茶を勧めると、母親は「ありがとうございます」と受け取ってマスクを顎まで押し下げ、一口飲んだ。最初に会ったとき、杏仁豆腐のようだと思った滑らかな頬が露出してどきっとしたけれど、すぐにまたマスクで隠された。

「今日も暑いですね」

おかしなタイミングだったけれど、ほかに何を言えばいいのかわからない。

「ええ。汗だくです」

言われてみると、確かに相手のおでこの生え際やベージュのTシャツの首元はじっとり湿っている。

「タオル持ってきましょうか？」

「いえいえ、お気遣いなく」

子どもたちのほうをちらっと見ると、さっきまでの平然とした表情が嘘のように、これから始まる叱責を覚悟しているのか、口を一文字に結んでそれぞれ宙の一点を見つめていた。

「ちょくちょく、お邪魔させていただいているのでしょうか」

母親が申し訳なさそうに、しかし不正は絶対に見逃さない、という断固とした意志を感じさせる声で聞いた。わたしの返答によっては、ありさとまりは二度とここへ来ることができなくなるかもしれない。うちが禁止になるだけならいいけれど、用心のために子どもだけでの外出までも禁じられてしまったらどうしよう？　二人の自由が奪われず、なおかつわたしが事実隠蔽を糾弾されずにすむ程度のちょうどいい返答、それを必死で探すうちに「どうなんですか」と答えを促され、

「はい、来てます」

とつい口走ってしまった。ありさがはっと口を開いた。

「これまでに、何度くらい……？」

「先週から、平日は毎日です」

「毎日？」母親はいまにも窒息しそうな声で小さく叫ぶ。「いやだ」

「いえ、そんな、大したことじゃないんです。ただみんなで午後のひとときここに集まって、勉強会というか、いえ、わたしは勉強じゃなくて仕事をしてるんですが、二人は宿題したり絵を描いたり、ダメなことは何も、外は暑いですし……」

姉妹への裏切りの自覚に動揺してしどろもどろになってしまうわたしに、母親はまた頭を下げた。

「お仕事のお邪魔をしてしまって、本当に申し訳ありません。てっきり、この子たちは友だちの家に行っているものとばかり……」

「いえ、わたしも友だちですよ」

友だち、という言葉に何か反応があるかと姉妹を一瞥したところ、その顔に喜びの表情は皆無だった。ありさは口をへの字にして指のささくれをいじっている。まりは眠そうで、黒目がちの目にまぶたが半分落ちていた。

「ご迷惑をおかけしました」母親は続ける。「この子たち、毎日きっかり同じ時間に出ていって、二人揃って夕食もあまり食が進まないようなので、何かおかしいと思って、今日はこっそりあとをつけてきたんです」

「そうでしたか」

「大通りを渡ってこんなところまで来てるなんて。しかも、前の家に来てるなんて思いもよらずにびっくりしてしまって。事態をのみこむのにちょっと時間がかかっちゃって、しばらく外からようすを窺っていたんです」

「そうでしたか。暑かったですよね、すぐにチャイムを鳴らしていただければ……」

ええ、本当に暑くて……手の甲で生え際の汗をぬぐった母親は、「あ」と声を上げた。

「エアコン」

「え？」

「エアコンも、使っていただいてるんですね」

視線の先にあるのは、リビングの東側の壁に設置してあるエアコンだった。これも春の現地調査の日、残置が決まったものの一つだ。

「はい。助かってます」

「古いものでごめんなさい。ちゃんと動いてますか？」

「ええ、涼しくなるまでちょっと時間はかかりますけど……」

「そうでしょう。ごめんなさい。冷房はまだいいんですが、暖房はさらに効きが悪いかも。リモコン、ちょっといいですか」

彼女はラグの上のリモコンを手に取り、設定温度を一度下げて二十五度にした。するとエアコンは突然しゅうしゅうと静かな音を立てはじめ、十数えないうちに送風口が開いたまま停止した。

「ほら。冷房は二十五度以下に設定すると止まっちゃうんです」

子どもの他愛《たわい》ないいたずらを目にしたように、ふふふ、と母親は笑った。それからもう一度ボタンを押して設定温度を二十六度に戻すと、エアコンはしゅうしゅうと音を立てて再び動き出した。

「風は出るけど、部屋ぜんたいが涼しくならないときがありませんか？」

「はい、言われてみれば、ときどき……」

「一度電器屋さんに見てもらったことがあるんですけど。そういう症状が出たらもう故障が近くて買い替えどきだと言われました。もう十年以上も使っていたので、ごめんなさい」

「いえ……」

ずっと気のせいだと思い込もうとしていたけれど、これではっきりした。実は入居当日から、効きの悪いエアコンだと感じてはいたのだ。部屋が広いから仕方ないのだろうと思っていたものの、まさか故障寸前のものを押し付けられていたとは。とはいえ、一家も単にリサイクル料金を浮かせたかっただけで、悪意で不良品を押し付けたわけではないだろう。買えば十数万円するものを、少なくともこの一月あまりはタダで使うことができたのだから、わたしだってラッキーだったのだ。

「ごめんなさい、突然押しかけてきてお茶までごちそうになっちゃって。もう行きますね」

「え、いえ、もうすこし……」

「いえいえ、そんな。とにかく失礼しました、もうおいとましますので。本当に、この子たちがご迷惑をおかけして申し訳ありませんでした。あ、それに通販のカタログもすみませんでした、住所変更するのを忘れていて……」

「あ、いえ、大丈夫です」

「子どもたちにも今後は押しかけないようしっかり言って聞かせますので」

「いえ、わたしはぜんぜん……」

ありさのほうをちらりと見ると、この裏切りは二度と忘れない、というような目でこちらを睨んでいる。かわいくてかわいくてたまらないという子ではないとはいえ、子どもに嫌われるのはやっぱりつらい。毎日だとちょっと困るけれど、たまに遊びにきてくれるぶんには、こちらだってぜんぜんかまわないのだ。どうせ新居に気安く招ける恋人も友人もいないのだから、むしろ週に一度くらいならば、寂しい独居生活に生命感が宿る感じがして嬉しい。でも、いまさらそう言っても、わたしへの信頼を失ったこの子たちはもう二度とここには寄り付かないだろう。

母親は、わたしのグラスをのぞいた三つのグラスをトレイに載せ、子どもたちの肩を揺すって立ち上がらせた。それからトレイを手に一直線にキッチンに向かい、猛然とした勢いで流しで洗いものを始めたので、わたしは「大丈夫です」と水道のレバーを上げた。すると相手の動きが止まった。じっと何かを見ているので、なんだろうと思って視線を追うと、そこには食べかけのチョコパイが散乱した菓子皿があった。しまった、と冷や汗が出かけたけれど、母親は見なかったことにしたのか、さあ帰る帰る、と両手で網にかかった魚を追い込むように子どもたちの背中を押して廊下に向かった。そのまま玄関まで一気に進むと思いきや、彼女は洗面所の前でピタリと足を止めた。その先の浴室のドアは、換気のために半分開けっぱなしにしてある。

「お風呂は……」

「はい?」

「お風呂は、リフォームしなかったんですね」

「ええ、はい。予算が足りなくて」

「そうでしたか」

なぜだか彼女は今日いちばん嬉しそうに笑い、もっと奥を覗き込もうとした。

「あの……見ます?」

母親が返事をするより先にありさが洗面所に入り、浴室のドアをぜんぶ開けてなかがよく見えるようにする。母親は眠そうなまりと手を繋《つな》ぎながら、浴室の入り口に立った。

「わあ、懐かしい」

わたしは朝に風呂掃除をしていなかったことを悔やんだ。湯船のふちには昨日湯に浸かりながら使ったフェイスパックの紙ごみが置きっぱなしで、湯船の底や洗い場の床には髪の毛が何本かへばりついている。親子三人は、しばらく黙って浴室を覗き込んでいた。そしてやっと、

「ここだけは、前と同じですね」

と振り返って母親が言った。目がすこし涙ぐんでいるように見えた。以前姉に指摘された、シャンプー置き場のコーキングが剝がれていることを指摘しようか迷う。でもそれを言ったら、さらに相手を悲しませてしまいそうな気がして、口をつぐんでいることにした。

「ほら、お姉さんにお礼言って」

玄関でスニーカーソックスを脱いでサンダルに履き替え、娘たちにもサンダルを履かせると、母親は娘たちのうなじに手を添えて頭を下げさせた。

「いいんです、そんな、たいしたおもてなしもできませんで……」

「ほら、ありがとうは?」

猫のように首根を掴まれたありさは眉をひそめ、不満足そうに「ありがとうございました」と言った。まりも小さな声で「ありがとうございました」と後を追った。

「もう来ちゃダメよ。お姉さんはお仕事があるんだから」

言いながら、母親の視線がさっきからちらちら下方に落ちていることに気づく。わたしはピンと

来た。巾木だ。このひとはわたしが石から木に替えてしまった白い巾木を見ている。

「本当にお邪魔しました。では失礼します。ほら、マスクして」

外に出た三人はエレベーターではなく廊下の端の階段を使って地上に降りていった。見送りながら気づいたことだけれど、三人ともおかっぱ頭にTシャツと布をたっぷり使ったスカート姿で、違うサイズで似たような格好をしている。まるで大、小、さらに小、と、途中を省略されたマトリョーシカ人形が行列しているようだ。

わたしは廊下の端に立ったまま、階段を降りた親子が地上に姿を現すのを待った。やがて降りてきた三人が正面玄関のほうに回り角を曲がって視界から消える寸前、最後にありさだけが振り返った。マスクに覆われて表情はよく見えなかったけれど、裏切られ憎しみに燃える顔、というより、こんなのは納得いかない、というような悔しげな顔をしていた気がする。

わたしは軽く手を振った。

4 逃げる家

昼食の買いものに出かけようとドアを開けたら、猫がいた。

非常階段の手前でこちらに丸い顔を向け、前脚を立てて行儀良く座っている。体格のいい、黒白の鉢割れの大人の猫だった。わたしと目が合ってもびっくりするようすもなく、うすピンク色の小さな鼻をすこし上向け、まるでいつもここにいますとでも言わんばかりに落ち着き払っている。しゃがんで手を伸ばしてみると、小さくンーニャと鳴いて、ゆっくり近づいてきた。指先のにおいをくんくんと嗅いで、湿った鼻先をすりつけてくる。カワイイ、と思わず声をあげてそのままにさせていると、トントンと階段を上がってくる音が聞こえ、猫が振り向くと同時に眼鏡をかけた大柄な若い男性がそこに現れた。

「ごめんなさい、うちの猫です。脱走しちゃって」

モリー、と呼ばれると猫は素直に飼い主のもとに走り寄り、アロハシャツから伸びる腕にするっと抱き上げられた。口の周りの無精髭《ぶしょうひげ》に目がいった。家の外でひとの口元を見るのはずいぶん久々だ。

「出かけようとしたら、そこにいたんです」わたしは顎まで下げていたマスクを口元に引っかけた。

「かわいい猫ちゃんですね」

相手は猫の喉元を撫でながら、眼鏡《めがね》の奥の細い目をさらに細める。

「宅配便を受け取っているときにするっと出てったみたいで。しばらく気づかなかったので焦りました」

「遠くに行かなくてよかったですね。下の階の方ですか?」

「ええ、二〇七の峰尾《みねお》と言います」

すぐ下の二〇七号室には引っ越しの前日にせんべいの詰め合わせを携えて挨拶に行った。でも出てきたのはこのひとではなくて、確か老年の女性だった。

「わたしはここの、三〇七の猪瀬《いのせ》です。先月越してきたばかりで」

「ああ、先月に引っ越しがありましたね」

「その前には一ヶ月近くリフォームもしていて。騒がしくて申し訳ありませんでした。猫ちゃんもびっくりしてませんでしたか」

「いえいえ、うちは全然。猫も母も一日家にいますが、何も言ってませんでした」

ということは、このひとはわたしが挨拶をした老年女性の息子なのだろう。こちらの内心を読んだように、峰尾さんは「うちは母と僕とこの子の三人暮らしです」と家族構成を教えてくれた。

「何歳ですか?」わたしが聞くと、「三十一です」峰尾さんは即答したけれど、すぐに「あっ、猫ですか?」と気づいて「十二歳です」と答え直した。

「ごめんなさい、まぎらわしくて。十二歳ですか、十二歳というと……」

「もうおばあちゃんです。うちの母と同じくらいかもしれない」

三十一歳だという峰尾さんの眼鏡は茶色い太縁のウェリントン型で、髪は青みを帯びたグレーの短髪だった。一度会ったら忘れがたい風貌だけれど、このマンション周辺では一度もお目にかかったことがない。階段を一緒に降りていくと、二階の二〇七号室のドアから心配そうな老婦人の顔がのぞいていた。

「母です」と息子の峰尾さんは言い、「いたよ、モリー」と抱いているモリーをお母さんに渡した。わたしは会釈してそのまま階段を降り、スーパーに向かった。道すがら、連日うちにやってきていた前の家族の子どもたちのことを電話で姉が猫のように話していたことを思い出し、今度は子どもじゃなくてほんとの猫が来たんだな、とマスクの下の顔がほころぶ。スーパーでスパゲッティと明太子《めんたいこ》と大葉を買い、帰宅してスパゲッティを茹でるあいだ姉に電話をしてみたけれど、仕事中なのだろう、応答はなかった。

一向はかどらない仕事に嫌気がさして、夕方、散歩に行こうと階段を降りていくと、ちょうど昼に挨拶した峰尾さんのお母さんが大きなエコバッグ片手に玄関ドアから出てくるところだった。「こんにちは」と頭を下げると、「昼間は猫がどうもお世話になりました」と返してくれて、なんとなく一緒に階段を降り、なんとなくそのまま並んで道を歩く感じになった。

峰尾家はもう十二年ここに暮らしているそうだ。つまり、あの姉妹の一家と同様、このマンションができたときから。息子の峰尾さんは高円寺で古着屋の店長をしていて、お母さんは引退した元美容師、旦那さんは十年前に肺癌《はいがん》で亡くなったのだという。息子の峰尾さんの下にもう一人娘さんがいるけれど、いまは結婚して岡山に行ってしまったそうだ。

「ここに越してきたときには、全員揃ってたんだけどね。知り合いからまだ赤ちゃんだったモリーをもらって、五人暮らし。でもいまはわたしと息子と猫だけ」

「前はどちらに？」

「線路の向こう側。それまではずっと賃貸暮らしだったんだけど、何を思ったんだか、主人がリタイア前に急にマンションを買おうと言い出してね。でも越してきて一年ちょっとで癌になっちゃった。入院も長かったから、本人は二年も住んでなかったわね」

「そうでしたか……」

「それから息子が結婚して家を出て、娘が岡山に嫁いで、猫と二人きりになったと思ったらまた息子が戻ってきて」

「それはあの、さっきの息子さんですか？」

「そうなの、甲斐性《かいしょう》ないのあの子は。あなたのとこは？　ご家族はいらっしゃるの？」

「一人です」ご家族は、と聞かれるたびに、いつも感じる恥ずかしさと誇らしさの混じった気持ちで答える。「学生時代から、もうずっと一人暮らしで」

「あらそう、お一人なの。お勤め？」

「ええ、はあ……」

「どういうお仕事？」

「ええと、文筆関係というか……」

「文筆？　何か書いてるってこと？」

「はい、あの……細々《ほそぼそ》となんですが」

「あらすごいじゃない。どんなのを書いてるの？　本を出したことはあるの？」

「はい、小説を何冊か……でもぜんぜん売れてません」

「その本、駅の本屋に売ってるかしら？」

「いえ、大きな本屋さんに行かないと置いてないと思います」

「じゃあ行って買ってくるわよ。なんてタイトル？　本名で書いてるの？」

「いえ、そんな、よかったら今度お持ちします。家に在庫がいっぱいありますし」

「そう？　ありがとう。すごいわね、小説家がすぐ上に住んでるなんて。帰ったら息子に言わなきゃ」

売れていない小説のことを根掘り葉掘り聞かれるのを阻止するため、わたしは昼間息子の峰尾さんに聞けなかったことを聞くことにした。

「あの、前に上の三〇七号室に住んでたご家族、ご存知ですか？」

「え、前に？」

「わたしが越してくる前まであそこに住んでたご家族です。小林さんというご一家なんですけど、ガタイのいいお父さんに、背の高いお母さんに、小学生と保育園の娘さん二人です」

「ああ、はい、小林さんね。もちろん知ってる」

「ここに住んでたとき、あの、あの娘さんたちに何かっていうか……あの、たとえば夜中に泣き声が聞こえたりとか、そういうのはありましたか？」

「泣き声？　まあそりゃあ、赤ちゃんのときには多少聞こえたけど。べつに注意にいくことなんかなかったですよ」

「あ、ええと、赤ちゃんのときというより、もうちょっと大きくなってからのことなんですけど……」

「大きくなってから？」

相手はあからさまに不審げに眉をひそめた。余計な猜疑心《さいぎしん》を抱かれないよう、あわてて「すみません、足音とかってどれくらい響くのかなと思っちゃって」とごまかすと、「小林さんちの子たちといえば」お母さんは眉間の皺を緩めた。「ちょっと前までこのへんで何度か見かけたけど、何しにきてたのかしら？」

うちにおやつを食べにきていたんです。そう言いたいところだけど、これもまた根掘り葉掘り聞かれたら説明がややこしい。うーんと返事を濁していると、「それにお母さんも」と意外な言葉が付け足された。

「えっ？」

「一昨日《おととい》だったか昨日だったか……いや、あれは布団を干してたときだから、昨日だった。管理人さんのところにでも来てたのかしらね」

あのママさんが娘たちを取り返しにやってきたのは先週のことだ。不思議に思ったけれど、「そうなんですね」とだけ返した。

「でもお父さんはぜんぜん見ないわね。前は休みの日によく、駐車場の前で娘さんたちと遊んでたわよ」

「そうですか……あの、ラグビーやってそうな、元気でおっきなかたですよね」

「そうそう。優しそうなお父さんよね」

もうすぐ住宅街の道が終わり、スーパーがある駅前通りに出る。別れる前に、もう一度確認した。

「あの、小林さんのお母さんを見たというのは、本当に昨日でしたでしょうか。先週とかじゃなくて」

「そうよ。間違いない。ベランダで布団を干してたときに、下の玄関に入っていくところを見たから」

玄関でいったい何をしていたのか気になるけれど、感じのいい峰尾さん親子との今後の関係のためにも、それ以上は追及せずにおくことにした。ようやく見つけた終《つい》の住処に感じのいい隣人を持てたことは幸運だ。仲良くなり始めのこの時期に、相手に不審の念を抱かせるようなことは控えておきたい。

それじゃあまた、と手を振って、峰尾さんのお母さんはスーパーの入り口に向かっていった。わたしはいつもの散歩のルートを変えず、通りを南に向かい、大きな公園にぶつかるまで息が切れるくらいの早足でまっすぐ歩いた。

峰尾さんのお母さんの見間違いでなければ、いったい姉妹の母親はうちに何をしにきたんだろう？

数えてみれば、母親が姉妹を連れ帰っていってから、今日でちょうど十日が経つ。あれ以来、姉妹のどちらも姿を見せていない。学校の新学期も始まっているだろう。来なければ来ないで、なんだか寂しい。べつに悪いことをしているわけではないのだから、たまにならで来てくれてもよかったのだ。

こんな寂しさを覚えてしまうとは、やっぱりわたしは一人暮らしが寂しいのかもしれない。この部屋はあなた一人には広すぎる、ありさの目はいつもそう言っているように見えた。でもあれはもしかして、ありさの目に映るわたし自身の目が語ることだったのだろうか？

インターフォンが鳴ったのは、新しい原稿をお見せできるのは十月以降になるかもしれません、と編集者宛にメールを書いているときだった。

時計の針は四時半を示している。来た、と直感的に思った。母親か娘たちか、さあどちらか。立ち上がりインターフォンの画面を覗くと、マスク姿の母親が映っている。

通話ボタンを押し、「はい」とできるだけ落ち着いた声で呼びかける。すると相手は「小林です」と頭を下げた。画質の粗い画面越しにでも、マスクから覗く目に何かせっぱつまった表情がうかがえる。

「突然すみません」

「何でしょう？」

「先日のお詫《わ》びをと思いまして……」

返事をする前に反射的に指が動いてしまった。解錠ボタンで共有玄関が開くと、彼女はまた一礼して画面から消えた。わたしはキッチンへ行って、湯沸かし器の電源を入れた。

お詫び？　何のお詫びだろう。謝罪なら十日前の訪問でさんざんされた。まだ詫びたりないというのなら、何かわたしのあずかり知らぬ姉妹の悪行が昨日今日で明らかになったのかもしれない。

サンダルをつっかけ玄関のドアを半開きにして待っていると、廊下の奥のエレベーターのドアが開いた。白い高さのある箱を持ち、マスクをつけた姉妹の母親が降りてくる。彼女はドアを開け待っているわたしに気づき、「あ」と小走りに近づいてきた。

「すみません、突然に押しかけて」

4
逃げる家

「いえいえ、どうぞ、上がってください」

白い箱の中身はケーキかもしれない。不安ながらもすこしだけ胸が躍ってしまった。わたしは食料を土産《みやげ》にもらうことが何よりも大好きなのだ。なかに入った彼女はまたしてもサンダルを脱いだ素足にスニーカーソックスを履き、ちょっとためらうようすを見せてから廊下に上がった。その一瞬のためらいからスリッパの用意がないことに気づき、慌てて洗面台の下の収納棚から一組を差し出す。姉妹の来訪が途絶えて以来、スリッパはいつも自分のぶんしか出していなかった。

「これ、よろしければどうぞ」

母親に手渡された白い箱は思ったより重い。ショートケーキの類ではない、みっちり巻いてあるロールケーキかあんの詰まった和菓子かもしれない。

「ロールケーキなんですけど、お口に合うかどうか……」

やった、とわたしは胸のなかで快哉《かいさい》を叫んだ。

「ロールケーキは大好きです。お茶の用意しますね」

紅茶かコーヒーか迷ったけれど、これから起こる何かに備えてしっかり目覚めているために、コーヒーを淹れることにした。おじゃまします、と洗面所で手を洗い終えた彼女が小さく声をかけてリビングに入ってくる。マスクは外していて、白い肌によく映えるコーラルピンク色に塗られた唇がつやつやしていた。かけていてください、と声をかけても、彼女はカウンターの向こうに回り、そこに肘をつき身を預けるような感じで、キッチンやリビングのようすを眺めている。大きくなった親戚の子を見るような目であり、同時に何か看過しがたい欠陥がないか、さりげなく観察するような目つきだ。見ていると、これから自分は詫びられるのではなくて、査定されるような気分になってきた。九ヶ月前は、こちらがそうしてこの家を査定する側で、彼女はされる側だったのに……。

三センチ幅に切ったロールケーキとコーヒーをソファ前のローテーブルに運んでいくと、彼女も近づいてきてソファの右寄りに座った。一緒に並んで座るには微妙な関係性なので、わたしはすこし距離をとりラグの上に座って、「どうぞ」とコーヒーとケーキの皿を彼女の前に置く。

「お持たせですみません。すごくおいしそうなロールケーキですね。お気遣いいただいてありがとうございます」

「いいえ、それより、先日は娘二人が勝手に押しかけて本当にすみませんでした。わたしの監督不行き届きでした。前にも申し上げましたが、てっきり、友達の家に行っているものとばかり……」

「いいえ、わたしのほうはぜんぜん、大丈夫なんです。二人ともとてもいい子で……でも、ちゃんとお母さんに連絡してもらうべきでしたね。気づかなくてこちらこそすみませんでした」

「とんでもない、悪いのはこちらですので。しっかり叱っておきました。ちなみに、あれからうちの子たちは……」

「来てませんよ」わたしが知る範囲では、と心のなかで付け加える。「間違いないです」

すると相手は安堵《あんど》の表情を浮かべ、「よかった」と呟いた。

「あの、ところで、娘たちの前では『お姉さん』と呼んでいるんですが、あの、なんとお呼びすればば……」

「あ、わたしですか？　わたしは猪瀬藍と言います」

「ええ、お名前は契約書で……」

「なんでも好きに呼んでください」

「では、藍さんとお呼びしていいですか？」

「ええどうぞ」

「わたしは小林杏奈と言いますので、杏奈と呼んでください」

にっこり笑うと、杏奈さんは皿に添えたフォークでロールケーキを半分に切り、それをさらに四等分したものをそっと口に入れて「おいしい」と呟いた。それから細いため息をつくと、「ほんとにおいしい」と繰り返して、急に力が抜けたかのようにソファに背を預けた。

「ごめんなさい。勝手にくつろいでしまって」

「いえ、どうぞどうぞ」

「なんだか、久々にほっとした気がして」

「ママはおうちでお仕事をしていると前にありさちゃんが言ってました。リモートワークですか？」

「そうなんです、春からずっと。仕事しながらあの子たちの面倒見なきゃで。夫は毎日出勤しなきゃいけなかったので」

「そうなんですね。それは大変でしたね」

「藍さんは、その……」

来た来た、と思いながら、またわたしは恥ずかしさと誇らしさの混じった気持ちで「うちは一人です」と言った。

「そうですか。一人暮らし、うらやましい」

「寂しいですよね。こんな広い部屋で」

「いえいえ、寂しいなんてそんな。逆に憧れます。わたしもこんな家に一人でのんびり住んでみたかった」

さっきから徐々に潤みだしている杏奈さんの目がいま一瞬、半熟卵の黄身をつついたように、さらにとろんとほぐれた。この褒め言葉はお世辞なのか、本気で言っているのか、どちらなんだろう。

「新しいおうちはいかがですか？」

「……広い、ですね」

「ありさちゃんたちも喜んでますね」

「いまは一つの子ども部屋を共有してますが、ゆくゆくはそれぞれ独立した部屋になるような造りになってます」

「二人ともいい子で、将来が楽しみですね」

「でもときどき、ここがむしょうに懐かしくなる」

杏奈さんは唇を噛《か》み、手を置いていたソファの表面に爪を立てた。ソファにめりめり食い込んでいくその爪から目をそらし、わたしはリビングをあらためて見渡した。

まだ一つの染みもひっかき傷もない真っ白な石目調の壁紙、きっちり丈を測ってオフホワイトに統一したカーテン、深夜のネット通販で目が充血するまで吟味したモンステラの鉢、ブラックチェリーのフローリングの色調と合わせたテレビ台、壁沿いにずらりと並ぶ本棚。彼女がここに暮らしていたころとは、きっと何もかもが違ってしまっている。建ったばかりのぴかぴかの新居に結婚相手と選んだ家電を運び込んで、生活が始まって、子どもが生まれて、寝具も靴も食器も日に日に増えていって……家族の思い出が壁の奥の石膏《せっこう》にまで染み付いている部屋が赤の他人の手によってすっかりべつの部屋に変貌させられてしまった、それを目の当たりにするのはどんな気分だろう。顧みてみればこのわたしだって、前に住んでいた部屋の窓にハイビスカス柄のカーテンがぶらさがっているのを目にしただけで、地団駄を踏まんばかりに憤慨していたのだ。

心中お察しします、という言葉が喉元まで出かけたけれど、この部屋を作り替えた当人が口にするのも白々しい気がした。口ごもっていると、「ごめんなさい」と杏奈さんがソファから手を離す。

「ごめんなさい。突然、おかしなこと言ってしまって……」

杏奈さんの目からは先ほどまでの切迫感が消えていた。ほっとすると同時に、「いえ、わかります」口から言葉が滑り出した。

「実はわたしも、引っ越す前の賃貸物件には十一年も住んでたんです、ここのすぐ近所なんですけど。それでこのあいだその賃貸マンションの前を通りかかったとき、自分が住んでた部屋にハイビスカス柄のカーテンがかかっているのを見て、それだけでなんだか、ちょっと寂しいというか悔しいというか納得いかないというか……なんとも言えない気持ちになりました」

「そうなんですね」と杏奈さんは微笑んだ。「わたしもきっと、そういう気持ちです。ありがとうございます、わかってくれて……夫も子どももなしでここにこうして一人で腰を下ろしていたら、なんだか急に、十二年間の思い出がわっとひといきに甦《よみがえ》ってきて……」

「そうですよね、ありさちゃんとまりちゃんは、ここで育ってきたんですもんね」

「ええ、そうなんです。最初はわたしと夫だけだったのが、ありさが生まれて、まりが生まれて……十二年間この部屋に見守られて、わたしたちは家族になったんだなあと、いまさら感慨みたいなものが込み上げてきました。引っ越しのときにはバタバタし過ぎて、ゆっくりこの部屋にお別れをする時間がなかったんです」

わたしは引き渡し直後のこの部屋の荒《すさ》んだ状態を思い出した。慌ただしい夜逃げのあとのように、床もシンクもトイレもまるで掃除のあとはなく、あちこちに埃の塊やクリップが落ちていた。

「本当にいろんなことがありました。ここに住んでいたあいだは人生が二倍速で進んでいたみたい。ありさがあの壁の角に頭をぶつけたり、まりがこっちの壁にクレヨンでいたずら描きをしたり、夫と喧嘩《けんか》してミートソースを鍋ごと窓にぶちまけられたり、キッチン収納の戸を閉めるとき薬指を挟んでしまって骨折したり……なんだかいま、そういう思い出がいきなり胸にきゅうっと来てしまって」

「ええ、ええ、そうですよね。十二年の思い出がたくさんつまった家ですよね」

「いい思い出も、よくない思い出も……この家がぜんぶ受け止めてくれたんだなって、あらためて感じ入りました。やっぱりわたしは、この家が大好きなんです。いまもほかの誰かの家とはとても思えない」

杏奈さんは情愛のたっぷりこもった目でもう一度部屋を見渡し、効きの悪いエアコンに目を留めた。このリビングでは、もはやあのエアコンだけが小林一家時代の唯一の名残だ。最近はスイッチを入れてもゴボゴボ不穏な音をひとしきり鳴らしてからでないと冷風が出てこなくなった。冬が来る前には買い替えるつもりでいたけれど、こんなにも愛《いと》おしげな目で見られたら、どうにかこのエアコンと一生添い遂げねばならないような気持ちになってくる……よその一家の二度とは戻らない、大切な十二年間の時間のために。

「ここに越してきた日が、まるで昨日のことみたい……。引っ越しの日に手違いでベッドが届かなくて、夫と二人で寝室のフローリングにじかに並んで寝たんです。夏だったから、ひんやりして冷たかった。夫婦として本当に一からの出発なんだと思ってなんだか心細かったけど、わくわくもしました」

杏奈さんのうちに甦る貴重な過去の断片を吹き飛ばさないよう、わたしは静かにロールケーキを口に運んだ。しかしさっきから、杏奈さんはどうもわたし相手ではなくて、この部屋の目に見えない精霊のようなものと喋っている感じもする。

「本当は、引っ越したくなかったんです」

「えっ？」

「わたしは、ここがよかったんです」

潤んでいた杏奈さんの目に再び切迫した何かが宿り、わたしはフォークをぐっと握りしめた。

「あの、ここというのは……」

「この家のことです、もちろん。家を建てると言い出したのは夫のほうで……」

「はあ、そうだったんですか。どうしてまた……」

「わたしだってわかってたんです。ここは寝室が一つしかありませんし、娘たちがそれなりに成長したら、いつかはもっと広い部屋に移らなきゃならないなって。でもまだ、しばらくは大丈夫だろう、しばらくはと言っているうちにずるずるここに居つづけて、結局ここがわたしたちの終の住処になるんだろうとぼんやり思っていました。だってここはわたしの人生の出発点なんです。ここで始まったならここで終わるものとすっかり思い込んでしまっていたんです。壁紙も床材も家具も、そのつもりでぜんぶわたしが一から選んだんですから」

突然力強くなった杏奈さんの口ぶりに気圧《けお》されて、フォークを握りしめたまま動けなくなった。

一から自分の気に入るように住まいをデザインしたのは、わたしだけじゃなく十二年前の杏奈さんも同じだったのだ。固まっていると、「ここはですね」と一言一言噛み締めるように杏奈さんは続けた。

「わたしたち家族の大きさに、本当にぴったりフィットした家でした。束の間《つかま》だった夫婦二人の時代にも、子どもが小さかったときにも、そのときどきの家族の大きさにちょうどいい家だったんです。子どもがもっと大きくなってからだって、この家はわたしたち家族のかたちに合わせてふくらんで、ぴったり寄り添ってくれているような気がしていました。でも夫は、もうこの家は僕たちには小さいと言い出して。わたしはまだここにいたい、ここそ唯一無二の理想の家じゃないかと反対したんですけど、気づいたときには道の向こう側に土地を見つけてきていて……あとはもう、川に流されるみたいにぜんぶ勝手に決まっていきました」

「で、でも、ありさちゃんもまりちゃんも、やっぱり新しくて広いおうちを気に入ってるんじゃないですか」

「気に入ってるとしたら」杏奈さんは鋭い目でわたしを見据えた。「どうして二人ともここに戻ってきたんですか?」

確かにそうだ。新しい家は「よその家のにおいがする」と顔をしかめていたありさの顔が目に浮かぶ。

「親の前では喜んだそぶりをしてますけど、なんとなくわかるんです。新しい家には、子ども部屋にありさが前々からほしいと言っていた二段ベッドを置きました。引っ越した当日、ありさは子猿みたいに何度もはしごを登ったり下りたりしてましたけど、結局いまはまりと一緒に下の段で寝てるんです。ときどきはわたしとも寝たがります」

「まだ慣れていないだけで、そのうち慣れるんじゃないでしょうか。なんていうか、ありさちゃんはとても敏感というか、繊細な子みたいですし……」

「二段ベッドも階段も最初は喜んでましたけど、それもわたしたち親を喜ばせるために喜んでいたところがあるみたいで……。まりもありさのそういう気持ちを察して、新居では心ここにあらずな感じなんです。前からぼんやりした子でしたけど、最近はとみにどこでもない一点を見つめていることが多くなりました。満足しているのは夫だけです。夫は田舎の一軒家に暮らしてましたから、東京に自分の家を建てることが夢だったみたいなんです。庭に池を作って鯉《こい》を泳がせたいなんてことも言ってましたけど、それはさすがに諦めさせました」

「鯉ですか……」あの体育教師のようなお父さんが、素手で鯉を掴んで空高く掲げているところが目に浮かぶ。「いたらにぎやかでしょうね」

「誰が世話すると思ってるんでしょうか。わたしは動物が苦手なんです。メダカ一匹だって飼いたくありません」

「そうですよね、世話が大変そう……」

「藍さん」

わたしの間の抜けた返事に我慢できなくなったのか、杏奈さんは再びこちらを見据え、小さな子に言い含めるように文節ごとにたっぷり間を置いて言った。

「わたし、おかしい、のでしょうか？　前の家に、こんなに未練を、感じるなんて」

「い、いいえ……」

「藍さんはもうここに慣れたんですか？　十一年も暮らした家を離れて、すこしも恋しくは思わないんですか？」

「思います」相手の勢いにほとんど身の危険を感じて、咄嗟に口が滑ってしまった。「だって十一年も住んでたんですから」

　杏奈さんはじっとわたしの目を見つめ、もっと説得力のある弁明を求めている。黙っていたら食いつかれそうな迫力だったから、わたしは一生けんめいに相手が喜びそうな言葉を探した。

「十一年も暮らしちゃうと、もはや自分もあの部屋の家具も同然って感じになってて……ここは越してきて一ヶ月ちょっとですから、まだよそものって感じはします。大きなものから自分だけちぎれてここに投げ込まれたまま、孤立無援というか……壁紙もフローリングもカーテンもぜんぶ自分で選びましたけど、やっぱり杏奈さんのご一家のエアコンや冷蔵庫を見ると、まだこの部屋のほうが前の家族を惜しんでいる感じがするといいますか、わたしはまだ部屋に受け入れられていない感じがするといいますか……とにかくまだちょっと、部屋のほうがわたしによそよそしい感じはあります」

「じゃあ、前の家に戻りたいと思いますか？」

　戻りたいと思うか？　答えはノーだ、絶対にノー。部屋の家具同然だったとかちぎれて孤立無援だとか、思いつくまま口八丁をやってしまったけれど、根本のところではわたしはすっかり腹を括《くく》っている。ここではわたしがこの部屋の一部になるのではない、この部屋がわたしの一部になるのだ。契約書にサインしたときから、わたしはそういう腹づもりだった。それなのに「思います」なんて、いまは相手の切ない目に浮かぶ要求を無視できず、つい求められるがままに答えてしまった。

「そうですよね」

杏奈さんは破顔して、ロールケーキの大きな塊をフォークで突き刺し、口いっぱいにほおばった。

「嬉しい。わかっていただいて」

「はい……」

「新居が嫌なわけではないんです。慣れていきたい気持ちはおおいにあるんです。でもどうしても、住み慣れたここを恋しく思う気持ちを捨てられなくて……嬉しそうな夫の手前、こんなことは家のなかでは言えませんし……子どもたちにも言えません」

「わかります。ホームシックみたいなものですよね」

「そうなんです。わたしにとってのホームは、まだやっぱりここなんです」

ホームシックから解放される唯一の方法は、新たな環境になじみ、そこに新たな愛着を見出《みいだ》し育てていくことだ。でもこのひとは、口では慣れたい慣れたいと言いながら、心の目は思いっきりこの元の住居に釘付《くぎづ》けになっている。

「あの、ところで今日、娘さんたちは……？」

「夫が見てます」

「あ、土曜ですもんね、今日」

「引っ越し前後は毎週末ほんとにバタバタしていて。最近やっと、ゆっくり休めるようになりました。あの、いまさらですけど、今日はお仕事のお邪魔でなかったですか？」

「あ、いえ……ぜんぜん。ちっとも」

杏奈さんは壁際の本棚をちらっと眺め、遠慮がちに言った。

「ありさが前に、藍さんは、本を書くお仕事をしていると言っていたんですが……」

「ええ、そうなんです。一応、そういう仕事です」

「すごい。わたしたちの家に作家の先生が住んでくれるなんて」

わたしたちの家、というところがひっかかったけれど、「いえいえ、そんな、たいしたものじゃないんです」と癖になっている卑屈な素振りで手を横に振った。

「道理で、たくさん本があるわけなんですね。図書館みたい」

はじめて来たとき、ありさもまったく同じことを言った。わたしは笑って「どんどん増えてしまうんです」と返した。

「ごめんなさい。娘だけじゃなく、わたしまで勝手に押しかけてしまって。藍さんも、よかったら今度うちにいらしてください」

「え、ご新居にですか?」

「もちろん。ぜひいらしてください。娘たちも喜びます」

それはまたさらに大いなる疑問だ。あの子たちはわたしに会いにここに来ていたのではない、おそらくは元我が家の空気を吸いに、ここにやってきたんだから。もっと言えば、このお母さんだってそうだ。玄関でサンダルを脱いで以来、どういうわけだか彼女こそがこの家の主《あるじ》であり、わたしは留守を預かる管理人でしかないような空気が次第に濃くなっている。家の精霊みたいなものが本当にいるとしたら、この家恋しさに戻ってきた彼女をさぞかし歓迎していることだろう。

わたしたちは連絡先を交換した。相手はまた洗いものをすると言い張ったけれどどうにか宥《なだ》めて、そのまま玄関まで見送った。靴下を脱ぎサンダルを履きながら、ちらちら足元を見ている。前に来たときも、確か同じように足元を気にしていた。やっぱり石素材から白い木製のものに替えてしまった巾木を見ているのだろうか？　訝《いぶか》しみながら黙っていると、今回は杏奈さんのほうからずばり「巾木」と切り出してきた。

「巾木を……」

「巾木？　巾木がどうかしました？」

「巾木も、替えたんですね」

「あ、ええ。もとの石の巾木もすてきだったんですけど、新しいフローリングの色にはちょっと合わないかなと思って……」

「あの大理石風の巾木は、わたしのいちばんのお気に入りだったんです。何よりも時間をかけて選びました」

「はあ、そうだったんですか……」

「本当にすてきにリフォームされましたけど、ごめんなさい、玄関と廊下の巾木だけは、やっぱりもとの石のままがよかったような気がして」

わたしはさすがにむっとして、あえて微笑みを浮かべて無言を貫いた。すると相手も察するところがあったのか、「ごめんなさい」とごまかすように笑った。

「失礼しました、いまからこんなこと言っても遅いですよね。リフォームの現地調査の日に、お話ししておけばよかった。あの巾木、実はすごく高かったんです。でもこの白い巾木もすてきです。本当にすてき」

きれいなアーモンド形の杏奈さんの目が、スライスされたみたいに一気に細くなった。その目がわたしのリフォームセンスを褒めているのか責めているのか、それとももっと深刻な何かを示唆しているのか、いまのところはわからない。

うちにも遊びにきてくださいね、絶対ですよ、最後にそう念を押して、彼女はドアを開け出ていった。


絶対ですよ、と念を押してきたわりに小林家からお呼びの声はなかなかかからず、落胆とも安堵ともつかぬ気持ちをもてあましていた折、真下の部屋の峰尾さん宅からお呼びがかかった。朝のごみ捨てのときに出くわしたお母さんに、親戚から大量の冬瓜《とうがん》が送られてきたから明日の昼に冬瓜料理を食べにきてくれないかと誘われたのだ。

わたしは二つ返事で行きますと答えた。出会ってまもない隣人から食事に招かれるだなんて、自分がそれだけ信頼に値する立派な大人になったようで嬉しくなる。

これまで友人や仕事で知り合ったひとの家庭の食卓に招かれたことは何度もあるけれど、ただ近所に住んでいるという以外何一つ共通点のないひとの家でごちそうになるのは小学生のとき以来だ。一人暮らしで手抜きの自炊ばかりの生活をしていると、誰かが作ってくれるものはみな無条件においしい。何を食べても咀嚼《そしゃく》するごとに感謝の旨味《うまみ》があふれる。とりわけ、わたしはよその家でよその家族にまじって手料理をふるまわれることが大好きだった。つまり食卓の一角にちゃっかり陣取り、好きなだけ食べろと甘やかされ、一日だけのいわばサブ家族として、家庭生活のおいしいところだけをつまみ食いすることが。

翌日、近所の洋菓子店で買ったフルーツゼリーを手土産に、約束の十二時に二〇七号室のインターフォンを鳴らすと、出てきたのは息子の峰尾さんのほうだった。

「こんにちは、どうも、母がお呼びたてしてすみません」

息子の峰尾さんは今日も派手なハイビスカス柄のアロハシャツを着ている。誘われたときには息子が同席するのかしないのか、あえてお母さんには聞かなかった。とはいえサブ家族を満喫するために、もちろん元の家族は全員揃っていたほうがいいだろう。

「いえ、お言葉に甘えておじゃましてしまって……」

「どうぞどうぞ、上がってください」

奥からも「どうぞー」とお母さんの声が聞こえてくる。

わたしのために用意されていたのは、フェイラーの黒地に紫色の花が刺繍《ししゅう》された華やかなスリッパだった。まだおろしたてなのか、なかに足を入れるとタオル地の弾力がふっくら感じられる。リビングに続く廊下の奥のドアは開け放されていて、向こうに猫のモリーが前脚を立てて座っているのが見えた。でも目が合ったとたん、このあいだ外廊下で会ったときとは別人のようなそっけなさで、モリーは目を真ん丸にして逃げていってしまった。

峰尾家の部屋はわたしの真下の階なので、間取りはそっくり同じだ。ただ、わたしがいつも開け放している寝室のドアと洗面所のドアはしっかり閉めてあって、廊下は昼でも照明をつけっぱなしらしい。

「猫が入れないように、ドアを閉めてるんですよ」

洗面所のドアを開けながら息子の峰尾さんが言った。念入りに手を洗ってからリビングに入ると、一家の長い年月を感じさせる独特の雰囲気が部屋中に満ちていた。掃き出し窓は開いていて、レースのカーテンが風に揺れている。

自然と窓に吸い寄せられたわたしの横に息子さんが立って、「上とは違う眺めですか?」とレースカーテンをめくってくれた。外には向かいのマンションの二階の外廊下が見えた。峰尾家のベランダはうちのようなすのこ敷きではなく、もとの灰色の床の上に一つからっぽのプラスチックの植木鉢が転がっている。

「あれ、上から落っこちてきたんですよ」

「え?」

「植木鉢。上に住んでた家族の子が、去年ふざけてあそこから落っことしたんです」

息子さんが指差したのは、ベランダの天井の端っこだった。

「危ないから注意しようと思ったんですけど、あとででいいやと思ってるうちに引っ越されちゃって。植木鉢も返しそびれちゃいました。こっち側の部屋って、上に行くにつれちょっとずつベランダが短くなってるでしょ。だから、藍さんちのベランダの端っこからは、うちのベランダの床が見えると思いますよ」

植木鉢を落としたのがありさなのかまりなのかはわからないけれど、思わず「ごめんなさい」と謝りたくなった。下の階のベランダにふざけてものを落とすなど言語道断だ。でも子ども時代には、植木鉢でも口に入れたグミでも、何かをこっそり落っことすのが楽しくてたまらないひとときも確かにある。

転がった植木鉢のほかに、室外機の上には丸いガラスの灰皿が置いてあった。なかには短い吸い殻が何本も横たわっている。わたしの視線に気づいた息子さんが、「あっ、ごめんなさい」と先に謝った。

「煙草《たばこ》の煙、上に行ってないですか？　僕も母も、両方喫煙者なので……煙が気になったら言ってください」

「いえ、ぜんぜん気づきませんでした、大丈夫です」

とは言いながらも、ロビーの掲示板にでかでかと貼られた「ベランダでの喫煙はご遠慮ください」の注意書きを思い出してしまう。

また室内に目を戻してみると、窓の横の壁掛け時計はローマ数字の文字盤で、表面がすこし曇っていた。壁紙は石目調ではなく布地調で、時計の下にはマティスの金魚の絵のレプリカが額に入れて飾ってある。テレビの位置もうちと似たり寄ったりだけれど、その前にあるのはラグとソファではなく、布団なしの大きなこたつだった。横長の窓のある西側の壁には、人形やぬいぐるみが入ったガラスケースが一つ置いてあるだけだった。この部屋にも午後の遅い時間になれば、西日がたっぷり差し込みそうだ。

キッチンのカウンターの前には、椅子を隙間なく並べれば軽く十人は座れそうなどっしりとしたテーブルが鎮座していて、赤とオレンジのギンガムチェックのビニールのテーブルクロスが掛けられていた。テーブルの一辺は奥の壁にくっついていて、壁に面したところには菓子皿とペン立てが並び、その横に新聞と週刊誌が三山積み重ねられ、これらの前列にはカラフルな陶器の猫の置物が特に何の秩序もなく雑然と配置されている。ずいぶん広いテーブルなのに、空いているスペースは全体の半分とすこし、といった体《てい》だ。そしてその空いているスペースに、三つの箸置きと三膳の箸がセットされていた。

「いらっしゃい、散らかっててごめんなさいね」

エプロン姿のお母さんが湯気のたつ白いお皿を手にキッチンから出てきた。手提げ袋からゼリーの箱を出して「ゼリーです。お口に合えば……」と手渡すと、「あら悪いわね」とその場で包装紙を剝がし、中身のゼリーだけを早速冷蔵庫にしまいにいく。テーブルに残された箱と包装紙を片付けながら、息子の峰尾さんは「どうぞ、座ってください」と窓を背にした席を指した。何か手伝ったほうがいいのかと突っ立っているうち、お母さんは手際良く次から次へとお皿やらお椀やらを運んできて、あっというまに食卓は食べもので埋め尽くされた。白いご飯以外は大皿のえびと冬瓜のあんかけ、冬瓜サラダ、冬瓜と肉団子の煮もの、冬瓜のお吸いものと、見事にぜんぶ冬瓜料理だった。

「さ、食べましょ。好きなのを好きなだけ食べてね」

エプロンを外して椅子の背にかけたお母さんの一言で、三人で手を合わせて食事が始まる。わたしは冬瓜の煮ものから手をつけた。半透明につやつや光る冬瓜を口に運ぶと、ほろりと崩れて水分があふれ、控えめな甘さが口いっぱいに広がる。おいしいです、おいしいです、と繰り返すわたしに、親子二人は「たくさん食べて」と料理の皿を寄せてくれた。ただし料理に集中できた時間はほんのわずかで、世間話もそこそこに「ずっとお一人なの?」といきなりお母さんが切り出してきた。

「ちょっと、お母さん、失礼だよ」

息子が慌てたようすで止めに入る。

「いえ、大丈夫ですよ。ずっと一人です」

お母さんはほらね、というように息子にたいして目を見開いてから、「まあどうして?」と小首を傾《かし》げた。ひょっとしてこの食事会は、わたしの身上調査のために準備されたものなのかもしれない、そんな考えが一瞬頭をよぎる。でも、それならそれでべつにかまわない。

「どうしてでしょう……まあ、縁がなくて」

「一回も結婚を考えたことがないの?」

「ないことはなかったと言いたいんですが、やっぱり縁が……」

縁ねえ、縁、縁、とお母さんは疑い深そうに言いながら、とろりとした熱いあんがかかった冬瓜を口に運ぶ。

「お母さん、やめときなよ」息子が止めに入ったけれど、わたしは「いいんです」と笑った。

「結婚しないのかとか相手はいないのかとか、昔はいろいろ聞かれたのに、最近は聞かれることもなくなりました。知らずにずっと飲まされていた薬がじわじわ効いてきたみたいに、すうっと、自然に、何も」

「あらそうなの。ちなみにこないだも言ったけどね、このひとは」と、お母さんは息子の峰尾さんを箸の先で示す。「出戻りなの。出戻り息子」

「べつに恥ずかしいことじゃないよ」息子が言い返す。「ずっと昔の話だし」

「お母さんだってべつに恥ずかしくは思ってないよ。ただ、どうしてそんなことになったんだろうって思うだけ。だって……」

「ほんとにやめて、お客さんの前で」

「この冬瓜のサラダ、すごくおいしいですね。ぴりっとしますけど、胡椒《こしょう》が入っているんですか?」

いたたまれなくなって発した一言だったけれど、お母さんは「これは胡椒じゃなくて山椒《さんしょう》」と破顔して調味料の配合を教えてくれた。ひとまずデリケートな話題が回避できてほっとする。それにお世辞ではなく、お母さんの冬瓜づくしの手料理はいかにもお客さん向けにしゃちこばっておらず、気取らない家庭的な大雑把さがあって、わたしがいちばん嬉しくなるタイプのもてなしご飯だった。

「もう新居には慣れましたか？」

息子の峰尾さんに聞かれて、なぜか見たこともない、新居でくつろぐ小林一家の団欒《だんらん》風景が目に浮かんだ。でもすぐにその風景を振り払い、「はい、だいぶ」とうなずく。

「引っ越し直後はかなりバタバタしてましたけど、最近ようやく、自分の家だという気がしてきました」

なんだか嘘を言っている気がする。何しろ、ちょっと前まで家には小林家の子どもたちが出入りしていて、先日その母親には「部屋に受け入れられていない感じがする」などと口走っていたのだから。でもあれはその場凌《しの》ぎのでたらめだったのだ、わたしはちゃんとあの部屋に受け入れられている。でもこうして部屋を離れてみると、また不安になってくる。すぐ上にあるはずの自分の部屋が、いまこの瞬間にもわたしから逃れ、前の家族を追いかけていこうとしているかのような……想像すると奇妙な焦燥感がぬるい液体になって、つうっと額に伝った気がした。

「わたしたちがここに引っ越してきたときには、半年は段ボールが片付かなかったわね」

お母さんが笑いながら言った。

「ここが新築のときからいらっしゃるんですよね。もう十二年でしたっけ」

「そう、ついこのあいだのような気がするけど、もう干支《えと》がひとまわりしちゃったわよ。そのときはまだにぎやかだったわねえ、猫も入れたらここに五人も住んでたんだから」

「僕が戻ってこなかったら、お母さんはここにずっと一人だったんだよ。それは寂しいでしょ」

「一人じゃないわよ。モリーがいるじゃないの」

「モリーだってもうおばあちゃんなんだから」

「モリーはあんたより長生きするよ」

親子二人が言い争っているあいだ、わたしはあらためて部屋を見回した。四人家族でここに引っ越してきてから猫が加わり、十二年のあいだに一人減り、もう一人減り、さらに一人減り、そしてそのうち一人だけが戻ってきた。その入れ替わりをすべて見ていて静かに受け入れてきたのがこの家だ。いたりいなかったり、増えたり減ったりした生きものたちが発した視線や言葉や鳴き声笑い声怒鳴り声の集積のなかに、いまわたしはすっぽり収まっている。

「ところで、ここのほかの住人とは話した？」お母さんが聞いた。

「あ、いえ、まだ……引っ越してきたときにお隣にご挨拶にいったんですが、ずっとお留守で。他のかたとは、ときどき下ですれ違うときに挨拶する程度です」

「あらそう。でもここ、ヘンなひとはいないから大丈夫。一昨年までは九官鳥を飼ってる偏屈な一人暮らしのおじさんがいて、管理人さんとごみ出しのことなんかでもめたりしてたんだけど、もういなくなっちゃった。あとはみんな感じのいいひとよ。ね？」

お母さんに同意を求められて、息子は「うん、まあ、そうだね」とお吸いものをすすりながら答えた。

「ここができて五、六年くらいはね、子どもが小さい家族がけっこういたから、クリスマス会なんかのイベントもあったのよ。ロビーにクリスマスツリー飾って、どこかのお父さんがサンタさんやったりしてね」

「クリスマスだけじゃなくて節分もあったよ。どこかのお父さんが鬼役やって、豆を投げつけられてたよね」

どこかのお父さん、と聞いたところで、瞬時にあのお父さんの顔が思い浮かぶ。

「ひょっとして、そのお父さんって、前に三〇七に住んでた家族のお父さんじゃないですか」

「どこのお父さんかはわからないけど、そうね、小林さんのお父さんがやったこともあったかもしれない。あの娘さんたちはもういくつになったのかしら」

「九歳と五歳です」

「あら、もうそんなになるの。名前は確か……」

「ありさちゃんとまりちゃんです」

「ああ、そうだった。あの子たち、最近はもう見かけなくなったわね」

「そりゃあそうだよ、引っ越したんだから」

「そうじゃなくてね、引っ越したあともあの子たち、しばらくはこのへんをうろうろしてたのよ。ね、猪瀬さん、あれいつだったかしら、前に外で会ったときにそんな話したわよね」

「ええ、はあ……」それ以上何も聞かれないことを祈って、わたしはサラダに入った細切りの冬瓜を口いっぱいに詰め込んだ。

「未練でもあるのかな」息子の峰尾さんが不思議そうな顔で箸を止める。「まだ小さい子二人だけで来るなんて。引っ越し先もここから近いってこと？」

二人は明らかにわたしの意見を求めているようなので、口のなかのものを大急ぎで咀嚼して、むりやり呑《の》み込んでから答えた。

「あのご一家は、大通りの向こう側に新しく家を建てたそうなんです」

「へえ、そうなんだ。引っ越してもここに戻ってくるなんて、古い家が恋しいのかな」

「そうじゃない？」とお母さん。「飼い主と引っ越していった猫だって、引っ越した先の家になじめなくて、古い家に戻ってきちゃうって話があるじゃないの。猫はひとじゃなくて土地につくって」

「猫の話はしてないでしょ。人間の子どもの話だよ」

　このお母さんも、ひとの子どもを猫のように考えるのは姉と一緒だ。いま気づいたけれど、知り合って日が浅く年齢差もあるのにこのお母さんになんとなく親しみを感じてしまうのは、雑なもの言いだとか若干のお行儀の悪さが姉と似ているからなのかもしれない。

「それにしても、小林さんの家は本当に家族らしい家族、お手本の家族という感じだったわね。優しくて丈夫そうなお父さんに賢そうなお母さんにかわいい娘さん二人で。生まれてまもないころから知ってるから、あの子たちの成長ぶりを見て時の流れを感じるようになってたけど、いなくなっちゃってからは時間が止まったみたい」

「そうですね」わたしは玄関の外でときどき見かける出店の子どもたちを思い出した。「ときどき見かける近所の子どもは、針のある時計とはまたべつの、もう一つの時計みたいなものですよね」

「そうそう、ほんとにその通り。あのご夫婦も、ここに入ったときはまだ新婚さんだったでしょ。家族が増えて、部屋が小さくなったからここを出るって、まあ当然のことなんでしょうけど、あの家族にはざぶざぶ時間が流れてるんだなあと思うわね。それに比べて、ずっとここにいる自分がなんだか置き去りにされたような気持ち。年取った自分と、おじさんになった息子と、おばあちゃん猫の三人で、時間が止まっちゃってるのね」

「わたしもずっと一人で暮らしてるので、わかります。一日の時間の流れは把握していても、自分の人生に時間が流れているという感覚は薄いです」

「そうよね、一人だとね」お母さんが相槌を打つと、どことなく食卓にしんみりした雰囲気が漂った。すると横の息子が、「お母さんの目には、隣の芝生は青く見えるというか、隣の芝生は流れて見えるってことだね」と呆《あき》れるように目を細めた。

「そう。うちはぬかるみにはまって停滞している家」

「でも、流れている当の家のなかからは、その流れも流れだとわからないんじゃないかな？　うちだってそうだったよ。気づいたら流れが停まって、こうしていまのぬかるみに至ってるんだよ。このままはまり続けてあと二十年も経ったら、あのころはまだちょっとは時間が流れてたって思うんじゃないの？」

「そうですね」わたしも加勢する。「流れのさなかにいるときには、本人にはそれとわからないものですよね」

「まあそうね。家のなかにいたら外のことはわからないし、外にいたら家のなかのことはわからないね」

　姉も前に似たようなことを言っていた。何か胸騒ぎがして、わたしは黙って箸を動かした。すると息子の峰尾さんが、「お母さんもたまには外に出て、社会見物でもしたほうがいいよ」と笑い、お母さんも「外はもうじゅうぶん」と言って笑った。わたしも一緒になって笑ったけれど、上を向けばすぐそこにあるはずのわたしの家が、やはり前の家族を、そしてそこにあったはずの流れを求めていまにも地を滑って逃げていってしまいそうで、どうにも落ち着かなかった。

甘辛く煮付けた冬瓜の柔らかい繊維が、口のなかで水分たっぷりにつぶれていく。そうすれば逃げていく家を引き止めることができるかのように、わたしは黙って次から次へと冬瓜を口に放り込んだ。

5 団欒の体験

杏奈さんからメールが届いたのは、峰尾家の楽しい食卓に招かれた翌日のことだった。まるでうちのほうがもっともてなせると挑みかかるような絶妙のタイミングだ。

「今週末、もしお時間あればうちに遊びにきませんか？　子どもたちとキッシュを作ります！」という、季節の挨拶もなければ絵文字も顔文字もない、シンプルな文面。わたしはカレンダーを見た。大学の夏休みの最後の週末だ。なかなかかたちが定まらない小説になんとか突破口を見つけるためにとっておきたい週末だったけれど、好奇心が勝った。

「お言葉に甘えてお邪魔します」と返信すると、すぐに「待ってます！」というメッセージと、壁を背にしてフローリングに並んで座っているありさとまりの写真が送られてきた。二人とも特に喜んでいるようなようすはなく、唇を引き結び緊張と疲労をかき混ぜて薄めたような表情をしている。なんだか人質みたいな写真だと思ったけれど、この表情を作らせたのは母親によってじきにやってくることを知らされたよその大人、つまりわたしなのかもしれない。

こうして訪問が決まってみると、遅まきながら改めて戸惑った。わたしたちには、このマンションの一室の売主／買主という関係以外、共通点は何もない。遊びにきて、ということだったけれど、いったい何をして遊べばいいものか……考えていたら落ち着かず、原稿を書くのは早々に諦めてデパートに手土産のゼリーを買いにいき、ついでに紺色のシャツワンピースまで買ってしまった。

あの一家にできるだけ感じよく見られたいと思っている、この虚栄というかプレッシャーはどこから来ているものなのだろう。もしかしたら、峰尾さんのお母さんが言っていた、家族らしい家族の家、というものに気圧されているのかもしれない。峰尾さん宅を訪ねたときのような普段着では、自分があの家族、あの家にはふさわしくないという不安があるのだ。


土曜の十一時半、わたしはおろしたばかりのワンピースを着て、髪型も整え、マスクの下に丁寧に化粧を施し小林家の新居の玄関前に立っていた。

Googleマップのスクリーンショットで送られてきた地図によると、小林家は以前姉と歩いた道とはまったくべつの区画にあった。つまりわたしたちに家を見られた、という以前のありさの発言が怪しくなってくるけれど、仮に嘘だったとしても、どうにか大人に取り入りたい子どもの必死さがそうさせたんだろう。

小林家の新居は、なんとなく頭に思い描いていた一軒家とそう違わなかった。道に面して小さな庭と駐車場があり、間口は狭いけれど奥行きのある二階建て住宅だ。外壁はごくうすいブルーで、二階には細長い出窓が二つついている。周囲の古い家に比べたらこぢんまりとはしているけれど、ヨーロッパ風の、瀟洒《しょうしゃ》でかわいらしい家だと思う。今日わたしはこの家のお客さんをするのだ、そう気合いを入れてインターフォンのボタンを押すと、ガタガタッと何かが崩れるような音に続いて、

「はい?」と不機嫌そうな声がした。

「あ、ありさちゃん?」

返事が返ってくる間もなく玄関のドアが開き、まりの顔がのぞいた。

「あ、まりちゃんだ。こんにちは」

続けて奥からドタドタ走ってくる足音がして、ありさの顔ものぞいた。

「ありさちゃんも、こんにちは」

さらに足音が続き、杏奈さんが笑顔でドアを大きく開ける。

「いらっしゃい、ようこそ」

わたしは短く息を吸い、精一杯の笑顔で「お邪魔します」と答えた。

靴脱ぎの壁には子どものどちらかが描いたとおぼしきクレヨンの絵が額に入れて飾ってあった。上半分に黄色い丸がたくさん並んでいて、中央に大きな緑の四角が一つあり、その底辺からピンクの細長い三角がにょきっと四つ生えている。

「これはわたしたち家族です」杏奈さんがまりに微笑みかけた。「ね?」

「まりちゃん、上手だね」

わたしが褒めると、まりは恥ずかしそうにありさの後ろに隠れてしまった。

「どうぞ、上がってください」

よく知らないひとの新居に上がり込むのは奇妙な感じだった。お客というより、羊の皮をかぶってこれからこの家に何かを売り込もうとしている販売員にでもなった気持ちがする。

玄関に上がってすぐに気づいたのは、杏奈さんがあれだけ固執しているように見えた石巾木がこの新居には使われていないということだった。石ではなくて、廊下のフローリングと色を合わせた一般的な木の巾木が使われている。なぜ石にしなかったのだろう、わたしが白い木の巾木に替えてしまったことをあんなにうらめしそうに悔やんでいたのに……そういう疑問が顔に表れないよう、わたしはマスクの下でも努めて行儀のいい笑顔を保った。

奥に続く廊下の壁の両側には、前の家と同様、大人の目の高さに細長い鏡が絵巻のように張りつけてある。これも絶対に表情に出してはいけないことだけれど、こんなに四六時中自分の顔を見ていたいひとの気が本当にしれない。

案内された洗面所には、たらいも洗えそうなほど広い洗面台がピカピカと光っていた。壁紙は明るい卵色で、大きな鏡の端には白い蝶々の模様が入っている。後ろでは内覧のときに見たのと同じドラム式の洗濯機がぴったりスペースに収まっていた。杏奈さんは先に廊下の奥に戻ったけれど、ありさとまりはわたしがハンドソープのポンプを押して手を洗うのをじっと見ている、というか、見張っている。わたしはいつもより念入りに、心のなかで二十秒を数えて手を洗い、しっかり水で泡を洗い流した。

子どもたちに導かれて廊下の奥に入ると、そこは光がよく差し込むリビングダイニングだった。採光面は南西だな、とつい癖で方角をチェックしてしまう。左手にはアイランドキッチンがあり、杏奈さんがミトンをはめた手でオーブンからキッシュを取り出そうとしていた。焼けたチーズとバターが混じった香ばしい匂いがする。ダイニングのテーブルセットにはすでにカトラリーやサラダの皿が用意してあった。先日招待された峰尾さん宅とは違って、テーブルの上には余計なものが一つもない。奥の壁沿いにはちょうどありさの背と同じくらいの高さの収納棚が並んでいて、広いコの字形のソファやテレビ台などの大型家具のほかに、床には何も置かれていなかった。内覧のときに受けた雑然とした、そして濃密な家族の空気はまだここには溜まっておらず、住宅展示場のモデルルームのような室内だった。

大きなテーブルの周りには大人用の椅子四脚が並び、子ども用の椅子一脚がお誕生日席の位置に置いてあった。まりがそこに座り、杏奈さんはその隣のキッチンに近いほうの椅子に座り、ありさはまたその隣の椅子に座ったので、わたしは窓を背にして親子と向かいあうことになった。

「どうぞ、冷めないうちに」

皿に取り分けられたのはきのことベーコンが入ったキッシュで、焼き色のついたたっぷりのチーズが載っていた。

「すごい、おいしそう」

というのは嘘八百で、実はわたしはチーズが苦手だった。どうぞ、どうぞ、と勧めてくれる杏奈さんの隣で、ありさはわたしをじっと見ている。自分一人だけマスクをしていることに気づき耳ひもに手をかけたけれど、ありさだけではなくその母親も妹も、手品師でも前にしたかのように好奇心で目を膨らませてこちらを凝視していた。鳩の一羽くらい出してあげないとガッカリされそうだと思いつつマスクを外すと、三人は何か見てはならぬものを見てしまったような感じでそれぞれに目を逸《そ》らし、同じタイミングでフォークを握った。それでわたしもフォークを手に取り、できるだけチーズのかかっていないところを選んで最初の一口を口に運んだ。

「おいしいです」

ほっとしたことに、キッシュは本当においしかった。久々にチーズを口にしたけれど、苦手だった匂いもあまり気にならず、それどころかよく焼けたところがカリカリしていておいしい。中年期に突入して、味覚も変化したということだろうか。わたしは興奮して、もう一かけを口に運んだ。

二口目も確実においしい。

「よかった、お口にあって」

「本当においしいです。キッシュがこんなにおいしいとは」

横目でちらりとありさのようすを窺ってみると、まだフォークを握ったまま、疑わしげな目でこちらを見つめている。そんな目で見つめられると、せっかく心からキッシュがおいしいと思えたのに、それもただのおべんちゃらにしかすぎないような気がしてくる。一方まりは、子ども用の持ち手がぽってりしたフォークで口の周りを汚しながら夢中で食べていた。

「こんなにおいしいキッシュ、はじめて食べました。ありさちゃんとまりちゃんも一緒に作ったの？」

二人の名を入れたけれど、わたしは主にまりを見つめて聞いた。まりは一瞬フォークの動きを止めて、恥ずかしそうに小さくうなずいた。

「そうよね、まり、一緒に作ったよね？」杏奈さんが助け船を出す。「お姉ちゃん、おいしいって」

「きのこ切った」今日はじめてありさが口を開いた。

「そうなんだ」わたしはここぞとばかり、さも驚いたかのように目を見開いてみせた。「ありさちゃん、きのこ切ったんだ。もう包丁使えるの？」

「使う」

「すごいねえ、器用だねえ」

わたしはフォークの先で、キッシュの断面からのぞくエリンギの端に触れた。ありさが切ったと思うと、このエリンギもどことなく不穏なものに見えてくる。

「ありさは料理が好きだよね」

母親の言葉に「さあ」と答えて、ありさはわたしから目を逸らさぬままひよこ豆入りサラダのレタスにフォークをぐさりと突き刺し、口に運んだ。彼女に見られているときは、心臓をごく細い針が貫通していくのを待つような、頭のてっぺんからつまさきまで一ミリたりとも動かしてはならぬような感じがする。どうしてこんな小さな女の子の一挙一動に、わたしはいちいち緊張してしまうんだろう。

「すてきなおうちですね」緊張を振り払おうと、わたしはわざとらしいほど明るく言った。「外の壁の色も玄関もすてきでしたし、なかもすごくすてき」

まるでこのあいだ杏奈さんがうちを訪問してきたときの鏡映しだ。今度はわたしがすてきすてきと連発している。

「ありがとうございます。壁の色は、みんなで決めたんだよね？　まり」

まりはまたフォークを握りしめたまま、ウン、とうなずく。

「キッチンも広くて使いやすそうですね。アイランドキッチン、憧れです」

杏奈さんの向こうにはマットな質感の黒い冷蔵庫が見える。ほかのキッチン家電もすべて同じ質感で揃えられていて、電化製品のカタログをそのまま再現したみたいだった。確かに、うちに置いていかれたラメ入りのブラウンの冷蔵庫はこのモダンなキッチンには似つかわしくない。

「いいですねえ、どこもピカピカで、真新しくて。こんなすてきなおうちに住めて、ありさちゃん、いいねえ」

ありさは答えず、ようやくキッシュにフォークを刺し、なぜかきのこだけをほじくりだして皿の脇に寄せた。

「あ、こら、ありさ、きのこも食べなさい」杏奈さんが注意する。

「いらない」

「この子、食べないんです。きのこ」

「え、そうなの？　切ったのに？」

ありさはわたしを無視して、フォークの先で器用にきのこを掘り出しつづけた。きのこが嫌いだったら、ほうれん草のキッシュでも夏野菜のキッシュでもいくらでもほかのキッシュが作れただろうに、なぜきのこのキッシュなのか。

「あとで、二階も見ていってください」杏奈さんは二人の子どもを交互に見やった。「ね、お姉ちゃんを案内してあげてね」

わたしが勧められるがままキッシュを二切れおかわりし、率先してサラダをたいらげているあいだ、ありさはきのこを執念深く掘り出しつづけ、きのこを探しているのかキッシュを食べているのか、はたから見ただけではわからない状態になっていた。ようやく彼女がフォークを投げ出したとき、皿の上は黄色い卵液がこびりついたきのこだらけになっていた。一方まりは、皿を空にしたあとは子ども用のフォークを口に入れ飴《あめ》のように舐《な》めつづけていた。食べかたに関してはあまりお行儀がいいとは言えなそうな姉妹の母親は、一口一口キッシュを細かくきれいに切り分け、すこしずつ口に運び、時間をかけてゆっくりと食べた。

食後には紅茶とフィナンシェが出てきた。

「もしかして、これも手作りですか？」

「ええ。これも実はうちで」

「すごい。お菓子屋さんが開けそうですね」

「聞いた？　ありさ。褒められたね。ありさは、お菓子屋さんになりたいんだよね」

「そうなの？　ありさちゃん。お菓子屋さんになるんだ」

「お菓子屋じゃない。パ……パティシエール」

「あ、そっか、いまはパティシエとか、パティシエールっていうんだね。なるほど」

キッシュには食いつきが悪かったのに、ありさは誰より先に手を伸ばしてフィナンシェを掴み、大口を開けてそこに放り込んだ。まりは両手で開いた本のように菓子を掴み、むにむにとちぎっている。わたしも一つ手にとって奥歯でゆっくり噛みしめると、バターの風味が口いっぱいに広がって鼻に抜けていく。おいしい。おいしすぎて、何かが嘘だという気がする。よく知らない家族と、よく知らない家族が作った料理をこうして囲んでいる不自然さ。どうしてなのか、峰尾さん宅で感じたようなサブ家族感、あのくつろぎの感じがここには生まれてこない。

食事の後は、皆で連れ立って新居の一部屋一部屋を見て回った。冬の内覧のときと同じように隊列を組んで、先頭がありさ、その次がまり、そのあとに杏奈さんでしんがりがわたしだ。リビングを出てまず左側のトイレ。タンクを背負っていないタイプの最新式トイレで、ドアを開けると自動で便座の蓋が持ち上がる。それから、さっき手を洗った洗面所と浴室。浴室は前の家（つまりわたしのいまの家）のものよりも広く、やっぱり奥の壁には全身がばっちり映る幅広の鏡が設置してある。浴槽は薄いピンク色で、洗い場のラックには家族の構成人数の割には多すぎる感じがするシャンプー類がぎっしり並んでいた。「四人で入れる」ありさが得意げに言ったので、わたしはどきっとした。

「やだ、ありさ。言わないの」

杏奈さんが恥ずかしそうに浴室のドアを閉めた。あ、そうかとわたしも赤面した。それはそうだ、この子にとって四人というのは、お父さんも入れた家族四人のことだ。思い上がったことに、わたしはなんとなく、いまここにいる「四人で入ろう」と言われるのではないかと思ってどきっとしたのだった。

「みんなでお風呂入るんだ。仲良いね」

子ども二人に言ったつもりだったのに、杏奈さんが「毎日ではないです」と否定した。「ほんとに、ときどき、というくらいで。ねえ、まり?」

杏奈さんと手を繋いでいるまりは、無言で浅くうなずく。

玄関の右側には小さな庭に面した六畳の和室があった。新しい畳の匂いがするだけで、本当に畳以外に何もない。

「ここは、おばあちゃんたちの部屋」ありさが言った。

「そうなんです」杏奈さんが付け足す。「実家の親が来るとき、ここに泊まってもらおうと……まだ、一度も呼べてないんですけどね。どちらも田舎なので、東京には怖がって来たがらなくて。二階に行きましょうか」

三人に続いて手すりのついた階段を上がっていくと、二階の部屋は左右に一つずつあった。ありさが先に開けたのは左側のドアだった。

「ここは子どもの部屋です」

まず目に飛び込んできたのは、バウムクーヘンのような優しい淡い黄色の壁紙だった。右側に二段ベッドが置いてあり、左の壁に向かって小さな机が二つ並んでいる。床にはペールブルーのカーペットが敷いてあって、人形やマグネットでくっつく木製の野菜形のおもちゃなどが散乱していた。

「あーあ、お姉ちゃんが来るから片付けといてって言ったのに」

「まりだよ」ありさが不満げに言う。「わたしは片付けたもん」

まりは姉からのプレッシャーを感じたのか、しおらしくおもちゃを拾い集め、奥にある大きなバスケットに放り込んだ。

「ここは終わり！」

妹の片付けを見届けると、ありさは向かいの部屋のドアを開けた。思ったとおり、そこは夫婦の寝室だった。部屋自体は子ども部屋より小さめだけれど、大きなダブルベッドが中央に鎮座し、窓辺には昔のテレビドラマに出てきそうな白いドレッサーが置いてある。ベッドはホテルのようにきちんとベッドメイクしてあって、生々しい共寝のあとがなかったのでほっとした。

「そういえば、今日旦那さんは……」

「仕事です」杏奈さんは、なぜかわたしではなく、ありさのほうを見て言った。「ね、ありさ」

うん、とありさはうなずいて、はじめて目にしたかのように珍しげに両親の寝室をきょろきょろ見回している。

「土曜日までお仕事なんですね」

「ええ、最近忙しいようで。今度は夫がいるときにいらしてください」

「ええ、ぜひ……」

と言いながらも、これ以上この家族とどんな関係を結べばいいのか、どんな関係を目指していけばいいのかわからない。それでも互いの新居を訪ねあったことで、単なる売主と買主、それだけの関係の一歩先に有無を言わさず進んでしまった気がする。

再び一階に降りると、今度はありさが習っているというタップダンスの発表会のDVDを鑑賞することになった。去年のぶんから遡《さかのぼ》って鑑賞するため、ディスクが替わるたび、テレビのなかのありさが小さくなっていく。小さなありさは小さいからだで一生懸命に音楽に合わせてステップを踏み、小気味良くリズムを鳴らしていた。「いつか王子様が」「雨に唄えば」「二人でお茶を」、知っている懐かしいメロディーに、ありさのステップから生まれる音がカチカチ降りかかってくる。まだ真新しい革のソファに寄りかかってその音を聞いていると、だんだんまぶたが重くなってきた。

「ねえ」

耳元で声がしてハッと目を上げると、そこにはいきなり成長したように見えるありさの顔があった。

「ねえ、今日は泊まっていって」

わたしは咄嗟に曖昧な笑みを浮かべ、杏奈さんに助けを求めた。こらっ、何言ってるの、そんなのダメに決まってるでしょ。すぐに叱責が飛んでくるかと思ったのに、杏奈さんはわたしと同じくらいの薄い笑みを浮かべているだけで、何も言わない。

さっきまでありさのタップダンスが流れていたはずのテレビはもう電源が消えていて、真っ黒な画面にわたしたち四人のシルエットがぼんやり映っていた。自分が寝ぼけていて、何か聞き違えたのかと思った。それでもう一度ありさと目を合わせ、「ごめんね、いまなんて言った？」と最後まで聞かないうちに、「今日は泊まっていって」と相手は繰り返した。

「え、泊まっていくの？」

「そう」

真面目な顔でうなずくありさのこめかみのあたりが、ぷっくり膨れているように見える。これは気恥ずかしさのサインだろうか、それとも怒りのサインだろうか？

「わたしが？」

「そう」

「うーん、それはちょっとー……」

語尾を引き伸ばしながらもう一度杏奈さんのほうに振り向いてみたけれど、杏奈さんはまあー、となぜか顔をほころばせている。混乱した。この子は以前はうちに泊まりたがったけれど、いまはわたしを泊めたいらしい。そして母親は母親で、そのむちゃな提案を却下せず嬉しそうに静観を決め込んでいる。ここははっきり言わないと飲み込まれる、そう直観して、毅然とした態度を取ることに決めた。

「ごめんね、夜はお仕事があるから泊まれないな」

「仕事？　なんの？」

「それはその、原稿を書いたり、授業の準備をしたり……」

「パソコン貸してあげる」

ありさは窓辺の小さなデスクに載っているノートパソコンを指さした。

「うーんとね、ごめんね、自分のパソコンじゃないとできないの。それに、わたしがあそこで仕事してたら、ありさちゃんたちに迷惑かけちゃうよ」

「大丈夫。ほってておくから」

「ほっておいてくれても、わたしが集中できないし……それに、パジャマも持ってきてないし」

ありさが口を開く前に、「パジャマならお貸ししますよ」杏奈さんが言った。わたしはぎょっとして、「いえ、いえ」と裏返ったヘンな声を出してしまった。

「いえ、ほんとによろしければ。遠慮しないでください」

「いいえ、とんでもない。大丈夫です、もうすこししたら失礼します」

「なんで?」またありさが口を挟んでくる。

「だってね、お仕事が……」

「仕事、そんなに大事なの?」

そりゃあ大事に決まってる！　怒鳴り返したかったけれど、さすがに喉にぐっと力を入れてわたしは無言で微笑んだ。この調子だと、きっと何を言ってもこの子はこっちがイエスを言うまでノーの理由を問い詰めてくるだろう。わたしはそれ以上の質問をブロックするために、戦略的沈黙を貫くことにした。答えを待っているありさに向かって、奈良の菩薩《ぼさつ》半跏《はんか》像《ぞう》をイメージした微笑みを浮かべてみせる。こうしていれば母親が空気を読んで娘をとりなしてくれるだろう、期待を抱いて杏奈さんの表情を窺ってみると、うつむいて広い眉間にすこし皺を寄せ唇を引き締め、なんだか叱られた子どものようなもの寂しい顔になっている。

「いけませんか?」わたしの視線に気づいたのか、顔を上げて杏奈さんが言った。

「えっ、と言うと……」

「もし、ご迷惑でなければ、お泊まり会、みたいな感じで……」

「今日ですか？　今日、それはちょっと突然で、心の準備が……」

「準備なんて必要ないですよ。うんと言ってくだされば、準備はぜんぶこちらでします」

「いえ、そんな」

「夫は今日出張で明日の夜まで帰らないんです。子どもたちもすこし退屈してて、お姉ちゃんが来たらお泊まり会誘ってみよっかって、今朝から相談してたんです。ね、まり？」

わたしが一瞬その存在を忘れていたまりは、ソファの肘置きの向こうから顔の上半分だけをのぞかせこちらを見ていた。母親に問いかけられると、半信半疑の色の目で一応はうなずく。

「ね、ですからどうぞゆっくりしていってください。夜は火鍋パーティーにしますから」

「火鍋……？」

「赤いスープと白いスープ、両方ある中国の辛い鍋です。夏に汗をかきながら食べるとおいしいんですよ。辛いものは苦手ですか？」

「いえ、好きです、好きですけど……」

「じゃあぜひ。みんな楽しみにしてたんです。お泊まり会、できたらいいねって」

いまや杏奈さんの口調は懇願に近い色を帯びていた。

「いえ、仕事もありますし、帰り……」

「お願い」急にありさがわたしの二の腕をみちっと掴んだ。「泊まったほうがいいよ。絶対」

涙ぐんではいないけれど、何か言葉にならない切迫したものを秘めた目つきだった。わたしは以前に姉の口から出たある疑惑を思い出してハッとした。この子はもしかして、この家に母と妹と三人で残されたくない事情があり、赤の他人のわたしにSOSを出しているのでは？

一瞬の隙を見逃さず、杏奈さんはここぞとばかりに言い連ねた。

「ごめんなさい、わがまま言って。でもありさもまりも、ほんとに楽しみにしてたんです。今年はどこにも出かけられなくて、何も思い出を作ってやれなくて……。なのでせめて、火鍋を一緒に食べていってもらえませんか？」

三人の目、とりわけそのうち二人の子どもの視線が、わたしの気の弱いところをじくじくとついた。いまここで帰ってしまったら、わたしは何か決定的なものを見逃してしまうかもしれず、それはこの少女たちの今後の人生に取り返しのつかない影響を及ぼすかもしれない。そう思うと、あのとき残っていれば……から始まる後悔の予感が高波のように襲いかかってきて、「帰る」と言い張る元気はすっかり押し流されていった。

「まあ、じゃあ、火鍋だけは……」

「ほんとに？」杏奈さんは身を乗り出してわたしに顔を近づけた。「いいんですか？」

「ええ、ご迷惑じゃなければ、お言葉に甘えて……」

「よかった、作戦成功だね」

パチパチ手を叩いた杏奈さんは二人の娘の顔を交互に見て、両手でピースサインを作って振ってみせた。すると娘たちもそれを真似《まね》て、無表情でダブルピースを作った。その三人がピースを振りながらこちらを見るので、わたしもしぶしぶ右手でピースを作り、三人に向かって振ってあげた。

「まだ夜まで時間あるね。みんなでお散歩に行って、買いものしてこようか」

子どもたちが楽しみにしていたと強調するわりに、いちばん嬉しそうなのは明らかに母親の杏奈さんだった。上の娘は不機嫌、下の娘は警戒心以外にあまりわたしの前では感情を露《あら》わにしないけれど、杏奈さんは子どもたちとは逆に、感情表現豊かなひとなのかもしれない。そしてもしかしたら、わたしと同じく、外に友だちがあまりいないのかもしれない……。

四人順番に靴を履いて外に出た。広い公園を目指し、ありさとまりを先に行かせ、わたしは杏奈さんとすこし離れた後ろに並んで歩く。

「うちに泊まるひとは藍さんがはじめてです」

まだ泊まると決まったわけじゃない、内心でそう呟きながらも「そうですか」と答える。

「なんだか縁起がよさそうで嬉しい。藍さんみたいなひとに泊まってもらえたら、うちにも福が来るような気がします」

「わたしはそんなたいしたもんじゃありませんけど……」

「ほんとにコロナになってからどこにも行けなくて、夏は引っ越しにかかりきりでしたし。娘たちは退屈しきってるんです。学校でも前みたいに好き放題にお友だちとは遊べないみたいで……だから今日は、藍さんが来てくれてみんなちょっとした遠足気分です」

一家の退屈しのぎに、今晩裸にされて踊らされて最後は火鍋に入れられて食われてしまう自分を想像した。でないと、このひとがこんなにわたしをおだて、喜ばせようとしている不自然さの説明がつかない。わたしの疑惑の目をよそに、杏奈さんは続けた。

「このあいだはごめんなさい」

「このあいだというと……」

「ほら、このあいだ、わたしが一人でお邪魔したときです。わたし、なんだかおかしなこと言って取り乱してしまったみたいで。ご不快でしたよね、いまは藍さんの家なのに、懐かしいとか恋しいとか、未練がましいことばかり言って……反省してます」

「ああ……いいえ、大丈夫です。ぜんぜん不快とか、そういうのではないです」

「新しい家にもいまはもうだいぶ慣れました。藍さんの言うとおり、ホームシックになっていたんですね。夫はまだ庭に池を作りたがってますけど、それもまあ、いいかなという気になってきました」

「池に鯉がいたらいいですよね」

「藍さん、魚がお好きですか」

「いいえ、特に好きというわけでは……」

「わたしもです。でも池があるというのは悪くないかな、と思って」

池でもお濠《ほり》でもなんでも作ってくれ、そう思いながらも、わたしはまた曖昧な笑みでそうですね、と同意する。

「藍さんは、ご家族の予定は？」

「えっ？」

「ぶしつけでごめんなさい。その、つまり……ご結婚なんかの予定は……？」

「ありません」

「ご両親を呼び寄せたりは……？」

「それもないですね」

「じゃあ、お友だちと同居なさったりすることも？」

「友だちもあんまりいないんです。姉が一人いるんですけど、老いてきて一人じゃどうにもならなくなったら一緒に住むかもしれませんが、いまのところはないです」

「じゃあ、しばらくはあそこでお一人で？」

意味不明な質問に苛つきかけていたけれど、わたしは「はい」とだけ簡潔に答えた。すると相手はそうですか……と急に深刻な顔をして黙ってしまったので、また意味がわからないと思い、「なんでですか」と聞いてみた。

「お一人じゃあ、あの家はちょっと寂しいのではないかと思って。内見ではじめて藍さんがいらしたときも、あとで夫と話してたんです。一人にはここは広すぎるって」

「確かにファミリー向けの物件ですよね。一人にはちょっと広いかもしれないですけど……でも、狭いより広いほうがいいかなと思って」

「縁起の悪い話かもしれませんが、何かあったときに心配で」

「心配？　何がですか？」

「たとえば、コロナじゃなくても何か急に病気になったり倒れたりしたとき……誰もすぐに藍さんを助けられませんよね」

「まあ、それはそうですけど、これまでもずっとそうでしたから」

「心配ですよ。藍さんが急に倒れて呼吸が止まりかけても、誰も見つけられないじゃないですか」

「わたしに限らず、一人暮らしのひとは皆そうですよ。特に覚悟もしてないですけど、いざとなったらもうしかたがないですよね」

「そんなのダメです。藍さん、何かあったときにはうちを頼ってくださいね」

「え……」

「大事な家で繋がったせっかくのご縁ですから。なぜだか不思議なんですけど、藍さんを見てると、ほっておけない、という気になるんです。子どもたちもなんとなくこのひとはほっておけないと、そういう気持ちで藍さんの家に遊びにいってたと思うんです」

驚いて杏奈さんの顔を見ると、なんとも気恥ずかしそうな笑みを浮かべていた。以前、電車の中でひどい腹痛に襲われてしゃがみこんでしまったことがあるけれど、そのとき席を譲ってくれた中年の女性もこんなふうに微笑んでいた気がする。

杏奈さんの微笑みにつられて自分も微笑んでいることに気づいた途端、頭のなかにからまっていたものがするするとほどけていくような感覚があった。

もしかしてこのひとは、単純にいいひとなのかもしれない。裸にして踊らせて食ってしまおうなんて邪心からではなく、ただ独り身の頼りないわたしを気の毒に思って、こうして団欒のお裾分けをしてあげようと思いついただけの、善意のひとなのかもしれない。

そう思いつくと、急に頭のなかのもやもやした霧が晴れていった。他人を疑うのは、結局自分に自信がないからなのだ。

「二人とも、走らないで」

公園に到着し、駆け出した娘たちに声をかけた杏奈さんは、歓声を上げる彼女たちを追って走り出した。

背の高い広葉樹の茂みから落ちる木漏れ日が、宝石箱をぶちまけたように母娘《おやこ》の背中でスパークしている。気づけばわたしも走り出し、そのまま四人で汗だくになるまで追いかけっこをした。子どもたちは普段のおとなしい姿から一変し、猿のようにキャーキャー叫ぶので、わたしも負けじと声を上げた。短い休憩を挟んで今度は色鬼が始まった。疲れ果てて芝生に身を投げ出すと、ありさとまりが両隣に座ってわたしの手をとり、自分たちの手と繋ぎあわせる。そのあと、汗でぐっしょり濡れたり地面に落ちたりした四人の汚れたマスクを杏奈さんが持参した新しいマスクに交換し、公園近くのコンビニでアイスを買い、みんなで立ったまま食べた。スーパーでは火鍋の材料と一緒に、子ども時代の大好物だったけれど一度も自分で買ったことのない、ビエネッタのアイスクリームを買ってもらった。

家に戻ったころには、わたしはすっかりこの一家の一員になっていた。今日限りの一員ではあるけれど、そして誰よりも年長ではあるけれど——甘やかされ機嫌をとられからかわれ、わたしはこの家の三番目の娘、もしくはペットの犬か猫になったような気分だった。

「お姉ちゃんにお豆腐とってあげて」

「お姉ちゃんに麦茶ついで」

「お姉ちゃんに風が当たるようにして」

火鍋パーティー中も、わたしはしょっちゅうこうして気にかけられ、母親の指示に従ってありさもまりもまめまめしくわたしの世話を焼いた。二人の態度にはもうつんけんしたところもびくびくしたところもなく、「お姉ちゃん」と呼ばれる自分よりもずっと頼りになる、優しい人間二人に見えた。

こんな母娘の態度、彼女たちの家を借金をして買っただけの他人のわたしを優しく積極的に受け入れてくれる慈愛っぷりに、わたしは正直感動していた。そして自分がいかに自分一人の生活を守ることに汲々《きゅうきゅう》としていて、他人の孤独に無関心だったか痛感した。

広いお風呂で一番風呂を楽しんだあとは子どもたちにせがまれて、わたしは子ども部屋で寝ることになった。一階の和室からありさとまりがえっちらおっちら布団を二階まで運び、二段ベッドの隣に大人用の寝床がセットされる。風呂に入りパジャマに着替えた子どもたちは、二段ベッドの下の階に二人並んで横たわり、杏奈さんのパジャマを借りて横たわるわたしをもの珍しそうに眺めていた。

「ねえ、いままでで、いちばんおもしろかったことって何?」

ありさに聞かれて、わたしは学生時代に行ったニューカレドニア旅行の話をした。ありさはわたしが海外に行ったことがあるのが意外なようで、どうしたら一人で飛行機に乗れるのか、ほかにはどこの国に行ったのか、そこで何をして遊んだのか知りたがった。聞かれるがままに答えていたけれど、日中久々に外を駆け回った疲れのせいか、まもなく口元と喉のあたりが水飴のようにどろどろ重たるくなってきて、いつのまにか眠り込んでいた。

目覚めたときにはもうカーテンの向こうが明るかった。

一瞬、自分がどこにいるのかわからなくて混乱する。隣を見ると、二段ベッドの一階でありさとまりがくっついてすうすう寝息を立てていた。その呼吸を意味もなく数えながら、こんな子どもがいたら毎日退屈しないだろうな、わたしも親というものになっていたらもうちょっと器の大きい人間になれていたのかもしれないな、などと自分の来しかたを思い、ホロリと来かける。

階下からは、水道の水が流れる音、冷蔵庫が開け閉めされて何かがフライパンで焼かれる音が聞こえた。きっと杏奈さんが朝食の準備をしているのだろう。わたしは隣の二人を起こさないようゆっくり静かに起き上がり、子ども部屋を出て階段を下りていった。

「おはようございます」

おそるおそるキッチンに顔を出してみて、一瞬息が止まった。

ガスコンロの前でエプロンをつけベーコンを焼いているのは杏奈さんではなかった。そこにいたのは彼女の夫、今日の夜まで出張で帰らないはずの、子どもたちのパパだった。

「おはようございます。トースト、何枚食べますか？」

エプロン姿のパパさんは白い歯をのぞかせにっこり笑い、ベーコンをフライ返しでひっくり返した。エプロンの下は水色のポロシャツに濃紺の半ズボン、そのまま外にも出られる格好だけれど、こちらはまだ杏奈さんに借りたパジャマのままだ。

「あの、ええと……」

「八枚切りの薄さなんで、二枚、いけます？」

「あ、ええ……」

「卵は半熟がいいですか、それとも固焼き？」

「か、固焼きで……」

「両面焼きますか？　それとも片方だけ？」

「できれば両面……」

「了解。じゃあ子どもたちを起こしてきてくれますか？」

5
団欒の体験

パパさんは鼻歌を歌いながら器用に片手で卵を割り、ジュージュー音を立てているフライパンの隙間に落とした。わたしは踵《きびす》を返して階段を登り、まだ子どもたちが寝ている二段ベッドの脇にしゃがみこんだ。

「パパさんがいる」

手前で寝ているありさの肩を軽く揺すると、ありさは「何?」と薄目を開ける。

「下にパパさんがいるんだけど。ベーコンと卵焼いてる」

ふうん、とありさは寝返りを打ってこちらに背を向けた。わたしはしつこくその肩に手をかけ、細かく揺すり続けた。

「夜まで出張で帰らないって、昨日ママが言ってなかった? 普通にいるんだけど? なんで?」

わかんない、とありさは布団に顔を埋《うず》め、わたしの手から逃れようとする。

「ねえ、起きて。起こしてきてってパパさんに頼まれたから。ほら、まりちゃんも。起きて起きて」

壁側で寝ているまりの小さな肩にも手を伸ばすと、まりはうめき声を上げてからだを丸く縮こめ、ベッドの枠にしがみついた。

「起きてよ。一緒に下行こう。朝ご飯できちゃうよ」

お腹《なか》をくすぐってもベッドの枠ごと揺すっても、二人は岩場の牡蠣《かき》のようにマットレスにピッタリくっついて微動だにしない。

どうしようかと途方に暮れていると、「ありさ、まり、起きるよ!」と、階下から芯のあるテノールボイスが響いた。その途端、子どもたちはムクリとからだを起こし、こちらには一瞥もくれずにさっさと部屋を出て階段を降りていった。わたしは急いでパジャマから私服に着替えようとしたけれど、昨日着ていたワンピースも下着もここにはない。公園ではしゃいで汗びっしょりになったから、夜のうちに杏奈さんに洗濯機で洗ってもらったのだ。部屋の窓から庭を見下ろすと、物干しに吊られた子どものパンツや大小のタオルに交ざって、紺のワンピースとベージュのブラとショーツが風に揺れている。

仕方なく髪を撫でつけパジャマのまま階段を降りていくと、リビングダイニングのテーブルにはすでに子どもたちが着席していて、プラスチックのコップで牛乳を飲んでいた。

「いま持っていきますから、座っていてください」

キッチンのパパさんに言われて、ありさの向かいに腰かける。ありさは上目遣いにわたしを見て、牛乳で白くなった唇をぺろりと舐めた。

「はい、どうぞ」

運ばれてきた大きなプレートには、カリカリに焼いたベーコン、両面固焼きの卵、そしてきつね色に焼けたトースト二枚が重ねて添えられていた。

「コーヒーにミルクは入れます？　砂糖は？」

「いえ、どちらもなしで……大丈夫です」

「ブラックね。オーケイ。でも牛乳は飲んで」パパさんはキッチンカウンターに手を伸ばし、水切りカゴに伏せられていたグラスに牛乳をたっぷり注いだ。「カルシウムだからね」

目の前にドンと置かれたグラスを前に、わたしはまた苦渋の決断を迫られた。実はチーズだけではなくて、牛乳も苦手なのだ。ごめんなさい、牛乳は苦手なんです、と正直に謝るか、ここは我慢して久々に口をつけてみるか……昨日、キッシュのチーズはおいしく感じられたのだから、加齢とともに牛乳嫌いもいつのまにか克服されているかもしれない。パパさんはキッチンに戻り、また鼻歌まじりでせわしく立ち働いている。牛乳嫌いを切り出すタイミングは、もはや完全に失われたという気もする。ほらほら、食べろ、パパさんは子どもたちにも小さいプレートを運び、今度はコーヒーを淹れはじめた。

子どもたちが無言でトーストをかじり出したので、わたしもいただきます、と小声で言って、固焼き卵をフォークで口に運んだ。ゴポゴポ、ゴポゴポと不規則に響くコーヒーメイカーの音を聞いているうち、次第に不安が募ってくる。もう一人の朝食はなぜ用意されない？　ありさの隣、昨日杏奈さんが座っていた席にはいつまでもプレートが運ばれてこない。最初はトイレか洗面所にでも行っているのかと思ったけれど、いま耳を澄ましてみても、子どもたちの母親の気配はどこにも感じられなかった。

「ねえ、ママは？」

ありさに小声で聞いてみるけれど、さあ、と首を傾げるだけだった。

「まりちゃん」お誕生日席のまりにも聞いてみる。「ママは？　どこ行ったの？」

まりは目を丸くして姉をちらりと見た。が、ありさは我関せずとばかりトーストをかじっている。まりは恥ずかしそうにうつむいて、親指と人差し指についたパンくずをこねだし、何も答えなかった。

「さあ、一息ついた」

パパさんは片手にマグカップと牛乳のグラス、もう片方の手に大きなプレートを掴んでこちらにた。


戻ってきた。マグカップはわたしの前に、そして牛乳とプレートは杏奈さんの席に置かれる。ああ、やっぱりいるんだ、とほっとしかけたところ、「さ、食べよう」そこに腰掛けたのはパパさんだった。

「おいしいですか？」

ニコニコ機嫌良さそうにトーストを頬張る彼のお皿には、半熟らしい卵三つに、太巻き用の海苔《のり》くらいの大きさにつなげて焼かれたベーコンが載っている。いまかじっているのも含めて、トーストは四枚だった。わたしが二枚、子どもたちがそれぞれ一枚、パパさんが四枚食べたら、八枚切りのパンはもうなくなってしまう。

「あの、その……あの、杏奈さんは……？」

「え、杏奈さん？」パパさんは喉をぐびぐび鳴らしながらグラスの牛乳を飲んでみせた。

「その、ママさんはどちらに……？」

「あ、ママは散歩に出ています」

「散歩？　散歩……」

「朝の日課です。そのうち戻ってきますよ」

父親の隣で、ありさが当たり前のことを聞くなとでも言いたげなようすで上目遣いにわたしを見て、フォークで卵をバラバラに分解しはじめた。

「こら、ありさ、ぐちゃぐちゃにしない。きれいに食べなさい」

注意するパパさんのお皿は、気づけば早くも半分空になっている。片手でベーコンと卵を載せたトーストを二つ折りにして口に運びながらも、もう片方の手でまりの口元を拭いてあげたりテーブルのパンくずを集めたりと、椅子に腰掛けてはいるけど、片時もじっとしていなかった。ガタイのいいパパさんの顔は明るくつやつやと光って見えた。髭はきれいに剃《そ》ってあって、出張帰りの疲れも見えない。こんなアクティブで世話好きの父親ならば、それは池に鯉も飼いたがるだろう。ただ、わたしはこのひとと仲介不動産屋同席のファミレスで着金確認や領収書の受け渡しなどをした仲だけれど、起きて五分のパジャマ姿で一緒に朝食を取るような仲ではないはずだ。

それなのにこうして一緒に食卓を囲んでいるうち、現実とノスタルジーが混ざって、次第に違和感の輪郭がボケてくる。昨日は借りものだったパジャマが一晩寝ると肌に馴染《なじ》むのと同じで、座っていれば否応《いやおう》なく家庭の朝食の風景に目が馴染み、卵の焼き加減がちょうどいいだとか、ベーコンの塩気がちょっときついだとか、口にあるものを味わう余裕もどこからか生まれてくる。

「牛乳、もっといるか?」

皿を空にしたパパさんは、まだ半分残っている娘たちのコップにパックの牛乳をどぶどぶ注いだ。

「カルシウムだからな、飲んだらおっきくなるぞ」

どうやらこの一家は牛乳が大好きらしい。ありさもまりも、言われるがままごくごくとコップを空にした。こんなに一気飲みしたらお腹がゆるくなりそうで心配だけれど、二人とも平気な顔をしている。

「牛乳、おかわりありますよ」

パパさんがわたしに言うと、ありさとまりが口の周りを白くしながらわたしをじっと見た。とうとう、決断のときが来た。わたしは覚悟を決めてグラスに口をつけ、目を見開きながら中身を一気に飲み干した。

「はい、おかわりー」

パパさんが空になったグラスに牛乳をついだ。

青ざめたわたしを、ありさとまりがにやにや笑いながら見ていた。

6
帰郷

九月の最後の週には大学の秋学期が始まり、授業の準備に追われて慌ただしく毎日が過ぎていった。

ゼミ帰りの電車のなか、疲れてぼんやり電子広告を眺めているとき、あるいは夜ベッドに入って眠る前のとりとめのない回想の時間、小林家でのお泊まり会のことがたびたび思い出された。

あの朝、なかなか杏奈さんは帰ってこなかった。食事中にはまだ食べものの力で違和感が薄れていたものの、テーブルの皿が空になると、最初の違和感と当惑がいっそう強化されて戻ってきた。いったいなぜわたしはここにいるのだ、よその家族のお母さんのパジャマを着て、不在の彼女の代わりみたいに？　ママが戻るまで子どもたちとパズルをしましょう、パパさんはそう誘ってくれたけれど、気まずさが限界に達したわたしは生乾きの下着とワンピースを取り込ませてもらい、挨拶もそこそこに自宅に戻った。いま思い出すと苦笑いが浮かぶけれど、あのときは本当に、自分が客ではなく一家のママ役の人形扱いされている気がして、ひどく居心地が悪かった。

そこからまた思い出されるのは、フランスに滞在していたときによく観《み》ていたOn a échangé nos mamans というテレビ番組だった。わたしたちはお母さんを交換しました、というタイトル通り、二つの家族がお母さんを交換して、何週間か過ごすというリアリティショーだ。最初に見たときにはお母さんが交換可能だというコンセプトにぶっとんだけれど、なかなか好奇心を惹かれる番組だった。

交換されるのはだいたい正反対の性格のお母さんたちだった。大雑把なお母さんと、掃除も料理もきっちりするコントロールフリークなお母さん。子どもに過干渉なお母さんと、放任主義のお母さん。鈴なりのぶどうみたいな大勢の子どもを育てるお母さんと、一人っ子のお母さん。交換されたお母さんは、新しい家庭に新鮮な生活の風を吹き込み、ときに諍《いさか》いを起こし、やがて家族はそれまでの問題行動を改めることになる。そしてお母さんたち自身も、異なる価値観のぶつかりあいから自分を見つめ直し、無用なこだわりを捨ててすこしずつ変わっていく。そして交換生活を終えたあとには、もとの家庭のパートナーが大きなバラの花束を抱えてお母さんを迎え、熱く抱擁し、自分たちの家が世界でいちばんだと確かめあう、そんな番組。

当時、図書館のイベントで会った地元の新聞記者の女性に、フランスに来て驚いたことは何かと聞かれたとき、この番組のことを口にしたら、「信じられないほどバカげた番組」と一蹴された。母親が交換できるなんて、ありえない考えだと。そうか、お母さんが交換可能とは、先進的なのではなくてやはりバカげた考えだよな、そう思ってちょっと安心したけれど、この複雑で過不足だらけの時代においてはまったくありえなくはないような、依然好奇心を惹かれる考えであることには変わりない。

あの朝、わたしは家族の賑《にぎ》やかで健やかな朝食を楽しみ、杏奈さんは気ままで時間に縛られない一人の散歩を楽しんだ。ひと一人がずっと同じ人生を生きているとときどき飽きてしまうから、たまにはこんな束の間の交換も起こっていいのかもしれない。いや、ずっと同じ人生を飽きずにおもしろく生きていくためにも、こんな交換はもっと積極的に必要とされるべきなのかもしれない。

九月末には完成することになっていた小説の原稿は、結局ほとんど手付かずのままだった。休みのあいだに書き散らしたある程度の文章が残ってはいるけれど、メモ同然の状態で、とてもひとに見せられるものではない。書き始めの時期は、頭の奥に鎮座する小説の壺《つぼ》に言葉を溜め、発酵させて、いちばん風味の濃いところだけを取り出していかねばいけないのに、言葉がぜんぜん発酵していかない。壺のなかはかさかさに乾くか、腐るかどっちかだ。このまま放置していたら、壺じたいがひび割れていきそうだった。そもそも曖昧な記憶をたよりに、異国で一瞬触れあった他人の生をその部屋から描くというアイディアに、無理があったのかもしれない。書くべきことを他人に仮託しすぎているから、自分の骨肉から栄養を与えるのを拒んでいるから、言葉が痩せ細って生き延びられないのだ。わたしは誰かの部屋ではなく、おそらくは自分の部屋こそを描くべきなのだと思う。

突然のお泊まり会以来、杏奈さんからはたびたびお誘いが来て、土日のどちらかは小林家で昼食をごちそうになったり、足を延ばしてホームセンターでの買いものに付きあったりすることもあった。たいていのときは父親抜きのメンバーだったから、あの朝のような居心地の悪さは感じずにすんだ。わたしはどうやら、あのアクティブで世話好きで牛乳好きなパパさんがすこし苦手らしい。

よその家族のなかに交じり、自分一人の生活から抜け出すことも、書くことからの逃げだった。けれども優しくされ、温かいものを食べさせられ、ひとに感謝することの強烈な快楽からはどうにも逃れがたいことをわたしは知った。

「今度の土曜、またうちに泊まりませんか?」

公園のベンチで魔法瓶のハーブティーを飲みながら、杏奈さんが言った。追いかけっこをするありさとまりが目の前を横切るたび、スズカケの大きな落ち葉が舞い上がり、わたしたちの靴に覆い被《かぶ》さる。

「土曜……」

言い淀《よど》んでから、なんとなく考えていたことを思い切って口に出した。

「ごめんなさい、今週は、静岡の実家に帰ろうかと」

「ご実家に？」

杏奈さんは心外だという表情で、カップから口を離す。

「ええ。今週の後半は大学の学園祭で、授業が休みなんです。学園祭じたいはコロナで中止になったんですけど、休みはもとから決まっていて……すこし時間ができるので、帰ってみようかと」

「こんな時期に？　大丈夫ですか？」

杏奈さんはかたちの良いアーチを描く眉をぎゅっとしかめてみせた。確かに、東京の感染者数は先月からずっと百人台で横ばいだったけれど、県境を越える移動は大歓迎されているわけではない。

「そうですよね。実家じゃなくて、ホテルに泊まるかもしれません。ただ、自分が育った部屋をちょっと見にいきたくて」

「実家のお部屋を？」

「はい。いま書いてるものの題材になるかもしれなくて……」

「そうですか、お仕事で……お部屋、まだ残ってるんですか？」

「本とか服はもう残ってませんけど、いちおう部屋は残ってます。姉と同室で窮屈でしたけど」

「でも、残ってるならうらやましい。うちの実家はもう何年も前に引っ越してしまって、わたしが小さいころに住んでいた家はつぶされて駐車場になってるんです。だから親のいまの家にはわたしが泊まるような部屋はなくて……だから、うらやましい」

「住宅街の、よくある一軒家なんですけどね。でもまあ、こっちでにっちもさっちもいかなくなったら、転がり込むところがあるのはありがたいですよね」

「わたしには、もう帰る場所がないので。だからあの子たちにも、そういう場所を作ってあげたかったんです」

杏奈さんは目を細めて、落ち葉を蹴散らして走る子どもたちを見つめた。ありさは枝切れを空に突き刺すように掲げ、まりは松ぼっくりを両手に握りしめて走り回っている。二人とも真剣な表情だ。追いかけっこはもう終わってしまったようで、いまはきっと、ただ走れるから走っている。

「帰るところがあるって、いいですね」

我ながらつまらないせりふだと思った。でも、あの子たちが大きくなってにっちもさっちもいかなくなったとき、このお母さんが待つ帰る家があるということ、そこで温かいものを食べ、子ども時代の匂いの残るベッドで眠れるということ……それはやっぱり心休まる考えだった。

「何曜日に戻られますか？　来週の週末は……？」

まるでわたしが遠い異国にでも行くかのように心配そうな顔で、杏奈さんはハーブティーのカップをぎゅっと握りしめた。

「日曜の夜には戻ると思います。その次の週末はひまなので、お土産、持っていきますね」

「いえ、そんな。どうぞゆっくりしてきてくださいね。お帰り、待ってます」

杏奈さんはごくうっすら微笑むと、ありさとまりを呼び寄せ、今週末はわたしが不在だということ、来週には戻るということを伝えた。
「お姉ちゃんは、お姉ちゃんのお父さんとお母さんの家に行くの」
そう母親に説明されると、息を切らしたありさは眉間に皺を寄せ、「お父さんとお母さんの家があるなら、なんで一人で住んでるの？」と、わたしの太ももを枝切れで突っついた。

空席だらけの下りの東海道新幹線のなか、外の売店で買ったコーヒーを一口飲んだところで母からメールが届いた。

夕飯は牡蠣鍋だよ。

牡蠣が出すだしの味は好きだけれど、牡蠣じたいは食べられないという娘の偏食を、母はいつまで経っても覚えてくれない。鍋から牡蠣をよけて食べていると十中八九、「牡蠣食べてないね」と母の握るおたまからわたしの取り皿に牡蠣が滑り込んできて、「牡蠣はいい」「なんで？」「あたりやすい体質だから」「ちゃんと加熱してるから大丈夫だよ」「でもいい」「なんで？」……という決まりきったやりとりが繰り返される。そしてたいていどちらも不機嫌になって無口になり、気まずい雰囲気であつあつのしめのおじやをすることになる。チーズやら牛乳やら牡蠣やら、この年になっても好き嫌いが多いのが情けないけれど、長年避けていた苦手なものがこの秋やけに連続して口の前に現れるのは、何かの符牒《ふちょう》のようで気味が悪い。
実家に帰るのは年末年始以来だった。毎年の帰省スケジュールはここ十年ほど変わらない。大晦日の午後に到着し、二日の夕方には新幹線に乗る。姉はもっと前から帰っていて、仕事始めの前日までのんびりしているらしい。離婚してからそうなったのではなく、結婚している最中もそんな感じだった。そういうわけで、わたしが帰省する際には必ず先に姉がいるから、娘一人で両親と一緒に過ごすのは本当に久々のことだ。

親にはまだ、引っ越したことはおろかマンションを購入したことも報告していない。

購入前に相談しようという気にもならなかった。わたしは全部一人で決めたかったし、一人で責任を負いたかったし、親の反応によっていまだ彼らに手綱を握られている自分のなかの子どもっぽい、ナイーブな部分を揺さぶられるのも嫌だった。住所の変更だけを伝えて、このままずっと借金を負った身であることを隠しつづけることもできる。でも、いっぱしの人間として借金を背負い、終の住処を手に入れたこの娘を見よ、と胸を張りたい気持ちもあった。マンション購入だけにとどまらず、引っ越しも隣人への挨拶も照明の取り付けも、なんでも一人でできるようになったことを、知らず知らずのうち、わたしは自分のいちばんの取り柄のように思ってしまっているのだ。小学生のころ、テストで百点をとってもべつにたいしたことじゃないと黙っていたくせに、それでも連絡帳の間に偶然を装って、二つ折りにした満点の答案用紙を挟んだことがある。あれから三十年近く経っても、あの小学生は親からすごいねと褒められたがっている。

静岡駅で新幹線を降り、ルノワールの銅像の立つバス停から海のほうへ向かうバスに乗る。バスはマスクをしたお年寄りでいっぱいだった。「コロナ禍」という言葉がすっかりなじんだいま、いかにも遠くからやってきた風情の、キャリーバッグを引きずる自分には冷たい視線が向けられるのではないかと予期していたけれど、乗客のお年寄りたちはわたしには完全に無関心だった。

動き出したバスのなか、幹線道路沿いのファミレスや大型ドラッグストアや下が駐車場になっている二階建ての回転寿司《ずし》店を眺めていると、やっぱりこんななのか、という、ほっとするようなウンザリするような、ジグザグな感情が沸き起こってくる。これは郷愁とは明らかに違う。昔ポルトガルに旅行に行ったとき、道端で後ろ脚を上げおしっこしている柴犬《しばいぬ》を見て、胸がじんわり熱くなるような懐かしさを覚えたことはあった。でも石田街道のガストを見て感じるのは、生ぬるいお湯でいっぱいのバケツを両手に持たされるような落ち着かなさだ。大火傷《おおやけど》を負う危険はないけれど、生ぬるく濡れてしまうことは覚悟して、わたしはかつて十八年暮らした家に向かっている。

最寄りのバス停から歩いていくと、ちょうど父が自転車を漕《こ》いで家の敷地から出てくるのが見えた。

「お父さん」

と背中に呼びかけてみたけれど、父は気づかず墓地の角を左に曲がっていった。きっとビル清掃のアルバイトに行ったのだろう。もう七十も半ばを超えたはずだけれど、よろけたりせず、しっかりとした漕ぎっぷりだ。ただ、後ろ姿だけでも正月より明らかに白髪が増えた。なんとなく、東京の小林家の父親のことを思い出してしまう。いまは丈夫で稼ぎの良さそうなあのパパさんも、会社をリタイアしたらうちの父と同じように、毎日自転車を漕いでビル清掃のアルバイトか何かをするのだろうか……そうして、滅多に実家に寄り付かない娘が帰ってきたときにはぎこちなく鍋を囲んで、近況を報告しあったりするのだろうか？

小林家もうちも、親二人に娘二人という組み合わせは同じだ。いまは大小二個ずつ、四個入りの団子のようにきっちり家という箱に収まっているように見える小林家も、あと何年かしたら小さい団子二つがそれぞれ金平糖《こんぺいとう》になったり饅頭《まんじゅう》になったりして、各自がもっと収まりの良い箱を見つけることになるのだろう。残った団子二つも、ゆっくり時間をかけて、金鍔《きんつば》になったりマドレーヌになったりするのかもしれないけれど……。

玄関に鍵はかかっていなかった。マスクは外さないまま、どうも、と大声を出して靴を脱ぎ、居間に入っていく。黄土色のフリースを着た母は電源の入っていないこたつで背を丸め新聞を読んでいた。この母は、まだ金鍔にもマドレーヌにもなっていないようだ。


「あ、もう着いたの」

「うん」

「新幹線、混んでた？」

「すいてた。お父さん、さっき出てったね。アルバイト？」

「うん。なんか言ってた？」

「ううん、わたしには気づかないで行っちゃった」

「布団上で干してるから、もうちょっとしたら自分で取り込んでおいて」

「わかった」

「夜は牡蠣鍋だからね」

「うん」

「お茶飲む？」

「うん」

「じゃあカップ持ってきて」

「うん」

台所の水切りかごに伏せてあったカップを持ってくると、母はテーブルのタッパーから緑茶の小さなティーバッグを一つ取ってカップに入れ、そばにあったポットでお湯を注いだ。母自身は、小さなステンレスの魔法瓶でお茶を飲んでいる。わたしは母の真向かいに正座し、マスクを外してお茶をひとすすりした。

「仕事はどう？」

「うん。まあまあ。先月から大学が始まったから、ちょっと忙しい」

「今日はないの、授業は」

「うん。今日は学園祭だから、休み。中止になったけど」

「へーえ。それであんた、大丈夫なの、コロナじゃないの」

「大丈夫だよ、たぶん。でもちょっと、離れて喋ったほうがいいかも。マスクも念のため、してるね」

「ふうん」

会話が途切れた。わたしは背後の窓のカーテンが開いているのが気になった。これでは外の道から丸見えだ。バスの乗客は無関心だったけれど、東京に出ているものが地方に帰省すると、近所から抗議の貼り紙を貼られ回覧板を回してもらえなくなるという、嘘のようなほんとのような恐ろしい話がインターネット上に飛び交っている。この家は大丈夫なのだろうか。

お茶を飲み干すと、念のためカーテンを閉めてから二階の自室に上がった。畳敷の十畳の部屋の真ん中に背の高いクローゼットと学習机を二組背中合わせに並べて、姉と共同で使っていた子ども

6
帰郷

部屋だ。わたしが小学校に上がる年にこのような状態に整えられて、高校卒業とともに家を出てからも、ずっとそのままになっている。ドアがこちらのスペースにあるので、しょっちゅう姉が行き来しほとんどプライバシーはなかったけれど、生まれてはじめて得た自分の部屋だった。

手持ち無沙汰になんとなくクローゼットを開けてみる。ここにかつて入っていた、制服やらおこづかいで買った古着のワンピースやら片想いの苦しい心を綴《つづ》って服の下に隠していたスケッチブックなどは、世紀の変わり目に母が一念発起して家中を断捨離したとき、二十世紀とともに葬られた。壁にべたべた貼り付けていた雑誌の切り抜きや、天井からぶらさげていた陶器の太陽の吊るし飾りも、いまではテープの跡や画鋲《がびょう》の穴が残るばかりだ。

学習机に座って、引き出しを一つずつ開けてみる。クローゼットと同様何も入っていないけれど、底には彫刻刀で相合傘が彫ってある。一方はわたしの名前。でも傘の下で隣り合っている「はぎお」という名前の男の子の顔がどうしても思い出せない。確か席が隣同士で、休み時間にはしょっちゅうお喋りしていたのをほかの男の子たちから冷やかされて、以来どちらともなく目も合わさなくなった、あの小柄な男の子……蘇《よみがえ》ってくるのは、「はぎお」の顔じゃなくて、男の子たちから冷やかされたときの恥ずかしさと、周りの女の子たちのにやにや笑いだ。大人になれてよかった。いま同じような状況に陥ったとしても、大人になったわたしには一礼して堂々と逃げ出す図々《ずうずう》しさがある。

引き出しを閉めて、ブランケットが一枚敷かれているだけのベッドに身を投げ出した。

なんと気の遠くなるような月日が経ったことだろう。

十代の半ばを過ぎたころには、わたしは一刻も早くこの家を出て、自活して生きたいと切望していた。べつに家庭内に不和があったわけではない。父親が一年半ほど帰ってこなかった時期、週末ごとに母が寝床に引きこもり代わりに祖母がご飯を作りにやってきた時期、姉がグレて毎日家の前で通行人にガンを飛ばしながら煙草を吸っていた時期もあったけれど、そのくらいのことはよその家でもぜんぜんふつうにある、と思っていた。なにしろ当時読んでいた小説のなかでは、妻を亡くした夫が堂々と自分の愛人と娘を同じ家に住まわせていたり、老人が同居する自分の息子の妻に恋したりしていたのだから。家というものはひとが思うよりめちゃめちゃなものだという真理を発見した（つもりになっていた）わたしは、虚実を問わずどんな幸せ家族を見ても、まるで動揺することがなかった。うらやましいと思うこともなければ、自分をかわいそうと思ったり親を恨みがましく思ったりすることもなかった、なかったのだが……。

東京で自分の子ども時代を思い出すときには、紙芝居をめくるみたいに主要な過去がすらすら流れていく。でも実際に自分が育ったこの場所であのころを思い出すと、主要じゃないものばかりがぽこぽこ熱く湧き出てきて、過去の流れを堰《せ》き止める。

家というものはひとが思うよりめちゃめちゃなものだと悟ったわたしは、その結論に至るまでに何を切り捨ててきたんだろう。

あのころ、いつもふくらはぎのあたりがパツパツに張ってじんわりだるくて、お腹まわりはカッカと熱かった。自分の跡形がなくなるくらい何かを全面的に受け入れてみたかったし、胃がひっくり返るくらいすべてを吐き出したくもあった。生きものとして、なんだか妙な時期だった。

自分の年表を書き起こそうと思えば、かつてここに寝そべっていた自分と、いまここに寝そべっている自分は、当然同じ年表のなかに書き込まれることになる。時の二点に点状に存在するわたしたちは、何年に何があった、という客観的な事実で繋がっている。でも実際のわたしたちは点状には存在できない、どこまでも伸びていくパン生地のように、あの自分もこの自分も一緒になって一方向に伸びてゆく。引き伸ばされたパン生地のどこかにいる昔の自分を思うとき、わたしはドラマの端役を思うように、十代の猪瀬藍という名の役を当てがわれた自分に似た女の子のことを思う。

あの子は、たいした野心は抱いていなかった。でもあの子がそうありたいと願った未来の自分の姿に、いまのわたしはだいたいなっている。毎日お腹いっぱいに食べられているし、気に入った服を着ているし、借金を背負ったとはいえ自分の家まで買ったのだ。夜な夜なこの天井を見つめ、何もかも思い通りにならない自分と他人とそのほかすべてに戸惑い憤っていたあの子のことを考えれば、まあまあ立派な成長ではないか。

それでも一つだけ、あの子が願ったとおりにはなっていないことがある。家族だ。かつてここにいたわたしが想像していた三十過ぎの自分は、大小の土偶のようなシルエットの家族に取り囲まれていた。どんな顔がいいとか、どんな性格がいいとか、具体的に思い描くことはなくても、三十歳を過ぎた自分にはきっと当たり前に夫や子どもがいるはずだと思っていた。でも、三十を過ぎ四十を目前にしたいま、わたしの周りにはまだ誰もいない。すうすうしていて、よく風が通る。

「マンション、買った」

居間に下りたわたしは、こたつでまだ新聞を読んでいる母にそう言った。

連絡帳の間に満点の答案用紙を見つけたときと同じように、母は数秒黙って「へえ」と言った。

アルバイトを終えた父は十七時過ぎに帰ってきて、粛々と鍋の準備が始まった。

赤だしを使った牡蠣鍋はからだがあたたまっておいしい。牡蠣以外の豆腐や春菊をふうふう言いながらほおばっていると、母が「藍、お父さんに言いなさい」と水を向けてきた。

「あのね。夏にマンション買った」

「マンションだと」父は持っていた箸を置き、昼間の母と同じく「へえ」と言った。

「藍も、出世したな」

「うん。大学で、多少給料もらえるようになったから」

「いくらだった」

「え、それは内緒」

「ローンか」

「うん」

「何年ローンだ？　ちゃんと返せるのか」

「二十三年ローン。でも頑張って十五年くらいで返すつもり」

「威勢がいいな」

「うん。頑張る」

「間取りがね、2LDKなんだって」母が横から口を出した。「一人で住むには広すぎるよね」

「いいの。広いところに住みたかったから」

「もったいないよ。掃除も大変だし。それに冷房も暖房も電気を食うし。普通は家族で住むような部屋なんでしょ」

「うん。前住んでた家族は四人家族だった」

「うちとおんなじじゃない」

「子どもはまだちっちゃいけどね。娘二人。ときどき、うちに遊びにくる」

「え、なんて？」

「その家族と仲良くなったの、売主の家族と。近くに家建てたから、新居に招いてもらったりもして」

「はあ、そうなの。それはありがたいご縁だね」

「すごい幸せそうな家族。丈夫そうなお父さんと、きれいで優しいお母さんと、賢いお姉ちゃんとおとなしい妹と。絵に描いたみたいな、幸せ家族」

　鍋の湯気を浴びて、わたしはなぜだか酔ったように、小林家の美点をつらつら並べ始めていた。

「子どもたちは上が小学生で下が保育園だけど、かわいいの。いつも二人一緒。お父さんはがっちりしてて仕事ばりばりできそうで、料理も上手。庭に池を作って鯉を放ちたいんだって。お母さんもキャリアウーマンぽい感じだけど、すごくフレンドリーで、ときどきクッキー焼いてお裾分けとかしてくれる。コロナになる前は、毎年夏休みにハワイ旅行するのが恒例行事だったんだって。ほんとに存在するんだね、そんなドラマに出てきそうな家族」

　言いながらわたしは、かつてはすこしも心を動かされなかった「幸せ家族」のイメージに、いまだかつてなく動揺、いや感動していることに気づいた。こんなフィクショナルな家族は、この世にはどうやっても実在しないと思い込んでいた。でも、実在はするのだ。十八年間を過ごしたこの家のなかで、いまわたしは自分の家族よりも、赤の他人の小林一家を恋しく思ってしまっている。恋？　ひょっとしてわたしはあの家族まるごとに、恋してしまっているのだろうか……かつて思い描いた、未来の自分を取り囲む土偶のシルエットをひっくり返してみれば、実はあの家族四人の顔が描いてあったりするのだろうか。

「その家族はね、マンションができたときから十二年も住んでて、家に関して嫌な思いをしたことが一回もないんだって。これは最初の内見のときに言ってた。新しい家に引っ越しても、しばらくはこっちのマンションが恋しかったって。そういう思いのつまったマンションを買ったんだから、いい買い物でしょ」

喋り出しこそ父と母はぽかんとした表情を見せていたけれど、長口舌《ちょうこうぜつ》の終盤には、それぞれ額にうっすら汗を浮かべながら無言で鍋の具をつついていた。そんなつもりはなかったけれど、立派に子育てを終えてくれた老親に、いまの話は恨みがましく聞こえたかもしれない。

わたしはもう黙ることにして、まじめに鍋の具を取り皿によそい、野菜や豆腐に染みた牡蠣の滋味をありがたく味わった。そういえばいまのところまだ、母がわたしの取り皿に牡蠣を載せてこない。台本があるのかと思うくらい、牡蠣鍋といえば毎回必ずあのやりとりを繰り返していたのに。これはひょっとして認知症の初期段階なのではないかと不安になった瞬間、母が「あ」と何かに気づき、「あんた、ぜんぜん牡蠣食べてない」とおたまで牡蠣をすくった。

わたしはほっとして、「牡蠣は……」と言いかけたけれど、ぐっと飲みこみ、おたまの牡蠣が取り皿に滑り落ちてくるのを見守った。わたしはもう、ふくらはぎが張ってお腹まわりが熱い子どもではない。自分で家を買って、ご近所付き合いも余裕でやってのけるくらいのいっぱしの大人なのだ。小林家でチーズ嫌いを克服したように、牡蠣嫌いも克服すべきときが来たのだ。

母はおじやの支度をしに台所に行き、父はしかつめらしい顔でビール瓶のラベルに見入っている。

わたしは箸でそっと牡蠣をつまみ、口のなかに入れた。ふっくらした身に思い切り歯を立てると、苦味と潮の風味と、熱さに隠れたほんのすこしの乳臭さが、脳天まで広がっていった。

結局、実家には二泊しただけで東京の我が家に戻ってきた。

この家を買ってから、はじめての帰省だった。二日振りに玄関のドアを開けたとき、ふと鼻先に「よその家」の匂いが漂った気がして、苦笑いする。それほど生まれ育った家の匂いというものは、からだの奥深くにまで染み付いているものなのだろう。十八年暮らした家から帰ったあとでは、我が家とは言えここはまだ、たった四十数時間留守にしただけで「よその家」と感知されるくらい縁の浅い家なのだ。

外出が短いものにしろ長いものにしろ、出かける前に部屋を片付けておくのは子どものころからの習わしだった。今回の帰省前も、部屋じゅうに掃除機をかけ、クイックルワイパーで床を磨き、シンクにたまった水垢《みずあか》を落とし、巾木につもった埃を念入りに拭き取っておいた。念を入れたとわかってはいても、戻ってみれば想像以上に部屋はきれいな状態だった。時間がなくてざっと乾拭《からぶ》きしただけのテレビ周辺も、本棚もキッチンの壁もまったく手をつけていない窓の桟さえ、のきなみツルンとしている。リフォームを終え越してきてから、まだ三ヶ月弱しか経っていない。こんな広い部屋に人間一人が寝起きしているだけでは、日々の微細な汚れが暮らしの証《あかし》としてしっかり家に染みつくまでに、意外と長い時間がかかるのかもしれない。

快適に整えられた家で、わたしは湯を沸かし、駅の売店で買いこんだうなぎパイをおやつにしてゆっくりと紅茶を飲んだ。

そうしているとひしひしと、ここでは何もかも自分の好きにしていいこと、誰にも文句を言われないこと、この場所にいつまでもいていいということに、安堵と感謝の念が湧いてくる。それは、両手でぎゅっと紅茶のマグカップを握りしめていなければいまにも壁や床を抱擁しかねないほどの、内から湧き出る熱い情動だった。

ありがとう、ありがとう……。心のなかで唱えながら、わたしは窓からレースのカーテンを通って床に落ちる、金色の陽の光に目を細めた。

東京に戻ったとメッセージを送ったら、すぐに「会いませんか？」と返信があったので、杏奈さんと子どもたちとは、翌日のおやつの時間に会うことになった。

待ち合わせの近所のローソンに向かうついでに、一つ下の階に住む峰尾さん宅にお土産の緑茶とうなぎパイを渡しにいく。出てきたのはお母さんだった。

「突然ごめんなさい。静岡に帰省していたので、これ、つまらないものですけどお土産です」

「あら、いいの？　どうもありがとう」

「お茶と、うなぎパイです。普通のと、ブランデー入りのと」

「へえ、ブランデー入りのがあるの。おいしそう」

「お茶と一緒にどうぞ」

「あらじゃあ、いまお茶、淹れましょうか？」

「いえいえ、いいんです。これで失礼します」

「そう？　せっかくいただいたのに……ご実家はどうでした？　法事か何か？」

「いえ、特に用事はなかったんですけど、ちょっと気分転換も兼ねて……峰尾さんのところは、最近もお変わりないですか」

「ええ、うちは何も。モリーも息子も元気。息子はいま仕事で留守だけど。モリー！　モリー？」

お母さんは振り返って猫のモリーを呼んだけれど、返事はない。

「ごめんなさいね、いまは昼寝の時間で」

「いえいえ、いいんです。では、これで」

「そういえば」お母さんは急に梅干しでも口にしたかのように唇をすぼめ、小声で言った。「このあいだまた、小林さんちの子を見たわよ」

「えっ？」

「またちっちゃい子が二人で、裏の入り口でウロウロしてた」

「いつですか」

「いつだったかな、けっこう最近。昨日じゃなかったけど、一昨日かその前」

「一昨日かその前……わたしが留守だったときかもしれません。実はわたしいま、小林さんのおうちと仲良くさせてもらっていて、あの子たちともよく遊ぶんです。このあいだ会ったとき、実家に帰るとは言ってあったんですけど、もしかしたら退屈して遊びにきたのかもしれないですね」

「あら、そうだったの？　あの小林さんのご一家と？」

「ええ。新しい向こうのおうちにもお招きしてもらったりして……」

「まあ、そうなの、家のご縁ね。それじゃああの子たちも、あなたがお留守でつまらなかったでしょうね。たまにはうちにも遊びにきてって、伝えてちょうだい」

「あ、いまから会うので、伝えますね」

それからまた近々、息子さんも含めて峰尾家で一緒に食事をすることを約束して、三階に戻った。今度はかぼちゃ料理を作ってくれるという。

帰省前はほとんど毎週のように会っていたけど、ローソンのお菓子売り場でじっとお菓子を見つめる子ども二人とそれを見守る杏奈さんの姿を目にしたとき、あらためてこのひとたちがわたしの遊び相手なのか、と不思議に思った。最初にわたしに気づいたのはありさで、こちらを振り向くとあっと小さく叫んで、にやにや笑いを浮かべる。続いて杏奈さんが「こんにちは」と微笑んで、まりが恥ずかしそうにニコッとした。

「ありさちゃん、まりちゃん、久しぶり」声をかけると、「久しぶりです」と杏奈さんが代表して答える。お菓子代はわたしが払うつもりだったのに、杏奈さんはもう買いものを済ませていて、いっぱいになったレジ袋をひょいと腰まで掲げてみせた。

ありさとまりを先に歩かせ、わたしは杏奈さんと並んで、静岡の街中のようすや親のくたびれ具合などをぽつぽつと話しながら歩いた。

「東京から帰ってきたと知られたら石でも投げられるかなと思いましたけど、ぜんぜん。みんなマスクして、よそのことは気にせず縮こまってる感じでした。近所のひとにも会いましたけど、特に何も言われず。あ、でも、一人だけ、スーパーで同級生のお母さんと出くわしたとき、いま帰省中なんですって言ったら、一歩後ずさられちゃいました」

そうですか、と杏奈さんは笑う。

「久々に実家のベッドで寝ましたけど、夜、ゾンビみたいになってる昔の自分にじーっと覗き込まれてる感じがして。なんかよく眠れませんでした」

「でも、お父さんお母さんは喜んだでしょう」

「いえ、特には……」

「喜ぶに決まってるじゃないですか」

杏奈さんは目で拍手でもするかのように、パチパチ大きくまばたきしながら言う。ありさとまりが大きくなってあの家に帰ってきたときには、このお母さんはさぞかし喜ぶに決まっている。わたしは自分がこれから書こうとする小説の登場人物を想像するように、何十年後かのその場面を想像した。

大通り沿いのコンビニから我が家に続く道の途中には、三ヶ月前まで十一年間住んでいた例の賃貸マンションがある。コンビニからの帰りには、必ずその三〇一号室を見上げ、ハイビスカス柄のカーテンの向こうを想像するのが習慣になっていた。今日もマンションが視界に入ってからは、ほとんど無意識の癖で、道路に面した三〇一号室を見つめながら歩く。すると隣の杏奈さんがその視線に気づいて同じ方向を向いたので、「あそこなんです」と指さした。「前に、住んでたところ」

「えっ?」

「あの茶色のマンションの三階の、端っこです。道に面してる三〇一号室」

「そうなんですか? こんな近くに?」

杏奈さんは驚いたようすで、「ありさ、まり」と先を行く娘たちを呼び止めた。

「お姉ちゃん、あそこに住んでたんだって。あの三階の、端っこの部屋」

杏奈さんがマンションを指さすと、娘二人は珍獣が空を横切るのを目にしたかのように目を見開いてその先を見つめた。

「そうですか、あそこにお住まいだったんですか。こんなに近くに住んでたんですね」

「そうなんです。もしかしたら、どこかですれ違っていたかもしれないですよね」

「本当に。こんなにご近所だったとは」

「いまはほら、例のハイビスカス柄のカーテンがかかってます」

ハイビスカスの花が数えられるくらいの距離まで建物に近づくと、わたしは改めてカーテンを指さした。

「あの柄、やっぱりどうも好きになれなくて。まだちょっと、納得いかない感じです」

笑っていると突然視線の先の三〇一号室のドアが開いたので、思わず足を止めた。

出てきたのは、茶髪のロングヘアの若い女性だった。あのひとが、と食道がカッと熱くなる感じがしたのも束の間、続いて背の高い若い男が出てきて、食道をねじりあげられるような苦しさを感じた。足を止めたわたしに気づいて、杏奈さんも、子どもたちも立ち止まった。

夫婦なのかカップルなのか、女性を先頭に二人は重たげな足音を響かせながら外階段を降り、エントランスの自動ドアから外に出てきた。駅の方向に歩いていくかと思いきや、反対方向のこちらに向かって歩いてくる。二人とも、黒いマスクをしていた。わたしは咄嗟に道の端に寄り、何か捜しものでもするようなそぶりで下を向きながらも、ちらちら視線を二人に向けた。女性の髪は明るく、ほとんど金に近い茶髪で、毛先はたけぼうきのようにバサッと肩から下に広がっている。上下ともオーバーサイズのグレーのスウェット姿で、ピンクのクロックスを履いていた。連れ添っている男性の方は全身真っ黒で、長袖Tシャツにぴたっとしたブラックジーンズ、素足にビーチサンダルだった。

二人は並んでかったるそうにだらだら歩きながら、無言でわたしたちの横を通り過ぎていった。

「藍さん？　大丈夫ですか？」

話しかけられて、ハッとした。気づくとわたしは仁王立ちで、大通りのほうに歩いていく二人の後ろ姿を睨みつけていた。

「あの、何か……？」

「いえ！」

わたしはブルブルと頭を振り、改めて三階の部屋を見上げた。あのひとが、わたしの部屋のいまの住人なのか。でもあの部屋は単身者用の賃貸物件で、二人暮らしは認められていない。今日はたまたま、遊びに来ていただけなのか？　二人で住むなら住むで、大家さんにはちゃんと報告したのか？　話のわかる大家さんだから、二人暮らしでもOKという話になる可能性はある、でも無許可で二人暮らしはやっぱりいけない。それはルール違反だ、一部屋には一人、契約書にだってちゃんと書いてあったはずだ……。

「あの、藍さん？」

心のなかでつぶやいていたつもりが、もしかしたら途中から声に出ていたのかもしれない。杏奈さんは心配そうに、こちらを見つめていた。わたしは咄嗟にマスク越しの頬に手を当てた。マスクを通してでも手のひらの冷たさが伝わってきて、それで我に返る。

「ごめんなさい。ちょっと、動揺しちゃって」

「どうしたの？」

気づくとすこし先にいたはずのありさが、わたしのすぐ前に立っていた。まりは怯《おび》えたように、杏奈さんの膝にしがみついている。

「ごめんね。なんでもない。ちょっとびっくりしただけ」

「なんで?」

「それは、その……」

「ショックだったんですね」

杏奈さんが真顔で言った。

「え?」

「さっきの二人。あの二人が、あそこに住んでるのが、ショックだったんですね」杏奈さんは三〇一号室を睨みつけるように見上げた。「わかります」

それは違います。反射的に心のなかで否定したものの、ちょっと考えてみれば、杏奈さんの言うとおりだった。わたしは、あの部屋にあの二人が住んでいることが、ショックだったのだ。二人暮らしだからダメなのではない、単純に、あの部屋にわたしではない誰かが住んでいるのを目の当たりにしたのが、大ダメだったのだ。

「そうなんです」

わたしは思わず杏奈さんの腕を掴んでいた。

「そのとおりなんです。ショックだったんです」

「わかります、わかりますよ」

杏奈さんはわたしではなくまりの頭を力強く撫でながら何度もうなずいた。

「わかってはいたんですけど、いま、実際に目にしたことがすぐには受け入れられなくて。あそこにもう、わたしじゃないひとが、よその誰かが住んでいて、あの部屋があのひとたちの部屋になっているんだことが、なんか、思ってた以上にガーンと来ちゃって」

「もとカレのいまカノを目にした感じ、に近いでしょうか」

「そうそう、本当にそんな感じです。わたしにはもう、なんの関係もない部屋なのに、いや、やっぱりぜんぜん関係なくはない、あの部屋があるからこそいまのわたしがあるのに、あの部屋はもう、誰かのものであるという、この感じがなんか、けっこうお腹にズンと来ます」

「だいぶ未練があるんですね」

そう言って、杏奈さんはにっこり笑った。顔の下半分はマスクで隠れているけれど、いきいきとした白い歯の輝きがマスク越しにも放たれるくらいのビッグスマイルだ。

「早く行こうよ」

ありさがわたしのシャツの裾を引っ張った。

「ごめんね。あんまりびっくりしたものだから。でももう大丈夫。行こう行こう」

「なんだ、ヘンなの」

ありさが目を細め、フンと鼻で笑った。その小憎らしい笑いを見て、つい「ありさちゃんだってヘンでしょ」と言ってしまう。

「何が?」

「このあいだ、またまりちゃんとうちに来てたでしょ。下の階の峰尾さんがね、わたしが留守のあいだも、ありさちゃんたちがうろちょろしてたって、教えてくれたの。いないってわかってるのに、つまんなくって来ちゃったの？」

うるさいなー、と笑って身をよじるなり唇を尖らせるなり、いつものひねくれた反応を期待していたのに、ありさは黙って困ったように自分の足元に視線を落とした。しまった。この反応からして、彼女のプライドを傷つけてしまったのかもしれない。心配になって彼女の母親に視線で助けを求めると、杏奈さんもまた、黙ってうつむいていた。

わたしを見ているのは、まだ母親の膝にしがみついているまりだけだった。その黒々と潤んだ瞳が戸惑いながらもわたしを責め、小さな怒りの炎を燃やしていた。やはり、言わなくていいことを言ってしまったようだった。

「ごめんね、なんでもない。早く行こ。うなぎパイ、たくさん買ってきたから、一緒に食べようね」

努めて明るくそう声をかけると、ようやく杏奈さんが目を上げて、慰めるようにありさの両肩に手を乗せた。

「うなぎパイ、楽しみだね」杏奈さんはそう言って、娘の肩をこきざみに揺すった。

7 べつの生きもの

うなぎパイとローソンのお菓子をつまみながら我が家で楽しくお喋りしたあと、杏奈さんたちは三人手を繋いで帰っていった。

にぎやかな気配が残るなか、わたしはまた書くべき原稿から逃げて、誤字脱字だらけの学生の小説を続けて八作だらだらと添削した。その後参考文献を二、三冊書棚から選んでバッグに入れたころには、二十時を過ぎていた。

茹でたうどんに卵を落とした簡単な夕食を済ませ、風呂が沸くまでのあいだ一週間のごみをまとめて外階段を降りる。すると、ちょうど帰ってきた峰尾さんの息子さんと一階のごみ集積所の前で出くわした。仕事帰りなのか買いもの帰りなのか、大きな紙袋を両手に提げ、派手な赤いトレンチコートを身につけた長身の息子さんは、壁に備え付けられた照明の下ですごく目立った。こんばんは、と挨拶を交わしたあと、息子さんは、あ、そういえば、と付け加えた。

「うなぎパイをくださったそうで」

「あ、ええ……」

「昼に母からお土産もらったってメッセージが来て。ブランデー入りのがすごくおいしいそうです」

「そうですか、良かったです」

「僕もこれからいただきます。母がまた、藍さんを食事にお招きしたいと言ってました。それじゃ」

「あ、はい、では」

軽快な足音を立てて外階段を登っていく息子さんを見送ってから、わたしはごみ集積所のドアの鍵を開けなかに入った。

ごみ袋を可燃ごみのスペースに置くと、セメントに塗り固められた縦長のスペースの奥を大人の親指ほどもありそうなゴキブリが音もなく横切っていく。学生時代はこの黒光りする虫をアパート内で見かけるたびに天刑を言い渡されたような暗い気持ちを味わっていたけれど、いまは不思議とそんな気持ちには陥らない。ゴキブリもさっきの峰尾さんもわたしも、みんなここの住人だもんな、と鷹揚《おうよう》な気持ちでごみ集積所に鍵をかけ、家々の屋根の上に浮かぶ半月の滑らかな白さに、近づいてくる冬の気配を感じた。

風呂に入って寝支度をしてから、パソコンの前に座って相変わらず進まない小説の画面を眺めてみる。本来の締め切り日を一ヶ月近く過ぎてからも、なかなかこの書きかけの小説の内側に入れない。すでに書かれている文字も、ぼんやりしたアイディアも、カチカチに冷凍された具だくさんのスープのように一緒くたになって画面のなかに冷え固まっている。これをどう解凍したらいいかもわからないし、解凍できたとして、そこにあった香りや風味を元のいきいきとした状態に再現できるかもわからない。あれこれ考えてじっとしているうち、じょじょにみじめな気持ちになってきたのであきらめてベッドに入った。

7
べつの生きもの

夜半、物音で目が覚めた。

コツコツ、コツコツ、と伸びた爪で床を叩くような音。最初は雨が降っているのかと思った。引っ越したばかりのころにも、寝室の曇りガラスに大粒の雨が叩きつけられる音で目を覚ましたことがあった。

かぶっていた布団を顎まで下げ、外の街灯の光を受けて部屋にぼんやり白く浮かび上がるカーテンを見つめる。雨が降っているときには、もうすこし暗く見えた気がする。音は不規則な間をあけて鳴っている。違う、これは雨じゃないのだ、そう気づいて、緊張がからだに走る。じゃあこの音は何？　出どころを探ろうと耳を澄ませると、音はやむ。やっぱり気のせいかと思い直して神経を緩めると、また始まる。しばらくそれを繰り返したあと、わたしはベッドからからだを起こし、リビングを見にいった。

明かりをつけた無音のリビングに、いつもと違うところは何もない。壁かけ時計の針は一時四十五分を指していて、じっと立っていると秒針が動く音だけがかすかに聞こえる。テレビの電源は落ちているし、ローテーブルにも床にも音が鳴るようなものは見当たらない。窓もしっかり施錠されている。エアコンはこの時期使っていないし、キッチンの電子レンジも湯沸かし器もコンセントを抜いてある。冷蔵庫の扉はしっかり閉まっている。

試しにしばらくソファに座って物音が始まるのを待ってみたけれど、十分座っていても何も起こらなかった。それなのに寝室に戻って再び布団をかぶった瞬間、またコツコツ、コツコツ、と始まった。顔の半分まで布団で覆い、からだを丸めて目を閉じた。

音はしばらく鳴り止《や》まなかった。寝返りを打つうち、ふと今日ごみ集積所で見たゴキブリの姿が頭に蘇る。あのゴキブリが下で何かしているのかもしれない、と子どもじみた考えが浮かび、タップを踏むゴキブリやタイピングをしているゴキブリをとりとめなく想像しているうち、いつのまにか眠りに落ちていた。

音は一晩の夢ではなかった。翌日の夜半、また同じ音で目が覚めて、からだが固くなる。夢とうつつのあいだにかかる橋をかち割ろうとするかのような、硬質で、意志をもった音——石を投げられているのではないかと思い、こわごわ寝室の窓を開けて下を見下ろしてみる。街灯に照らされた赤茶色の煉瓦《れんが》の地面が見えるだけで、変わったところは何もない。疑心暗鬼のままベッドに戻ると、案の定音はまた始まった。起き上がって何度か外を確認したけれど、何度窓を開けても同じだった。そんなはずはないとわかっていても、なんとなく、わたしの前の家のいまの住人である、あのギャルのカップルのことを思ってしまう。あの二人が仕返しに来たのではないかと……仕返しされるようなことは何もしていないのに。

結局それからも四日連続で奇妙な音で目を覚ますことになり、わたしは行動を起こすことにした。もしかしたら、マンション内の構造に何か問題があるのかもしれない。だったらほかの部屋にも同じ音が聞こえているのではないかと昼間に階下の峰尾さんの部屋を訪れると、「何も聞こえないよ」と出てきたお母さんが言う。

「わたしも年だから、何度か夜中に目が覚めちゃうことはあるけど……そんな妙な音は何も。息子も何も言ってなかったよ」

「そうですか……」

「あんまり続くようなら、管理会社に報告したほうがいいかもね。前に一度、雨漏りしたこともあったそうだから。もしかしたらそこの関係かも」

「えっ？　雨漏り？　この部屋がですか？」

「あら、契約のときに聞いてなかった？」峰尾さんは口に手を当てて、内緒話をするようにささやいた。「うちの部屋じゃなくて、あなたの部屋よ」

「うちですか？　それは……」

「まあ、ここができてわりとすぐのときくらいの、大昔のことだから……施工の不具合なんかで雨漏りがあったんですって。そんなにたいしたものじゃなかったらしいから、補修作業もすぐ終わったそうだけど。ほかの部屋にも同じようなことがあったら無償で工事します、って管理会社からお知らせが回ってきたの。でもほかの部屋は大丈夫だったみたい」

「雨漏り……知りませんでした」

「もしかしたら、そのとき補修したとこがまた脆《もろ》くなってきてるのかもよ。念のため管理会社に確認してみたら？」

「でも、音は天井じゃなくて、床とか、窓の外から聞こえるんです」

「そう……じゃあますます、気持ち悪いわね」

峰尾さんが腕を胸の前で組むと、奥からニャーンと猫の鳴き声がした。見るとリビングのドアの前にモリーが前脚を立てて座り、こちらをじっと見ている。

「ひょっとして、うちのモリーが夜中にいたずらしてるのかしら」

峰尾さんは振り返って、こら、モリーと声をかけた。

「いえ、そんな感じの音じゃないので……」

「そう？　でもあんまりうるさかったら、ほんと、管理会社に言ったほうがいいよ。息子にも何かおかしな音が聞こえるか、聞いてみるけど」

上の階に戻るとすぐに、すべての部屋の天井を確認した。雨漏りがあったなんて、初耳だ。そんなことは売買契約の際にちゃんと申告しておくべきことじゃないだろうか。小林家に対する不信が一瞬生まれかけたけれど、峰尾さんが言っていたように、ここができたばかりの「大昔」のことだ。雨漏りといってもバケツが必要になるような大袈裟《おおげさ》なものではなく、ちょっと天井の色が変わるくらいのものだったかもしれない。補修工事もすぐ済んだというし、きっと夫婦どちらの記憶からも抜け落ちてしまったのだろう。

天井は異状なしだった。ただ、寝室の天井のクロスの張り方が意外と雑であることに気づいただけだった。クロスとクロスとの境目が、シャープペンシルで線を引いたようにはっきりわかるし、隅の方は不自然にボコッと膨れている。リフォームの際、完全に自分の好みに仕立てた室内なのに、思わぬ雑さを見つけてしまってすこし気分が翳《かげ》った。全室クロスは張り替えていたので、雨漏りしていた箇所もわからずじまいだった。


週末に会ったときに話そうと思っていたのに、こんなときにかぎって、小林一家はレンタカーを借りて泊まりで奥多摩に遊びにいってしまった。

物音は連夜続いた。

音に気づいて目が覚めることはもちろん、やがて音がしていなくても、夜中に目が覚めるようになっていた。昼間の仕事にも差し障りが出るまで長くはかからなかった。寝不足のせいで、電車でうたた寝をして乗り換え駅を乗り過ごし、二度連続でゼミに遅刻した。学生との面談中も廊下の足音やボールペンのノック音など些細《ささい》な物音にドキッとしてしまい、質問してくる学生の声が耳に入ってこない。家にいるときには当然、仕事どころではなかった。いつあの音が始まるのかと、常に緊張している状態で、気を逸らすためテレビをつけっぱなしにすることにした。

峰尾さんのアドバイス通り管理会社に電話をして窮状を訴えると、か細い声の若い男性担当者は「お調べしてまたご連絡します」と同じことを繰り返すばかりで頼りにならない。

日に日に、夜が更けていくのが怖くなっていった。

今日もか、今日もか、と暗闇の中で眠れぬときを過ごし、ようやく手に入れた眠りを、何度も音で破られる。これではとてもまともに生活できないと思い、昨日は試しに市販の睡眠改善薬を飲んでみた。おかげで一晩久々に一度も目を覚まさずに眠れたけれど、効き目が強過ぎたのか、今日は昼までベッドを離れられなかった。

買い出しに来たスーパーで、ふだんは素通りする酒売り場に足を止める。寝酒がよくないことは知っている。数分ためらったあと、わたしは不器用な万引き犯のように周囲に誰もいないのを確かめてから、ウイスキーのいちばん小さな瓶を買いものかごに入れた。

帰ってくると、一階の郵便受けの前で峰尾さんのお母さんに出くわした。相変わらず音が鳴りつづけていること、管理会社からの返答がなかなか返ってこないことを話すと、峰尾さんは「顔色が悪いんじゃない？」とこちらの顔を覗きこむ。

「大丈夫？　かなり疲れてるみたい」

相手はどうも思わないだろうとわかっていても、わたしは酒瓶が覗くエコバッグをさりげなく腰の後ろに回した。

「はい。音のせいで最近、あんまり眠れなくて……」

「管理会社のことはさておき、病院に行ってみたら？」

「病院？」

「つまり、その……そういう病院」

峰尾さんは気まずそうに唇を引き結んだ。それでわたしはハッとした。ひょっとして峰尾さんは、この一連の話をマンションの構造の問題ではなく、わたしの精神的な問題だと捉えているのではないだろうか？

「息子も前に、そういう病院に行ってたことあるから。先生を紹介しようか？」

自分の表情や顔色がどんなふうに変わったのか知る術《すべ》もない。黙っていると相手は何かを察知したらしく、「モリーにご飯あげなきゃ」とそそくさとエレベーターに向かっていった。

峰尾さんを乗せて上昇するエレベーターのあとに残されたガラスの向こうの暗い空間を眺めながら、わたしは手品師の手にかかったように、自分の日常が似て非なるものにすり替えられてしまったように感じた。


「どうしたんですか？」

二週間ぶりに会った杏奈さんは、開口一番にそう言った。

わたしたちはいつもの公園の入り口で待ち合わせた。ありさとまりは、きのこを模した椅子に座って足をブラブラさせていた。杏奈さんは大きなエコバッグを肩から下げて、横断歩道から近づいてくるわたしに手を振った。

「はい、最近ちょっと、いろいろあって……」

「なんだか、すごくお疲れみたい」

「コロナになったの？」

いつのまにか椅子から降りて隣に立っていたありさが言う。

「ううん。コロナじゃないよ。それは大丈夫」

「ほんとに？　コロナじゃないの？　なんで？　ほんとにほんとに？」念を押すありさは、どこか残念そうだった。

「こら、ありさ、やめなさい」杏奈さんは上からありさの頭をつかみ、蛇口でもひねるかのようにくいっと向こうを向かせ、「どこか具合を悪くされたんですか？」と改めて聞いた。

「ええ、ちょっと……」

「ありさ、まり、二人で遊んでおいで。ママたちはここに座って見てるから」

母親に言われると、ありさは不審な目をこちらに向けながらも、無言で妹の手を引っ張り、落ち葉をガサガサ踏んづけながら遊具のほうに駆けていった。夏には青々と茂っていた巨大なスズカケの葉は乾燥して黄色と茶色のまだら模様になり、枝に残っているのはもうわずかだ。

「それで……」子どもたちが座っていたこの椅子に二人で腰かけると、いままでになく真剣な顔で杏奈さんは切り出してくる。「ほんとに、コロナになっちゃったんですか？」

「違いますよ」

思わずわたしが噴き出すと、杏奈さんもほっとしたように相好を崩した。

「コロナじゃありません。コロナに比べたらぜんぜん大したことじゃないんですけど、ただちょっと……」

「どうしたんですか？　風邪ですか？」

身を乗り出した杏奈さんに、わたしはここ二週間ほど続く夜の物音と、それに由来する心身の不調について話した。管理会社に電話をしたことまで話すと、杏奈さんは「あの管理会社は信用できません」と意外なことを口にする。

「まだまりが生まれたばかりのころ、ベランダで洗濯物を干してると煙草のにおいが流れてくることがあったんです。たぶん、おおかた下かお隣さんだと思うんですけど。管理会社に電話して注意をお願いしたのに、そのときの担当者はほんとに頼りなくて。ロビーに貼り紙が貼られるまで半年くらいはかかったと思います。ベランダでの喫煙は遠慮してくださいの貼り紙、ロビーにいまも貼ってありますよね？　あれです、あれ」

確かに、その貼り紙はいまでも貼ってある。

「それから、そうだ」と杏奈さんはすこし眉をひそめた。「下の階のかたといえば……」

「え？」

「下の階のかたと、足音で揉《も》めたこともあって」

「下の階というと、峰尾さんのことですか？」

「そう、峰尾さん。子どもたちの足音のことで、一時期何度も遠回しに注意されました」

わたしは驚いて、杏奈さんの顔に見入った。

「夜中に走り回ってうるさいって。直接言われましたし、管理会社にもたびたび電話してたみたいなんです。防音マットを何枚も重ねて、子どもたちにも注意したんですけど、どうしてもうるさいみたいで……夜中には二人ともぐっすり寝ていて、足音が聞こえるはずもないのに。わたしも夫も、それでちょっと参ってしまって……」

「あの、それ、ほんとに峰尾さんですか？　とてもそんな感じのかたには……」

わたしは柔和《にゅうわ》な峰尾さんのお母さんの笑顔を想いながら、どうか間違いであってほしいと祈るような気持ちでいた。

「そうですよ」と、杏奈さんは苦々しく眉間に皺を寄せる。「あのときも、管理会社はちっとも頼りにならなかったんです」

ほんとにもう、と付け加えると、杏奈さんは落ち葉の重なりのなかに潜らせたショートブーツの爪先を一気に蹴り上げ、ちぎれた葉っぱがひらひら宙に舞うのを見てすこし笑った。

十二年間、ここに住んでいて、嫌な思いをしたことは一度もありません。

笑う杏奈さんの横顔を見つめながら、わたしは最初にこのひとに会ったとき、いまと変わらぬ笑顔でそう言われたことを思い出していた。

本当に一度も、と涙ぐみながら力強く断言した杏奈さんの一言は、振り返ればあのマンションを購入するに至った要因のうち、決して小さくはないものの一つだった。一家が十二年間幸せに、住まいに関しては何にも思い煩うことなく快適に暮らしたという事実込みで、わたしは大枚叩《はた》いて終の住処を手に入れたのだ。あの内見の日、杏奈さんが正直に、いま話したような階下の住人との騒音トラブルや頼りにならない管理会社の話をしていたら、わたしは違う決断を下していたかもしれない。

もしかして、だまされた？　買ってはいけない物件を買ってしまった？　強烈な後悔の予感が嵐のように脳内を吹き荒れていくのを感じながら、わたしは口をつぐみつづけた。

長すぎる沈黙に気づいたのか、杏奈さんは「でもですね」とこちらを向いてマスクの上の目を細める。

「管理会社は頼りにならないけど、藍さんにはわたしたちがいますから」

「え？」

「夫には不動産関係に強い知りあいがいるんです。騒音がひどくなったら、管理会社じゃなくてうちに言ってください。それに、もし家にいて気が滅入《めい》っちゃうようなら、またうちに来てもらってもいいですし」

「いいえ、そんな……」

「藍さん、大丈夫ですよ。藍さんは一人じゃありませんから」

いたずらをした子どもの言い分を聞くみたいに、杏奈さんはわたしのほうに身をかがめて、うん、うん、とゆっくりうなずいた。このひとは、内見の日に自分が発した言葉を、すっかり忘れてしまっているんだろうか？

「杏奈さん、あの……」

「何ですか？」

内見の日に、十二年間、ここに住んでいて、嫌な思いをしたことは一度もないって言いましたよね？　峰尾さんのこと、なぜ言わなかったんですか？　わざと、黙ってたんですか？

聞きたいことが歯の裏側までせり上がってきたけれど、杏奈さんの優しいまなざしに包まれていると、尖った言葉はみるみるうちに勢いを失って、唾のなかへ溶けていく。

杏奈さんは、親切なひとだけど、ちょっと抜けているところがある。雨漏りのことだって忘れていたみたいだし、あの内見の日も、客を迎える緊張で騒音トラブルのことなんて単に忘れていただけかもしれない。

峰尾さんと揉め事があったのはありさもまりもいまよりずっと小さかったころの話かもしれないし、それ以降に長く続いた平穏な日々が、過去の小さな棘《とげ》を覆い隠してしまうことだって大いにあるだろう。時間というのはそういう、寛大な作用を持つものだ。嫌なことをすべて記憶していたら、わたしたちは生まれてきたことへの元がとれるほど長くは生きていられない。

「いえ、何でもないです。いろいろ、お気遣いいただいてありがとうございます」

「いえ、ぜんぜん。当然ですよ。せっかくのご縁ですから、あまり遠慮しないでください」

それ以上わたしにお礼は言わせず、杏奈さんは「ありさ、まり！」と大声で子どもたちを呼び寄せ、きのこの椅子から立ち上がった。落ち葉の山を作って遊んでいた二人は鷹《たか》のようにぴゅーっと一直線にこちらに戻ってきて、赤くなった頬をわたしたちの前に並べた。

「お姉ちゃんがね、ちょっと困ったことがあるんだって。ありさもまりも、助けてあげたいよね？」

杏奈さんが二人に向けた問いには多少強制じみたニュアンスがあったけれど、二人は屈託なくウンウンとうなずいた。

「困ったことって、何？」

ありさは母親にではなく、わたしに直接聞いてくる。

「うん、あの、ちょっと……」

「やっぱりコロナなの？」

「それは違う」杏奈さんはさえぎって、さらに付け加えた。「お姉ちゃんに元気になってもらうために、またうちでお泊まり会しようか」

えっ、と口を挟む隙を与えず、「コロナじゃないならいいよ」とありさはわたしの手を取った。まりも反対側の手を両手で握り、頬をこすりつけるようにぎゅっと顔を押しつけてくる。小さな子どもにそんな素直な親愛の情を見せられると、渇ききったわたしの胸は反射的に熱くとろけてしまい、毛穴から湯気が噴き出すようだった。

「ほら、決まり。藍さん、じゃあ、さっそく荷物取りにいきましょうか」

「え、いまからですか？」

「明日は日曜ですし、学校はお休みですよね？　うちでゆっくりして、この子たちとも遊んでやってください。なんなら日曜も泊まっていただいてもいいし」

「いえ、そんな……」

「ね、二人も、月曜の朝までお姉ちゃんがいてくれたら嬉しいよね？」

うん、まあね、と答えつつ、わたしの手を握るありさはもう公園の出口に向かって歩き始めている。

「ついでに、スタバに寄って何か買っていこうか」

並んで歩く杏奈さんが言うと、ありさもまりもやったー、と大袈裟すぎるほどに飛び跳ねて喜んだ。マスクの下の自分の口元が、柔らかくほころぶのを感じた。そうだ、わたしにはこのひとたちがいる。

7

べつの生きもの

　さっき、すんでのところで杏奈さんを問いつめられなかったのは、彼女たちがわたしに示してくれるこの無垢《むく》な友情、おせっかいなほどに温かい厚意のせいだった。わたしはこの家族に交ぜてもらっているときの、実際より弱いものとして扱われている感じ、自分がドンと孤立してそこに存在しているのではなく、何か磐石《ばんじゃく》なものの一部になっている感じを失いたくないのだ。経済の基盤を作る目的以外に何かに属するなんてまっぴらごめん、これまでサークル活動もグループ交際も大人数の飲み会も避けてきたわたしが、いまになって赤の他人の家族のなかに心休まる居場所を見出しているのは、人生の皮肉なのか、それともパンデミックの時代を生きる社会的動物としての正しい反応なのだろうか。

　大通り沿いのスターバックスで人数分のフラペチーノやらスコーンやらをたんまり買い込んだあと、わたしたちは四人横並びになって道路を塞ぎながら、手を繋いでわたしの家、そして彼女たちのかつての家に帰った。わたしが二日分の着替えと仕事道具をリュックサックに詰め込むあいだ、親子三人はきゃっきゃと談笑しながらラグの上に足を投げ出し、紙袋のなかのものを飲み食いしていた。荷造りを終えるとそこに合流し、頭がきんとなるような甘くて冷たいフラペチーノを勢いよくすすった。少なくとも今晩と明日の夜はもう、ここで一人で過ごさなくていい。そう思うと意外なほどわたしはほっとしていた。

　それなのに、いざ小林家に向かおうと先頭切って玄関のドアを開けた瞬間——ひゃっと内臓の空気が抜けるような声が出て、全身が固まった。

　ドアの向こうの外廊下には、大量の黒い何かが散らばっていた。

「何ですかこれ」

すぐ後ろにいた杏奈さんは、外に散らばるものを目にして、わたしの腕を掴んだ。膝が震えているのを感じたけれど、その虫の死骸めいた黒い何かを凝視することしかできなかった。一方杏奈さんはわたしを押し退け、外廊下にしゃがんでそのひとかけらをつまみ、目の前にかざした。

「これ。里芋の皮じゃないですか？」

よくよく見てみれば、それは本当に里芋の皮だった。虫の死骸よりはマシだけれども、なぜ里芋の皮なのか、なぜ里芋の皮がわたしの家の玄関の前にこんなに大量に撒《ま》かれているのか？　無意識のうち、わたしはハハハと笑っていた。本当に驚いたとき、ショックを受けたときには、こうして防御としての笑いが出る。

気づいたときには杏奈さんが「もう、もう」と呟きながらキッチンのミニほうきで皮をかき集めていた。かき集めたものをスターバックスの紙袋にまとめて、口を何度も折り返して出てこないようにする。ありさとまりも飲みかけのフラペチーノを片手にキョトンとしたようすで母親のテキパキとした挙動を眺めていた。ありさはどうしたの？　何これ？　と何度も聞いたけれど、その度に杏奈さんはごみだよごみ、と苛立たしげに答えた。

そのようすを、わたしはまるで野次馬のように、薄笑いを浮かべながら横で傍観しているだけだった。

客用の布団は玄関脇の六畳の和室に敷かれた。

明かりが消された和室に一人、まだ新品らしいフンワリした羽毛布団にからだを埋めて、わたしは峰尾さんのことを考えている。

峰尾さん。親切な隣人。感じのいい息子さんに感じのいいお母さん。モリー、おばあちゃん猫。そしてもう何度目になるかわからない、午後に見た外廊下の異変がまた脳裏に蘇る。

「気にしちゃダメですよ」

あのあと、紙袋を下のごみ集積所に投げ捨てるときも、皆で小林家に向かって歩くさなかも、杏奈さんは何度もそう言った。マスクから覗くわたしの上半分の顔が、よっぽど泣き出しそうに見えたんだろう。実際、泣きたかった。ありさもまりも、何かを察知したのか遠慮がちにこちらをちらちら見るだけで、もはや手を繋いでこようとはしなかった。

到着した小林家ではスウェット姿のパパさんが一人留守番していた。わたしが泊まることはすでに伝わっていたらしく、食事テーブルにはたこ焼き器と大きなボウルと箸五膳がセットされていた。パパさんの手で次から次へと焼かれるたこ焼きを勧められるがまま頬張りつづけ、勧められるがまま湯船に浸かり、気づいたときにはこうして和室の布団のなかに寝かされていたのだった。

何も考えずに眠りたいけれど、眠れない。思い浮かぶのは、里芋の皮と峰尾さんのことだ。

杏奈さんの言うとおり、たとえ峰尾さんが小林一家に不条理ないちゃもんをつけた時代があったとしても、それはもう過去の話だ。わたしにとって、峰尾さんはお母さんも息子さんも、親切ないいひとだ。それは心底納得できても、杏奈さんの話を聞いてしまったあとでは、以前のようにまっさらな目で峰尾さん親子を見ることができない。もしかしたら、あの夜の音も峰尾さんたちの仕業《しわざ》では……と、どんどんよくない方向に想像が傾いていく。

よく考えてみれば、最初にあの物音が始まった晩、わたしは息子の峰尾さんと下のごみ集積所で顔を合わせていたのだった。あのとき、わたしの言動の何かが彼の神経に障ったのだろうか？　それともお土産のうなぎパイが期待していたほどおいしくなかった？　だとしたらあの晩から続く物音は、因果応報ということなのか？　昼に玄関前に撒かれていた里芋の皮だって、通りすがりのひとが気まぐれにやったこととは考えられない。料理上手な峰尾さんのお母さんだから、こんな小春日和の秋の午後には里芋の煮っ転がしでもこしらえようかと、大量に里芋の皮を剝くことだってあるだろう。いや、ダメだ、里芋と峰尾さんを結びつけてはダメだ。通りすがりのひとが気まぐれに、たまたまポケットに入っていた里芋の皮を道端にばら撒くことだって、百年に一度くらいはあるかもしれない。百年に一度のその皮の連なりが空飛ぶ絨毯《じゅうたん》のようにたまたまわたしの部屋のドアの前までふわっと運ばれてきた、そういう絵になる、ファンタジックな可能性だって絶対ありえなくはない。

外でミシリ、と何かがきしむような音がした気がして、ハッと身を硬くした。

ここ最近の夜の音のせいで、小さな物音にも過剰に反応する癖がついてしまっている。しばらく内耳の音量つまみをマックス方向にひねるようなイメージで、集中して耳を澄ませた。何の音もしなかった。階段の上では、この家の四人家族が二人ずつ寝ている。でも、誰がどれくらい寝ているかはわからない。わたしはさらに限界まで耳を澄ませて、彼らの寝息を聞き取ろうとした。何も聞こえない。でも、今度はその聞こえなさが一つの透明な分厚い音になって、耳を圧迫する。

ブルッと大きく身震いしてから頭まですっぽり布団で覆い、何も聞こえない、聞こえない、とあえて声に出して繰り返した。

「朝だよ」

全身を大きく揺すられて、飛び起きた。ウワッ、と声を出して上半身を起こしたわたしを見て、ありさもまりも大笑いしている。からだの芯が湯煎したチョコレートみたいにドロリと重く生温かく、まぶたにも熱を感じる。久々に、深く眠った感じがした。

「いま何時?」

子どもたちに聞くと、八時! と元気よく返事が返ってくる。

「ママたちは? 起きてるの?」

キッチンのほうからはジュージュー何かが焼ける音やら、冷蔵庫の開け閉めの音やらが聞こえていた。

「起きてるよ。朝ご飯、もうできるよ」

「そっか。でもまだもうちょっと寝てたいな」

また布団に横たわると、ダメーッと叫びながら、二人はまた大袈裟にからだを揺すってくる。そのリズムに合わせて自らからだを揺すっているうち、突如嫌な予感がした。

「ねえ」わたしは身を起こして、真剣な顔を作った。「朝ご飯作ってるのって、誰?」

「パパだよ」ありさが答える。

予感的中、と思いつつ、さらに聞く。

「ママは? またどっか行っちゃったの?」

「ママもいるよ。洗濯干してる」

「いるの? いるのね? なら、良かった」

安堵したわたしはあらためてからだを倒して、ウーッと大きく伸びをした。またあのパパさんと子どもたちで気まずい朝食を取ることになるのかと覚悟したけれど、杏奈さんがいるなら何も問題ない。そのまま子どもたちが飽きずにちょっかいを出してくるのを待っていると、何やら足元でごそごそ気配がする。身を起こして見てみると、二人は昨日リュックから出しておいたわたしのMacBookの電源を入れ、キーボードを撫でていた。

「ちょっと、それ、やめて。わたしの仕事道具」

「うち、Wi-Fiあるよ」

「あ、そうなの?」

「だから仕事できるでしょ」

「Wi-Fiなくても仕事はできるよ。ケーブルも持ってきてるし」

「これ?」ありさはそう言って、リュックからはみ出ていた緑色のケーブルを糸巻きみたいにぐるぐる手繰り寄せた。

あ、ダメ、出さないでとわたしは布団から這《は》い出て、ありさの手元のケーブルを奪おうとした。相手はふざけてケーブルをわたしの首に巻きつけようとする。まりちゃん、助けてと傍観するまりのほうに身を投げ出したら、まりは思いもよらぬ強い力でわたしの半身をぎゅっと布団の上に押さえつけ、姉の加勢をした。わたしの首にはみるみるうちにケーブルが何重にも巻き付き、ありさもまりもそれを見てタガが外れたかのように笑っている。

「こら、何してるの」

廊下から杏奈さんの声がして、まずい、と思うまもなくガラッと襖《ふすま》が開いた。

「あっ、やだ何やってるの」

7
べつの生きもの

慌てて布団にかがみこんだ杏奈さんも、なぜだか笑っている。やめなさい、とケーブルを外そうとするその手を、ありさとまりが掴み、結果わたしの首のもとには六つの友の手が集まってきていた。まだ体温の残る布団の上で四人一緒に笑い転げ回りながら、この瞬間、胸から喉に突き上げるような、ほとんど強烈な吐き気と区別がつかないほどの甘い陶酔が湧き上がり、はあっと息をついてわたしは目を閉じた。

委ねよう。わたしはしばしば頭をからっぽにして、六つの手がこの首の処遇をめぐって荒々しくからみあうのに任せた。

子どもたちに引っ張られ、食べてと言われたものを食べ、観てと言われたテレビを観ているうちに、小林家での一日はあっというまに過ぎた。

昨日の里芋ショックをずるずる引きずっていたものの、夕食後には多少元気が出てきたので、思いきって「そろそろ失礼します」と切り出してみた。とはいっても心の不安は顔に出ていたのだろう、杏奈さんは「もうこんな時間ですし、今晩もいいじゃないですか」と席を立ち、「お風呂どうぞ。今日の着替えです」と新品のユニクロのショーツのパックを開けてしまった。そしてまた勧められるがまま広い湯船で手足を伸ばし、新品のショーツと杏奈さんのパジャマにほかほかの身を包んで、こうして玄関脇の六畳間で横になっているわけだが、この流れをまったく期待していなかったわけでもない。

空腹を感じる前に食事が用意され、皿洗いも汚れたコンロの掃除からも解放され、風呂は勝手に沸かされ、汚れた衣類はきれいに畳まれて枕元に置かれる。杏奈さんもパパさんもありさもまりも、今日一日、わたしを病人のように優しく扱い、まめまめしく世話してくれた。わたしもわたしで、この親切な家族の厚意をそのまま受け止めて、途中からはもう何も断らなくなった。

藍さん、グレープフルーツのゼリー食べる？　はい、いただきます。

藍さん、ちょっと横になって休んだら？　はい、そうします。

藍さん、夜は豆乳鍋でいい？　はい、いいです。

そんな調子でなんでもはいはい受け入れているうち、自分が無力な哺乳動物の赤ちゃんのように感じられてくる。優しさの乳をたっぷりむさぼって眠りぐずり、すこしずつ肥えて大きくなっていく、わたしという人間とはべつの生きもの。これまで枯渇しないよう必死で焚《た》き付けてきた自尊心の火を絶やし、他人の手のぬくもりから暖を取ることは、なんて楽ちんで甘美なんだろう。こうなっては、誰の手も借りない自立した一人きりの生活のほうが、生きもののありかたとしては不健全で無粋だったように思えてくる。

六畳間の窓からは、鉢植えのオリーブの木が見えた。背丈はありさとまりのちょうど真ん中くらいで、昼には白っぽくくすんだ細長い葉が陽の光を受けて、その暖かさに身をおののかせているようだった。昼のその幸福そうな姿と、いま、窓の向こうでひとり夜の冷たい空気にさらされているオリーブのことを考えていると、なぜだか涙が出そうになる。

そしてわたしは、自分がこのまま小林家の一角に居場所を与えられ、一家の同情と親切のみを餌として、人間にも犬猫にも似ていないグロテスクな生きものとして育っていくところを想像した。ぞっとするけれど、その魂の受動的ありかたに心が休まることも事実だった。そこにはプレッシャーや、責任というものがない。もしかしたらそれこそ、わたしが心のどこかで望んでいた姿なのかもしれない。こんな状態になるまで思いつきさえしなかったけれど、自分の望む仕事を得たり、恋愛をしたり、旅行をしたり、家を買ったりすること以上に明確なイメージとしては掴めなかった、究極の、そして世間的には褒められない幸せのかたち。わたしはいま、その立ち入り禁止ラインの手前くらいには来ているのかもしれない。

月曜の午前中には、創作クラスのオンライン授業がある。

授業開始一時間前になっても、わたしは自宅に帰らなかった。もはや、帰されないのか自ら帰らないのか、よくわからない状態だ。リビングでリモートワークに励む杏奈さんに勧められ、オンライン授業はすっかりわたしの部屋と化したこの家の六畳間から行うことになった。ゲームソフトの背景や音をデザインする仕事をしているという杏奈さんは、春の緊急事態宣言以来もう半年近く、数えるほどしか会社に行っていないという。もともと体調を崩しやすいまりは保育園に行ったり行かなかったりで、杏奈さんのリモートワークが定着して以来、仕事がそれほどせっぱつまっていない今日のような日は家で面倒をみているそうだ。

パソコンの向こうの学生たちは、画面上で話すわたしの背景がいつもとは違っていることに気付いただろう。でも当然、誰もそのことを指摘しない。一人の学生を指名すると、画面いっぱいに七ケタの学生番号が表示される。学生たちは基本画面上には顔を出さないので、こうしてアカウント名である番号だけが顔代わりに出てくるのだ。

指名された学生は、ほかの学生が書いてきた掌編小説の文体やテーマについて一生懸命に分析している。奇《く》しくも俎上《そじょう》に上がっているのは「居場所」というタイトルの作品だった。いまこのオンラインでつながっている人間の群れのなかで、もっとも奇妙な居場所を持っているのはわたしだろう。「引きこもりの主人公の独りよがりな思考を表すのに、このですます調の自分語りはおもしろくはありますが、比喩がぜんぶ大袈裟すぎると思います、それに主人公が居場所を探して外に出るという結末も陳腐だと思います、『居場所』という言葉をもっと広く解釈できるように書くべきではないのでしょうか……」

集中しなければならないのに、画面の数字を凝視しているうち、その声が電脳世界からのご神託のように響きはじめて急激な眠気に襲われた。と、そこで突然まりが部屋に入ってきて、後ろからわたしに抱きついた。ハッとして顔を上げると、その姿が思いっきり、カメラに映っている。喋っていた男子学生は一瞬黙ったあと、ふふっ、と笑った。

「ごめんなさい。ちょっと、アクシデントが……」

身をよじってまりのからだを引き剝がし、仕事中だからあっち行っててね、と言い聞かせて布団のほうに追いやる。またパソコンに向き直ると、子どもかわいさにか画面にハートマークを表示する学生が何人かいた。

「ごめんなさい。失礼しました。続き、どうぞ」

「娘さんですか?」

顔の見えない、男子学生が言う。

娘。わたしの娘? 「いえ、違います」と答えてすぐ、「友人です」と付け足した。学生は、かわいいですね、と感想を表明し、また掌編の論評に戻った。まりはわたしの布団の上に座り、土産物屋の人形のようにキョトンとした顔つきでこちらを見ている。

そのひかえめな注目を浴びながら授業を終え、パソコンを閉じてまりとリビングに出ていくと、杏奈さんも部屋の隅のデスクから立ち上がり、ウーンと声を上げながら大きく伸びをした。しっかりアイロンがけされた襟付きのストライプのシャツを着て、ブルーライトカットの眼鏡をかけたその姿が、いかにもキャリアウーマンという感じで新鮮だ。わたしも会社員を続けていたら、こんな女性を上司に持つことだってあったかもしれない。杏奈さんはスタートを待つ陸上選手のように腰に手をやりその場でゆっくり足踏みをしながら、「お昼はちょっと手抜きして、冷食パーティーでもしましょうか」と言った。はいボス、そうしましょう、わたしは心のなかで敬礼する。

艶消しブラックの冷蔵庫の大きな冷凍室から、杏奈さんは次々冷凍食品を取り出しキッチンの台に並べていく。冷凍ご飯、冷凍餃子、冷凍今川焼き、冷凍フルーツ、冷凍ピザ、冷凍スパゲッティ。まさかこれ全部を解凍するつもりじゃないだろうな、と思って見ていると、冷凍ご飯と冷凍スパゲッティをレンジに入れ、冷凍今川焼きと冷凍ピザを重ねてトースターに入れ、フライパンで冷凍餃子を焼きはじめた。

「ちょっと時間かかりそうですけど、あっちで座って待っててくださいね」

にこやかに言う杏奈さんに、いえいえ、手伝います、と返したけれど、見たところレンジもトースターもフル稼働で、わたしの出る幕はなさそうだった。やることはなくともキッチンの杏奈さんの隣に立つか迷っていたところ、ジーンズのポケットの携帯電話が鳴った。見ると姉からの久々の着信だった。

「電話ですか？　どうぞ、どうぞ」

気をつかってくれた杏奈さんに一礼して、廊下に出てから通話ボタンを押す。

「あ、よーう」

気の抜けた姉の声に、これは緊急の用事ではないなとほっとする。

「何？」

「いや、べつに急ぎじゃないんだけど。元気？」

「うん、元気だよ。お姉ちゃんは？」

「元気元気。いま、仕事中だった？」

「ううん、大丈夫。お姉ちゃんは？　仕事じゃないの？」

「ん、なんか今日は起きたときに熱っぽい気がして、大事をとって会社休んだの。一瞬、コロナ来た、と思ったけど、なんか違ったみたい。いまはすごい普通。休んで損した」

「ほんと？　でも一応、おとなしくしてたほうがいいんじゃないの」

「ねえ、さっき久々にお母さんと電話で喋ったけど、あんた、こないだ実家帰ったんだって？」

「うん、ちょっとね」

「なんかローン背負って切羽詰まったような顔してたって言ってたけど、大丈夫なの？」

「え？　わたしが？」

「うん。なんかようすがおかしかったって」

「おかしくないよ。普通だよ。べつに切羽詰まってもないし。お母さん、そんなこと言ってたの？　おかしいならそのときわたしに言えばいいのに」

「おかしなやつに面と向かってあんたおかしいとは言えないでしょ」

「あとになって自分の知らないところでそういうふうに言われるの、気分よくない」

7

べつの生きもの

キッチンから、ピーッピーッと電子レンジの高い音が聞こえた。続いて、杏奈さんがまりに何か要求している声。餃子の水分がバチバチ弾《はじ》ける音。

「誰かいるの？　あんたいま家？」

「家だけど、うちじゃない。ひとの家」

「誰んち？」

「それは、その……知りあいの家」

「誰、知りあいって」

「その、うちに前住んでたひとの……」

「え、もしかして、引っ越したのに家に来る子たちの？」

「うん。そう」

「へえ、向こうの家に呼ばれるまでになったんだ？」

あまり話が長くなるのも嫌なので、わかりやすいところだけかいつまんで、自分がここにいる理由を話した。小林家とは結構前から仲良くしていること。自宅では夜中におかしな音がすること。このところそのせいで体調が悪いこと。この週末から小林家が厚意で部屋を提供して泊めてくれていること……自分でもまだ解釈のしようがない里芋の皮のことは、あえて口にはしなかった。下手にそんな話をしたらせっかちな姉の好奇心に火をつけてしまい、ますますややこしい事態になりそうだ。

「ね、そういうわけ。詳しいことはまた今度話すから。で、用事は何？」

「用事？　特にないけど、ただなんとなくかけただけ。それにしてもあんた、そこんちで何してるの？　迷惑なんじゃないの？」

「帰ろうとしたけど、引き止められるの。でもありがたいから、ずるずる帰るタイミングがわかんなくって……さっきはここからオンライン授業したよ」

「仲良くしてもらうのはいいけど、赤の他人なんだからあんまり甘えちゃダメでしょ。うちに来ればいいじゃん」

「お姉ちゃんちは遠いもん。それに、赤の他人でも頼りあえる世のなかのほうがいいじゃん。ねえ、お姉ちゃんさ、真剣なオンライン会議の途中でさ、飼ってる犬とか猫とか、赤ちゃんとかが画面に乱入してきて場が和むやつって見たことある？　さっきもね、ここの家の下の子がオンライン授業に紛れ込んできちゃって、和んだよ。あれ、ちょっと憧れてたから嬉しかった」

あんたねえ、と電話の向こうで姉が何か続けようとしたとき、トースターの音がチーンと鳴った。ピザと今川焼きが焼き上がったのだ。

「お姉ちゃん、いまからご飯だから、とりあえず切るね。ピザとか焼けちゃって、みんなで食べるから。また今度ね」

「あっそう、じゃあまたね」

不満そうな姉の声は電話を切った瞬間すぐに耳から蒸発していき、わたしは急いでリビングに戻った。

テーブルの真ん中に置かれた大皿には大輪の餃子の花が咲いていて、ひとまわり小さな皿にはスパゲッティとご飯が半分ずつ盛られていた。「お待たせしました」そこに杏奈さんがマルゲリータのピザと今川焼きが載った皿を運んでくる。後ろに続くまりはまるで三種の神器でも運ぶかのような神妙な顔つきで、冷凍フルーツの器を両手で大事そうに掲げ持っていた。

三人でいただきますと手を合わせてから、ピザをつまんだ杏奈さんは「手抜きですよね」と苦笑いをした。「まりと二人のときはときどきやっちゃうんです。冷凍食品、わたしにとってはちょっと贅沢品《ぜいたくひん》で」

「うちもときどき、やります」わたしはスパゲッティを自分の取り皿に移しながら言った。

「育った家は、あんまり余裕がなくて」

杏奈さんはすこし目を伏せ、また微笑んだ。

「えっ?」

「冷凍食品みたいな、量の割に単価の高いものは冷凍庫には入ってませんでした。おかずはほとんどぜんぶ乾物ベースで。ひじきとか、切り干し大根とか。冷凍庫の常備品と言ったら、月一回まとめ買いする豚コマ肉とか、茹でた野菜だけです。それで作ったおかずをまた冷凍して、ちょこちょこ小分けにして食べるんです」

「はあ、そうでしたか……」

「お弁当のおかずも、そんな感じで。同級生のポテトとか、グラタンとか、唐揚げとか、ミートボールとか、うらやましかったですよ。でも母は仕事の合間に一生懸命手作りしてくれたから、冷食食べたいとは言えませんでした。母、工場勤務だったんです。ホタテの水煮とか、鮭の中骨水煮とか、そういう缶詰を作る工場の。だから缶詰だけは家に山ほどあったんですけど。缶詰ってほら、なんかひやっこくて金物の味がする感じがして……おんなじ食べ物でも、冷凍食品の工場に転職してくれないかなあって、内心は思ってました」

唐突に始まった昔話に困惑したものの、わたしは何食わぬ顔でスパゲッティをフォークに巻きつけながら話を聞いた。

「おかしいですよね。でも、よくスーパーの冷凍食品のケースの前に居座って、高校生になってアルバイトをしたらこれ食べよう、あれ食べよう、っていろいろ想像してました。でもいざ、高校生になってバイトを始めてみたら、あ、バイトって母が勤めてた缶詰工場の検品部門だったんですけど、缶詰で稼いだお金で冷凍食品買うのって、なんだか、缶詰にたいする裏切りっていうか、缶詰イコール母、みたいな感じで、頑張って働いてくれた母にたいする裏切りっていうか……とにかく、冷凍食品を買って家でチンして食べることにとてつもないハードルを感じちゃって、結局、高校生になっても一回も買って食べられなかったんです」

「ああ、だから……」

「そう、だから実家を出たら好きなだけ冷食食べるぞって張り切って。はじめて家を出て一人暮らしをしたときには、一ヶ月くらい冷食オンリーでした」

「一ヶ月も!」

「でもやっぱり、習慣が骨身に染み付いちゃってるってことなんでしょうかね。罪の意識に耐えられなくて、それからはせいぜい半年に一回くらい、好きなだけ冷食を食べる日を作ったりしてましたけど、十代のころの渇望みたいなのはもうなくなりました。でも、なんでだろう、コロナになってから、また急にそれが戻ってきて……夫とありさがいるときにはやりませんけど、いまみたいにまりと二人のときには、こうやってちょくちょく冷食パーティーしてるんです」

「ありさちゃんがいるときにはやらないんですか？」

「あの子、なんでだか食の好みがうるさくて。チンして食べるやつは薬の味がするとかなんとか……」

「そうですか、おいしいですけどね」

「ね、おいしいですよね？　冷食、ばんざい」

杏奈さんが話しているあいだ、わたしはなんとなく目のやり場に困り、齧歯類《げっしるい》の動物のように前歯を立てて、ひたすら今川焼きを小さくかじりつづけているまりをじっと見ていた。すると無遠慮なわたしの視線も何かつかえになったのか、母親の話が一段落した瞬間、まりはいきなり咳《せ》き込みはじめた。

「どうしたの、大丈夫？」

杏奈さんはまりの背中をぽんぽんと叩く。テーブルに小さなあんこのかたまりが飛び散る。すぐに咳はおさまったけれど、まりの顔は赤くなっていた。

「急いで食べて、むせちゃったのね。ちょっと待って、牛乳持ってくるから。あ、藍さんも飲みますか？　牛乳」

朝食のときにも聞かれた質問に、「いえ、大丈夫です」と答えると、杏奈さんは微笑みを返し、キッチンに向かった。わたしはまりに大丈夫？　と聞いてから、話のあいだはぜんぜん食べられなかったスパゲッティをここぞとばかりにフォークに巻きまくり、いそいそと口のなかに運ぶ。

戻ってきた杏奈さんの手には、牛乳のグラスが二つ握られていた。一つをまりの前に、そしてもう一つをわたしの前に置くと、杏奈さんは椅子に腰掛け、嬉しそうにピザを一切れ頬張った。

ごめんなさい、牛乳は苦手なんです。

いまなら正直に言えそうだった。問わず語りの昔話で自分をさらけだしてくれた杏奈さんにたいして、わたしも惜しみなく自分をさらけだすべきだ。いや、でも、いま向きあうべきは杏奈さんではなく牛乳のほうなのかも……と、目の前のグラスに注意が惹きつけられる。これはもしかしたら、何かのテストなのではないか？　家族みんなが大好きなこの白い液体を口にするか否かに、彼女たちにたいするわたしの本気度が試されているのではないか？

ごくりと唾を飲んだとき、「藍さんは？」と杏奈さんが身を乗り出してきた。

「あっ、えっ？」

「藍さんは？　藍さんは、どんな子だったんですか？」

「ああ……」わたしは牛乳のグラスからいったん目を離し、しどろもどろに答えた。「ええと……どこにでもいるような、普通の子だったと思います」

「そんな。しっかり者だったんじゃないですか。学級委員なんかもやるような」

「いえ、ぜんぜん……授業中も、ほとんど挙手したことなかったですし、友だちにも自分からは話しかけられなかったし、おとなしい子でした」

「じゃあ、何が好きでした？　その、食べものは……」

「あ、食べものはですね、ゼリーが好きでした。生協の四個セットのカップゼリーがいつも冷蔵庫にあったんですけど、うちは四人家族なので、一日一人一個って決まってて。大人になったら、一日一個なんて決まりはとっぱらって、バケツいっぱい、好きなだけ食べるのが夢でした」

「ふふ。それ、実際にやりましたか？」

「いえ。いま思い出しただけで、ずっと忘れてました。ゼリーよりおいしいもの、たくさんありますよね」

「じゃあ今度、うちでゼリーパーティーしましょうね」

「いいえ、そんな……」

「いいじゃないですか。冷食パーティーのあと、山ほどのゼリーの、ゼリーパーティー」

杏奈さんがにっこり笑うので、わたしもつられてにっこりした。この感じ、何かなつかしい。小学校の新学期、クラス替えをしたばかりのよく知らないクラスメイトたちのなかで、その筆箱かわいいね、と誰とも話せないわたしに笑いかけてくれた女の子がいたのを思い出す。その目を見て、この子とは仲良しになれるかもしれない、と、うっすら直感したときの安堵とときめきと胸騒ぎ……それがそっくりいま、杏奈さんを前にしたわたしの内にある。

「うちは母親しかいなくて」うっとりしかけたわたしをよそに、杏奈さんは真顔に戻って言った。「両親はわたしが二歳のときに離婚したんです。それがずっと呪いみたいに自分のなかにあって、夫と結婚したときも、子どもが二歳になったら自分も離婚してしまうんではないかとびくびくしてたんですけど、結局そんなことはありませんでした。まあ、いつまで続くかはわかりませんけど」

いやいや、そんな、と中途半端にヘラヘラしながら、わたしは隣のまりがこの話をその小さな頭でどんなふうに理解しているのか気になった。りこん、という言葉は、五歳児にとってどれほどの意味とイメージを持つのだろう。横目でまりの顔をうかがってみるけれど、その表情に恐怖や戸惑いの色は一見ない。まりはただ無表情で、食べかけの今川焼きの中身に指を突っ込み、あんこがついたその指をしゃぶったり、皿にこすりつけたりしているだけだ。

「結婚して、子どもが生まれて、もう一人生まれて、みんな元気で。ほんとに、自分は持ちすぎだと思うこともあります」

　杏奈さんもまた、まりをじっと見つめながら言った。

「持ちすぎ？」

「はい、持ちすぎです。わたしってこんなんだったっけって、夜中にふと目が覚めたときとか本気で疑問に思うこともあります」

「疑問？　というのは、どういう……？」

「自分はただ、自立して働いて、そのお金で好きなだけ冷食を食べまくりたい人生だったのに、まあいいかなと思って流れで結婚して、子どもも二人産んで、こんな立派な一軒家にしれっと住んじゃって。手に負えないです。ほんとは、母と住んでたアパートと同じくらいの六畳一間でじゅうぶん間に合ってるのに。大好きな冷凍食品だって、わたしは食べられるぶんだけ食べたいんです。よくいるじゃないですか、ホテルのビュッフェなんかで、お皿になんでも山ほど載せて、よくばっても値段は変わらないからって何度も何度も席とご飯のあるところを往復して、結局残してしまうひと。わたしは、ああいう人生は嫌なんです。食べられるぶんだけをよそうべきだと思うんです」

　聞きながら、いつかありさから聞いたことばが蘇ってきた。「ママが、食べきれないぶんをよそっちゃだめって言ってた」。あれは確か、ありさがはじめてうちに上がったときのことだった。妙なことを言うと思ったけれど、きっとこのお母さんからしょっちゅう言い聞かされているフレーズなのだろう。

「ほんと、そうですよね」わたしは表情がこわばらないよう、こめかみのあたりをさりげなく指先で揉みほぐしながら言った。「胃っていうのも、年と共に許容量が少なくなっていきますからね」

7

べつの生きもの

「そうなんですよ。それをわかっていないひとが多いんです」

杏奈さんは眉間に皺を寄せ、瞬間的にかなり不快そうな顔をしてから今川焼きにガブリと噛み付く。

「わたしは、自分の生活をうまく消化できてない気がするんです。よくばっちゃって。べつに強く望んだわけでもないのに次から次へと幸せが詰めこまれて胃が受け付けない。そんな毎日です」

話が不穏な方向に進んでいる気がして、こめかみを揉む手につい力が入った。核心はまだ掴めていないけれど、今川焼きを咀嚼する不快そうな顔と口調からして要するに、杏奈さんはいまの生活にたいして怒りのようなものを感じている、ということだろうか？

「思うんですけど」できるだけソフトな口調を心がけて、わたしは言った。「杏奈さんがそんなふうに感じられるのは、杏奈さんがすごく謙虚なかただからじゃないですか？」

「はっ？」

「えっ？」

「いま、謙虚って言いました？　違います。謙虚なんてものじゃないですよ。ただ、世のなか不公平だって思うだけです。わたしはこの生活を強く望んだわけじゃないのにこうなってて、わたしよりずっと強く望んでいるひとが、そうじゃないってことが！」

力強く言い切った杏奈さんの顔全面には、明らかにものわかりの悪い人間にたいする苛つきがたぎっていた。

もう口をつぐんでいたほうが良さそうだった。そうですね、とわたしは控えめに同意し、手持ち無沙汰につい、触れていた牛乳のグラスを口に運んでしまい、あっと思ったときにはごくごく飲み込んでいた。すぐに口をゆすぎたくなったけれど、あえて何もせず、口から食道にかけての膜を張ったような不快感をしっかり味わおうとした。

ふと目を上げて見ると、杏奈さんの顔から先ほどの苛立ちは早くも消え去っていた。それどころか、この家に来てから何度も目にした慈愛の表情が戻ってきている。

が、このときになってわたしはほんのりと気づいた。杏奈さんのこの表情は、雨に濡れそぼつ野良猫を前にしたひとのそれにすこし似ている。餌はあげるけれども生活は共にしないことを前提とした関係の、ちょうどいい距離にいる弱いものに向ける優しさ。それがいま、杏奈さんの目にも満ちている。でもこの優しさは条件つきだった。つまり猫がしがみついてきたり、威嚇してきたりしたら、なかったことにされるような優しさだ。

厳しい表情を一変させて、「食べてる?」と穏やかにまりの口元の汚れを取ってやっている杏奈さんを見て、さっきの言葉が蘇ってきた。

わたしはこの生活を強く望んだわけじゃないのにこうなってて、わたしよりずっと強く望んでいるひとが、そうじゃない。

ひょっとしてわたしは、彼女のような生活を「ずっと強く望んでいるひと」に見えているのかもしれない。ずっと強く望んでいた、そして彼女がいま生きているこの生活をまぬけに手に入れ損ねて、一人野良生活に甘んじるものに。

8

SOS

水曜日の朝になって、わたしはようやく大学に向かうため小林家を辞去した。なんだかんだで、つい月曜も火曜も言われるがまま、「お泊まり会」を延長してしまったのだ。

竜宮城でちょっと遊んだつもりの浦島太郎のように、外に出てみれば百年経っていたなんてこともなく、駅に向かう道も電車の車内も、何も変わらない。変わったのはわたしのほうだ。

大人になってから苦労せずにすむようにという母の思惑のおかげで、小学校低学年から米の炊きかた、風呂の洗いかた、靴下の繕いかた、アイロンのかけかたを教わり、実家を出る前から一通りの家事はできるようになっていた。実際実家を出てからは、勉強あるいは仕事をするのと同じくらい、当たり前に一人ぶんの家事をこなしてきた。だから丸三日間、まるで自分の世話をしなかったのは、大人になってからはじめてだ。

立派に独り立ちしなくてはと、これまで常に気を張って生きてきた。仕事でも引っ越しでも極力ひとに頼らず、すべて自分一人でやり遂げることに誇りを持ってきた。けれども、生活にたいするこの頑ななななんでも自分でやりますモードは、もうこのあたりでゆるめてみてもいいのかもしれない。自分一人でマンションを買ってのけた、そのことがわたしの自立に最後の揺るぎない、決定的な自信を与えてくれたわけだけれど、結果的にはその経験が自立の限界を教えてくれたのだ。

もう何がなんでもぜんぶ一人でやるなんて、無理かもしれない。

赤の他人の庇護《ひご》のもと食事時には食べるものが出てきて、汚れものは洗濯されて、お風呂は沸かされている、そんな環境に三日間身を置いただけで、これまでこつこつ培ってきた自主自立の精神はすっかり骨抜きにされた。自分の仕事以外には時間も集中力も奪われなくてすむあの生活がもう恋しい。昭和の高度経済成長期に、外で働く夫と家のなかで家事子育てをする妻という分業方式が奨励されるようになって以来、世のお父さんたちが長らくこのシステムを手放したがらなかったわけがいまになってよくわかる。

これまで誰もやらないから自分でやっていただけのことで、家のことは基本、面倒臭い。だからその面倒臭さをタダで引き受けてくれる誰かがいるのはありがたい。仕事も家のことも一人ぶんならば両方できるのがひととして当たり前だと思っていた。でも、それを当たり前にしないほうが、生きていくには楽なのだ。これまで平気な顔でこなしていたつもりの「当たり前」の奥の奥で、実は自分が苦しんでいたことを小林家で過ごした三日間が教えてくれた。「うちをもう一つの我が家と思ってくださいね」わたしを見送る玄関で、杏奈さんはそう言ってくれた。

嘘くさいほどの澄んだ青空が広がる車窓を眺めながら、わたしはこれからもっとオープンで気楽な、新たな「自立」の定義を作っていかねばならないような気がしていた。

大学ではゼミ生三人の面談の予定があったけれど、直前にキャンセルのメールが二件続いて、やってきたのは一人の女子学生だけだった。持ちこんできた原稿にその場で目を通し、二、三質問をして感想を述べると、彼女は淡々と頭を下げて帰っていった。研究室でする仕事も特にないので帰り支度を始めたものの、誰もいないあの家に帰るのだと思うと何かまた重苦しいものが胸にからみついてくる。

まだ時間も早いし、今晩は気合いをいれてビーフシチューでも作ろうかと最寄駅のスーパーに立ち寄ってみると、野菜売り場に目を引く後ろ姿があった。真っ赤なトレンチコートがトマトと同じくらいテカテカ光を放っている。峰尾さんの息子さんだ。

わたしは反射的にドライフルーツのラックの陰に隠れて、彼のようすをうかがった。かごにはキャベツとネギが入っているようだった。いまはトマト売り場の前にいて、ミニトマトのパックと袋入りの通常サイズのトマトを交互に手に取り、吟味している。

近づいて気軽な感じで「こんにちは」と声をかけてみようか。一瞬そう思ったけれど、とりあえずいまはまだ距離を置いたほうがいいのでは、と頭のなかで警戒する声が聞こえた。なにしろ、里芋の皮をわたしの玄関の外に撒いた不届き者がこのひとのお母さんである可能性を、まだ捨て切れていない。いや、ひょっとしたら、このひと自身が犯人である可能性もないではないのだ。

わたしは棚の陰から、息子の峰尾さんがさっさとトマトを選んで次のコーナーに進んでくれることを祈った。しばらくしてやっと彼がミニトマトのパックをかごに入れ鮮魚コーナーに向かっていくのを見届けてから、野菜売り場で玉ねぎとにんじんとセロリをかごに入れた。向こうが何か買い忘れて戻ってくるかもしれないから、精肉コーナーへ続く角を曲がる前には、いったん立ち止まって、赤いコートの後ろ姿がもうその通路にないことを確認する。ほっとして精肉コーナーに進み、牛すね肉を吟味して一つのパックを選び、さあ次はデミグラスソースだと缶詰コーナーに進もうとしたとき、

「藍さん」

後ろから声をかけられた。

まずい。

おそるおそる振り向くと、そこには果たして、息子の峰尾さんがニコニコしながら立っていた。

こんにちは、とこちらもなんでもないように笑顔を作って挨拶すると、こんにちは、と相手も返す。

「お買いものですか」

お買いもの以外の何もここではしようがないけれど、そんな言葉しか思い浮かばない。

「ええ、夕食の。母がちょっと、風邪気味で。夕飯頼まれました」

「あ、そうですか……お大事に」

「もしかして、ビーフシチューですか？」

息子の峰尾さんはこちらのかごをのぞきこんで言う。

「え、ああ、そうです。ビーフシチュー」

「豪華だなあ。うちは、手抜きでお好み焼きです」

「いえ、お好み焼きは、手抜きでは……」

「母の好物なんです」

「そうですか……」

「あの、藍さん」息子さんは周囲をすこし見回してから、一歩近づいてきた。「最近、ずっと夜中におかしな音が聞こえるとか……母から聞きました」

　わたしは急にどぎまぎし、咄嗟に「いえ」と答えてしまった。が、相手がおや？　という表情を見せたので、思い直して「はい、そうなんです」と答え直す。「夜中に、ちょっと……」

「母から聞いて、僕もここ数日、夜中に耳を澄ませてみたんですけど、うちではやっぱり特に何も聞こえなくて。昨日とかも、そのヘンな音、しました？」

「いえ、昨日は家にいなかったので」

「あ、そうですか。でもおかしいですよね、なんの音なんだろうなあ。あまりひどかったら、管理会社に報告したほうがいいと思いますよ。原因も調べてくれるでしょうし、今度の理事会で何か話しあって貼り紙も出してくれるかもしれない」

　親身な息子さんの話し振りを見ているうちに、だんだん心がほぐれてくる。こうして本人を目の前にすると、やっぱりこの気のいい親子がわざわざ夜中に起き出して石を投げたり、せっせと里芋の皮を剝いてその皮を玄関先にばら撒く理由などどこにもないような気がする。

「ありがとうございます」わたしは今度こそ、心からの笑顔で言った。「管理会社さんには、このあいだ電話しました。まだその後の報告はないんですけど、きっと何かしてくれると思います。それに、わたしの勘違いかもしれないし」

「勘違いなんてことあるかなあ。だって、もう何日も続いたんでしょ？　眠れないくらいだって聞きましたよ」

「ええ、まあ、そうなんですけど……」

「何か困ったことあったら、いつでも言ってくださいね、ほんと」

「ありがとうございます。でもたぶん、大丈夫です。ごめんなさい、お騒がせしちゃって」

「こちらこそ、お買いもの中にごめんなさい。まだ買うものたくさんありますよね」

そう言って、息子さんはもう一度こちらのかごを覗きこみ、「うちはこれだけなんで」と自分の持っているかごを持ちあげてみせた。なかには野菜のほかに豚肉とお好み焼き粉が二袋、追加されていた。確実に、里芋は入っていない。

レジのほうに歩み去っていく息子さんを見て、わたしはほっとしていた。よかった。やっぱりあのひとはいいひとだ。いくら杏奈さんの言うことだからって、過去の噂《うわさ》だけでひとの内実を判断するのは良くない。

それからデミグラスソースの缶詰とローリエをかごに入れ、食後のデザートや夜食のポテトチップスまで物色して、ずっしり重たいレジ袋を下げて外に出た。まだ日が暮れるまで、しばらくありそうだ。ふらりと散歩でもしたいような気がしたけれど、荷物も重いし、邪気のない息子さんと話してすこし気が晴れたのか、もう三日帰っていないあの家が恋しいという気持ちが湧いてきている。おかしなことはあったけれど、あの家はやっぱりわたしの大事な、誰にも譲れない唯一無二の家なのだ。

枯葉が端の溝に吹きだまっている見慣れた路地をゆくうちに、心の底にからまっていた重苦しいものがするすると解けていくのを感じた。今日はゆっくり料理をして、ゆっくり風呂に入り、心ゆくまでくつろごう。エントランスまで来て見上げると、二階の峰尾家には、もうリビングの明かりがついていた。いまごろあそこで息子が母のためにお好み焼きを焼いているのだろう。

たまった新聞を抱え、エレベーターに乗り、三階で開いた扉から一歩外に出たとき、心臓が飛び魚のようにビクンと跳ねた。

またた。

また、部屋の前に何かが撒かれている。

思わず左の胸を服越しに鷲掴《わしづか》みにし、歯を食いしばった。後ろでエレベーターの扉が閉まる。顔がカッと熱くなり、首から下には鳥肌が立つ。

外廊下の一番奥の部屋の前に散らばる黒いものは、暮れていく夕日をまっすぐに浴びて、否定しがたくそこにあった。何度まばたきしても消えはしない。泥のようにも見えるけれども、十中八九、あれは里芋の皮に違いなかった。

皮とあいまみえるのは二度目ともあって、恐怖の波は動揺を飲み込んですぐに引いていった。代わりに胸に押し寄せてきたのは怒りだった。なぜ？　いったいなぜ、なんの因果があってわたしが、わたしの大事な部屋が、生ゴミ廃棄のコンポスターのような扱いを受けねばいけないのだ？

激しい怒りに押されて一歩踏み出そうとしたそのとき、廊下の奥の外階段から軽快な足音が聞こえてきた。その瞬間、あれを見られてはならぬ、と咄嗟の判断が働いて、わたしは部屋に向かって走り出した。

「あっ、いまお帰りでしたか」

玄関前に走り込むと同時に外階段から姿を現したのは、さっきスーパーで会ったばかりの息子の峰尾さんだった。わずか二十メートル足らずをダッシュして、わたしは自分の部屋の前に散乱する里芋の皮のまさにど真ん中に立っていた。峰尾さんはまだ、この惨状には気づいていない。そのまけっして足元に目を向かせぬよう、わたしはキッと力を込めて彼の目を見つめ、「こんばんは」と息切れした声で挨拶した。

「すみません、さっき会ったばかりなのに、あの……」

「どうかされました？」とさえぎると、息子の峰尾さんはマスクの表面を掻《か》きながら、恥ずかしそうに言った。

「オタフクソース、あります？」

「え？」

「オタフクソース。うちには普通のブルドックのやつしかなくて。母のわがままなんですけど、お好み焼きには普通のじゃなくてオタフクソースじゃなきゃいやだっていうんです。もしお持ちでしたらちょっと、拝借できないかと」

「オタフク、ソース……」

「パッケージに、おたふくの顔が描いてあるやつです。ご存じないですか？」

「ああ、あの、スーパーでは見たことありますけど、うちでは……」

「あ、ないですよね。ごめんなさい、もしかしたらあるかなと思ってダメもとで来ただけなんで。なかったらぜんぜん、買いにいくつもりだったので、気にしないでください」

「ごめんなさい、お役に立てず……」

「いいんです。こちらこそほんと、いきなり図々しくすみません。じゃ、失礼します」

笑顔で階段を降りかけた息子の峰尾さんを、あの、と呼び止めた。相手は立ち止まり、「はい？」と笑顔を見せる。なぜ呼び止めたのか、自分でもわからない。このひとに頼りたい、この謎の嫌がらせを解決してもらいたい、という気持ちと、自分が嫌がらせされるような人間であるということを知られたくない、という気持ちがコンマ一秒ごとに入れ替わり、頭のなかが砂埃のようなものでいっぱいになった。

結局わたしの口から出たのは、「いえ……」という力ない一言だけだった。峰尾さんは、「あ、じゃあ、また」と軽く頭を下げて、そのまま階段を降りていった。

結局息子の峰尾さんは、わたしの足元の里芋の皮には気づかなかった。わざと気づかないふりをしたのでは、という考えは無理やり頭から押し払った。ばら撒いた皮へのわたしの反応をわざわざ見にやってきた、そういう可能性を保留してしまったら、今晩も確実に眠れなくなる。

三日ぶりに自宅の玄関を解錠し、キッチンに買いもの袋を置いてから、ほうきとゴミ袋を持ってまたドアの前に引き返す。

わたしの足元に撒かれているものを見てください！　見て驚いて、誰がこんなことを？　許せませんね、と怒ってください、そして犯人を捕まえてもう二度とこんなことをしないよう約束させてください！

皮をほうきで一箇所にまとめながら、さっきわたしは、本当はこう言いたかったのかもしれないと思う。そういう弱さを恥じる気持ちをほうきで集めた皮と一緒にゴミ袋に追い込んだ。うまく入れられずに最後に残った皮を指先でつまんだとき、ふと気づいた。これは里芋の皮ではなく、ごぼうの皮だ。

ビーフシチューは可もなく不可もなくの味だった。

じゃがいもの皮を剝くときには、わたしの部屋の前に撒くためにごぼうの皮を剝いた、というかこそげた誰かのことを考えずにはいられず、そのごぼうを使った料理がなんだったのかまでが気になってしまい、完成したビーフシチューにまで、ごぼうの隠し味が潜んでいるように感じられた。それにしてもなぜ野菜の皮なのか。嫌がらせの手段としては、家庭的すぎる。一一〇番に電話をかけるにはかなり気が引けるささやかさだ。虫とか動物の死骸とかではないぶんまだマシだけれど、放っておいたらどの方向にエスカレートするのか予測がつかなくて、逆にいっそう気味が悪い。

三日ぶりに過ごす我が家は、どこがどうというわけではないけれど、なんとなくよそよそしく見えた。このどこがどうというわけではない、というのが難しいもので、たとえば流しのレバーを上げ下げするときに指先にかかる重さや、スリッパの滑り具合、テレビとの距離感なんかに、微妙に前とは違う感じを覚える。だけれど、だったら前にはどうだったのかを正確に思い出せないのだから、この違和感が気のせいなのか本当にそこには違和があるのか、わからなくてもやもやする。先月実家への帰省を終えて帰ってきたときには、こんなふうには感じなかった。むしろ自分にはこの家があるというありがたみだけを強く強く感じていたというのに。

風呂に入るときにも、妙に浴槽のお湯がぬるい気がした。追い焚きボタンを押してみてはじめて、浴槽の設定温度が三十八度になっていることに気づいた。入居の日から四十度に設定していたはずだけれど、少なくともここ一月以内に、朝のニュース番組でお年寄りの心臓に熱いお湯はよくないと注意喚起されているのを見て、うちも下げたほうがいいのかな、と思ったことは覚えている。でも実際にこの給湯パネルのボタンを操作し、設定温度を三十八度に下げたかどうかまでは覚えていない……それはまあ、じゅうぶんにありえることではある。ついでに言ったら、シャンプーボトルの位置がトリートメントのボトルと逆になっている気もするし、いつもは一番上のフックにかけるシャワーヘッドが、いまは胸の高さの真ん中のフックにかかっている。

とはいえこれも、そもそもわたしの記憶する「いつも」の信憑性《しんぴょうせい》が低いのだから、気のせいである可能性は否定できない。泡立てたスポンジでからだをこする順番も、本当に右足のすねからだったろうか。考えてみれば、左のすねからだったようにも、左の脇からだったようにも思えてくる。だから結局わたしの「いつも」は、よその家でたった三日過ごしただけで真偽不明になってしまうほどにはかなく頼りない「いつも」なのだ。こんな壊れやすい「いつも」のなかを、よくぞこれまでふんぞりかえって平気な顔で生きてこられたものだと思う。

夜半にまた物音で目覚めたときも、入浴時に「いつも」のあてにならなさを実感していたわたしは割と冷静だった。

「いつも」はそもそも確固とした永久不変のものではぜんぜんない。ちょっとしたことで簡単にかたちを変える。玄関先に撒かれる野菜の皮はすでにわたしの「いつも」の口を無理やり開いてなかに押し入ろうとしているし、この物音だってそうだ。ただ、それを新しい「いつも」として受け入れるか、受け入れないかのどちらをとるかなのだ。そして受け入れない、という選択肢をとったばあい、さらに選択肢がある。つまり、戦うか、逃げるか。

今日の物音は、また外から聞こえた。窓にコツン、コツン、と小石がぶつかるような音。わたしは起き上がり、窓を覆う白いカーテンを開けた。曇りガラスの向こうには、外灯のオレンジがかった明かりだけが丸く見えた。音は止み、ガラスにぶつかる小石も当然見えない。カーテンを閉め、いったんベッドに戻り、音が始まるのを待つ。何分待ったかは正確にはわからないけれど、もう終わったのかと目を閉じかけたころに、また始まった。

わたしはそろそろと起き上がり、気配を察されないよう今度はカーテンの向こうに手を差し入れ、窓だけ一気に開けて下を覗きこんだ。下には誰もおらず、ただ赤茶色の通路が明かりに照らされているだけだった。

「誰？」

思い切って、下に呼びかけてみる。

「そこにいるのはわかってます。いい加減にやめないと、警察に通報します」

下からはなんの気配も感じられなかった。声が小さかったかなと思い、同じことをもうすこし大きな声で言ってみる。返事は何も返ってこなかった。

わたしは窓を閉め、今度こそ眠ろうと目を閉じた。すると次の瞬間、小石ではなく、明らかにもうすこし質量のある何かが窓に打ち付けられる音がした。わたしはガバリと起き上がり、何も考えずに窓を開け、腹の底からの大声で「コラ！」と怒鳴った。そこには相変わらず誰もいなかったけれど、下の階の峰尾さん宅の明かりがパッとついた。それで我に返り、わたしは慌てて窓を閉め、布団に潜りこんだ。

峰尾さんから何かリアクションがあったらどうしよう。不安が募ったけれど、窓が開くような音も聞こえず、また静寂が戻った。布団を頭からかぶったまま枕元のスマートフォンを掴み、杏奈さんとのメッセージ画面を開く。いま、夜中の一時四十五分だった。普段なら、こんな時間にメッセージは送らない。でもいま、わたしはパニクっていたし、怒りに燃えていたし、もうどうにでもなれという投げやりな気持ちでもいた。

8

SOS

また窓に石投げられてます。もうイヤ。

普段だったら誰に送るにしても三回は見直すメッセージ文を、ただ打ってそのまま送る。画面をいったん閉じて、数秒後にまた開いて送る。

頭おかしくなりそうです。今日帰ったらまた玄関の前に里芋の皮が捨てられてました。

送信ボタンを押してから、里芋ではなくごぼうだったことを思い出す。

里芋じゃなくて、今日はごぼうの皮でした。

わたしは画面を閉じ、冷たいスマートフォンを握りしめたまま、動悸《どうき》が収まるのを待った。だんだんと息が苦しくなってきて、布団から頭を出し、スマートフォンをサイドテーブルに置き、いったんティッシュで鼻をかむ。もう一度窓の外を見にいきたい誘惑に駆られたけれど、ここでじっとベッドに留《とど》まることだけが、誰だかわからない相手の罠《わな》に抵抗する唯一の手段であるように思えて、うつ伏せになって顔を枕に押し付けた。するとそのとき、ピコン、とメッセージを告げる電子音が鳴った。

大丈夫ですか？　いまからそちらに行きましょうか？

杏奈さんだった。なんと返事するべきか迷って画面を見ていると、続けてまたメッセージが届く。

ひどいですね。これはもう警察に通報したほうがいいのかも。こんな時間ですけど、先方が次にどう出るかわからないですし、落ち着くまでうちに避難したほうがいいのでは？

杏奈さんが返事をくれたということが、まず嬉しかった。でも、さっきみたいに頭のなかにあることがすぐに指先から文字として出てこない。

大丈夫ですか？　もしよかったら、うちから迎えにいきますよ。

これはいい加減何か返事をしなくてはと思い、まずは「ありがとうございます」と打って送った。それからまたすこし、考えて付け加える。

こんな夜中に突然すみません。ちょっとパニクってしまって……ごめんなさい、でも大丈夫です。今日はこちらで過ごします。

正直、避難という言葉には心惹かれたけれど、さすがにこんな時間に杏奈さんをこちらに呼びつけるわけにもいかないし、自分が向こうの家に行くのも気が引ける。杏奈さんからはなかなか返事が返ってこない。やっぱりこんな夜中に連絡するなんて非常識だったと心配になって、さらに付け加える。

ありがとうございます。いまはもう、なんの音もしませんし、本当に大丈夫ですので。お騒がせしてごめんなさい。明日また連絡しますね。おやすみなさい。

数分待っても、杏奈さんから返事はなかった。きっと寝てしまったのだろうと画面を閉じ、スマートフォンをテーブルに置いて、しっかり寝る体勢に入る。そしてようやくうつらうつらしはじめたとき、電話の着信音が鳴った。画面には「杏奈さん」と表示が出ていた。

「ごめんなさい、急に」

杏奈さんの声は不思議に弾んでいた。

「あ、あの……」

「いま、近くまで来てます。コンビニにいるんですけど、何か買っていきましょうか?」

「え? あの、コンビニって……」

「ローソンです。藍さんちの近くの」

「え、え……」

「大丈夫だって言うけど心配で。何かあったかいものでも買っていきましょうか? ココアとか」

「杏奈さん、お一人ですか?」

「はい。自転車で来ました」

「え、あの、そんな……ごめんなさい、こんな夜中に。でも本当に、大丈夫なんですけど……でもありがとうございます」

「困ったときはお互いさまです。じゃああったかいココア、買っていきますね」

電話は切れた。わたしはベッドに半身を起こしたまま、呆然《ぼうぜん》としていた。杏奈さんがまさか、本当にこっちに来てくれるだなんて思ってもみなかった。こんな夜中に、いったいどんな格好で自転車に乗ってくるのだろう? なぜだか頭に思い浮かんだのは、いつも子どもたちと一緒にいるときのリラックスした格好の杏奈さんではなくて、家でリモートワークをしていたときの、パリッとしたシャツに眼鏡姿の杏奈さんだった。そんな杏奈さんが夜風に逆らい颯爽《さっそう》とペダルを漕いで、我が家に向かっている……。

わたしはベッドから出て、パジャマにカーディガンをはおり、今年はじめてリビングの暖房をつけた。それからなんとなく湯沸かし器のスイッチを入れ、ソファのクッションを軽く整えた。お湯が沸いてすぐに、インターフォンのチャイムが鳴った。小さな画面に映る杏奈さんは、白っぽいダウンジャケットを着て、ニット帽までかぶっている。当たり前だけれど想像とはぜんぜん違う。はい、と呼びかけると、相手はこんばんは、と手を振ってみせた。手にはコンビニのレジ袋がぶらさがっていた。

わたしは玄関のドアを細く開け、エレベーターから杏奈さんが出てくるのを待った。明るいエレベーターからプレゼントのように転がり出てきた杏奈さんは、手を振りながら小走りで近寄ってきて、「寒い!」と目を細めた。白いマスクから、白い息が膨らんだ。そして、大丈夫? と聞いてくれた。大丈夫、と返したかったのに、喉に何か熱いものがつかえて、うまく言葉にならない。

「なか、入りましょ」

そう言われて二人で部屋に入ると、杏奈さんは腕を広げて、「もう大丈夫」とわたしの肩を抱き、ポンポンと叩いた。うまくお礼が言えなかった。杏奈さんは無言のわたしの背中に手を回し、ぐっと押しながら、リビングに向かった。

まだしっかり暖まっていない明るいリビングで、わたしたちは向きあい、そして急に照れ臭くなって笑いあった。マスクをとった杏奈さんの顔は、最初に会ったときの印象とまったく同じで、杏仁豆腐のように白くて滑らかだった。

「今日は朝まで、起きてましょうか」

テーブルいっぱいに広げたお菓子を前に、ダウンを脱いでスウェット姿になった彼女は満面の笑みを浮かべた。チョコレート、ポテトチップス、それからわたしの大好きなゼリーのカップが四つ、それに温かいココアの缶。すべて彼女がローソンで買ってきてくれたものだ。

わたしは沸かしたお湯で紅茶を淹れて、マグカップに注いだ。

「子どもたちに知られたら怒られちゃいそう」杏奈さんはまたいたずらっぽく笑う。「夜はお菓子禁止と厳しく言ってあるので」

「あの、ありさちゃんたちは……」

「寝てます。気づいてないと思います」

「旦那さんは？」

「爆睡。ぐーすか寝てますよ」

わたしははじめて小林家の新居を訪問したときに案内してもらった、二階の夫婦の寝室を思い出した。あんな広いダブルベッドなら、片一方が夜中に起き出してももう片一方は気づかずそのまま寝ていられるものなのだろうか。不思議なのは、旦那は爆睡していると聞いて何か痛快な思いが胸をよぎったことだった。それはなんとなく、目の前にいる彼の妻には隠さなくてもいい痛快さでもあるように感じられた。いや、むしろ、この痛快さは彼女からわたしに受け渡されたものなのかもしれない。

「こんな夜中に食べるの、大学生のとき以来かも」

杏奈さんはウォーミングアップのように口元をむにゃむにゃ動かしてから、「開けちゃいますね」と片っ端から菓子の箱や袋を開けはじめた。わたしも嬉しくなって、ゼリーの蓋を続けて四枚剝がす。

引っ越してからはじめて稼働させた暖房は、思いのほかよく効いた。夏場の冷たい風は苦手でも、暖かい風なら問題なく出せるようだ。

「あったかい」

杏奈さんはポテトチップスを口に入れながら、目を細めて空調を見つめた。これもまた小林家の置き土産の一つなのだった。十二年間家族の空気を整えつづけたこの空調が作り出す暖かな空気の部屋にいる限り、自分は守られている、という感じがする。このお守りのような空調を買い替えるなんてとんでもない。また暑くなったら考えればいい。

わたしたちは食べるのと喋るのに夢中で、口を動かしつづけた。こちらにまた怖い思いをさせないよう気を遣っているのか、わたしの耳を窓の外ではなくお喋りだけに引きつけようとしているのか、例の奇妙な音のことについては一度も話題にはせず、杏奈さんは子どもたちのことや仕事の愚痴を話してわたしを笑わせてくれた。

紅茶のポットに二回差し湯をしたあと、テーブルの上にもう食べるものは残っていなかった。二人ともしょっぱいものが食べたくなって、冷凍庫のホットドッグをレンジでチンする。杏奈さんの瞼《まぶた》がすこし重そうになってきた。もう三時近かった。わたしは杏奈さんに、まだ帰ってほしくなかった。

「よかったら、ここに寝ますか？　これ、ベッドにもなるソファなので」

「いえ、そんな、大丈夫ですよ。藍さんこそ、眠くなったらもう寝てくださいね」

「杏奈さんはどうするんですか？」

「わたし、起きてますよ。今日は寝ずの番です」

「いや、それはダメですよ。明日もお仕事でしょうし……でも、こんな時間に帰らせるのも申し訳ないし、どうぞ、寝てください」

「じゃあ、まあ、お言葉に甘えて……」

わたしがソファの背を倒して平たくすると、杏奈さんはコテンと横になり、ごめんなさい、やっぱり眠くなっちゃった、と子どもみたいに鼻をこすって言った。寝室のクローゼットから来客用の布団を引っ張り出してリビングに戻ってくると、杏奈さんはもう目を閉じていた。

あっちの部屋で、一緒に寝ませんか？　なんて恥ずかしくてとても言えない。けれども勇気を出して言ってみたら、案外いいですよ、とあっさり返事が返ってくるかもしれない。

「おやすみなさい」

「おやすみなさい」

そう言いあって、リビングの明かりを消しかけて、わたしはもう一度ソファに戻った。

「杏奈さん、ありがとうございました。来てくれて。ほっとしました」

布団を口元まで引き上げた杏奈さんは薄目を開けて、「わたしも楽しかった」と言って、また目を閉じた。

おやすみなさい、ともう一度小声で言って、わたしはリビングを出た。


ポン、という音で目が覚めた。

外は明るい。窓からの音ではないとすぐに気づく。キッチンから、ジュージュー何かが焼ける音がする。ポン、と鳴ったのは、湯沸かし器の音らしかった。杏奈さんだ。杏奈さんが、たぶん朝食を作ろうとしている。

気づいてからもわたしはベッドから出ようとせず、子ども時代に戻ったように、この怠惰で贅沢な朝を楽しんだ。キッチンで自分のための朝食を作ってくれる誰かが奏でる音楽を聴くこのひととき……なんと幸せな時間だろう。冷蔵庫の隣の棚に食パンの袋が転がっているはずだけれど、杏奈さんはあれをトースターに入れて、冷蔵庫のハムか卵を焼いてくれているんだろうか。

朝食が整うメロディを楽しみつつ、わたしは彼女が母親のように寝室まで自分を起こしに来てくれることを待った。が、一分もしないうちに待つのがいやになって、起き上がった。わたしは杏奈さんがわたしの家のキッチンで、朝食を作っている姿をこの目で見たくなった。

「おはようございます」

声をかけると、フライ返しを持ってコンロ台の前にいた杏奈さんは、ひゃっと声を上げて固まった。フライパンでは予想どおり、ハムと卵が焼かれている。すぐに笑みが浮かぶかと思った杏奈さんの顔は、そのまま数秒固まったままだった。ここはわたしの家なのだから、わたしが起きてきて挨拶するのは当然なのに、杏奈さんは驚きとほんのすこし失望が混ざったような目でこちらを見ている。が、それもわたしの寝ぼけた目の錯覚だったかもしれない。次の瞬間には、「おはようございます」と昨晩とまるきり同じ、満面の笑みを見せてくれた。

「勝手にごめんなさい、朝ご飯、作ってみました」

「こちらこそ、ごめんなさい。何も気づかなくてぐーぐー寝てしまって」

「パンも焼いてますよ。藍さん、一枚で足りますか？　あ、コーヒーも淹れようと思ったんですけど、コーヒーが見当たらなくて……」

「コーヒーはここです」

わたしは冷蔵庫の隣の棚の引き戸を引いて、挽かれたコーヒー豆のパックを取り出した。

「あ、そこでしたか」

「コーヒーは、わたしやります」

二人で朝のニュース番組を眺めながら、ソファの前に並んで朝食を取った。見慣れない朝の光景になんとなくそわそわしてしまうわたしにたいして、杏奈さんはまるで我が家にいるかのごとくゆったりとくつろいで、朝食を楽しんでいる。ここはわたしの家のはずなのに、わたしのほうが彼女のお客さんみたいだった。そしてそれが、いまは不思議と心地よかった。この朝食が永遠に続けばいいのにと思ったけれど、杏奈さんはコーヒーのカップを空にしたところで、「じゃ、もう行きますね」と立ち上がった。

「えっ、もう?」

動揺しているわたしににっこり笑いかけて、杏奈さんはテーブルの上を片付けはじめる。

「わたしがいなくて、娘たちが大騒ぎしてるそうで」

そう言われてハッと我に返る。この数分間、目の前の杏奈さんが誰かの妻であり誰かの母であり、ここはべつの家に住んでいるということを忘れていた。

「あ、そうですよね。ありさちゃんたち、びっくりしますよね」

「夫はゆっくりしてていいって言ってくれてますけど、あんまり長居するのも申し訳ないし」

「あ、いえ、こちらはぜんぜん、いてくれたら嬉しいですけど、パパさんたちも心配ですよね」

「心配されてるのは藍さんですよ。昨日出ていく前に夫にはメールを送っておきましたけど、朝早くに電話が来て。ちょっと話したら、藍さんのこと心配してました。それで、またうちに来てもらったら、って」

「えっ?」

「わたしも賛成したんです。もし藍さんさえよかったら、落ち着くまでまたうちで過ごしませんか?」

呆気《あっけ》にとられて黙っていると、「部屋もあるし」と杏奈さんはなんでもないことのように付け足す。

「いいんですか?」

とんでもない、申し訳ないです、などと遠慮の言葉を頭で考えるより先に、そんな言葉が口をついて出た。

「もちろん。なんの問題もないですよ。子どもたちも藍さんが大好きですし。藍さんはもう、うちの家族の一員みたいなものだから」

杏奈さんはアハハ、と笑って、流しで洗いものを始めた。わたしには位置が高すぎて毎回のように肘をぶつけてしまうシンクが、杏奈さんの背にはぴったり合っている。まるで無理のない姿勢で、あやとりでもするかのように優雅にマグカップの泡を水で落としている。

「藍さん、大丈夫?」

言われてハッとした。頬に、涙が伝っている。

「藍さん、どうしたの、わたし、何か悪いこと言っちゃった?」

「違うんです」恥ずかしくなり、わたしはパジャマの袖で涙をゴシゴシ拭った。「そんなこと、いままで誰にも言われたことなくて……」

笑おうと思ったのに、逆に涙が止まらなくなった。杏奈さんは濡れた手をタオルで拭い、駆け寄ってきて肩を抱いてくれた。

「大丈夫ですよ。大丈夫、大丈夫」

優しく肩をポンポンと叩かれているうち、この頼もしい大きな胸に赤ん坊のようにしがみついて泣きじゃくりたくなってくる。独り立ちしてから、いや、赤ん坊じゃなくなったころから、こんな気持ちになったことなど一度もなかった。でもわかった。それは思い違いだ。わたしは本当はずっと、こんな気持ちだったのだ。物心ついて以来、いつもこの赤ん坊の気持ちに「自立」という名札をつけて、どうしようもない心細さを無理やり自立心として育ててあげただけだったのだ。

「藍さん、無理しないで。誰にでも助けが必要なときはあります。一人で苦しまないで、いつでもうちに来てください」

「い、いいんですか?」しゃくりあげながら聞き返したとき、さぞかしわたしの顔は嬉しそうだったろう。この家を出ることへの、安堵が滲み出ていただろう。

わたしは杏奈さんにひれ伏した。そして自分がこれまで一人きりで築き上げた何もかもの前に、白旗を上げた。

その顔を、壁も、ソファも、窓も見ていた。この部屋、この家に心があるとしたら、それはもうわたしのもとではなく、杏奈さんのもとに移っている。

杏奈さんはこの家の中心だった。わたしがこの家を出ることに決めたのに、実のところ、家の心がわたしを離れていくのだ、そんなことを思った。

9 しあわせのうた

わたしは小林家の食客となった。

本来の我が家には見放されてしまった感覚は捨て切れなかったけれど、もう一つ家ができたと思えばいい。ありさもまりも、わたしを大歓迎してくれた。彼女たちの子ども部屋に招かれて一緒に眠ることもあったし、彼女たちがわたしの六畳間に布団を敷くこともあった。

いまだ唯一距離感がよく掴めないままのパパさんは、実際、ほとんど家にはいないこともわかった。朝はわたしが起きるより先に出社するし、残業で帰りも遅い。いいひとであることは間違いないのだけれど、彼のよく響く大きな声、つるんとした四角い顔、潑剌《はつらつ》とした一挙一動には、依然として中学校のときの体育教師を思い起こさせるところがある。同じ部屋のなかにいると常に心が「気をつけ」の姿勢をとってしまうから、留守が多いのはありがたかった。家族が揃う週末に、わたしが遠慮して自室にこもり仕事に没頭するふりをしていると、パパさんは必ず呼びにきてくれる。「藍さん、みんなでゲームしませんか」とか、「藍さん、テレビで猫の番組をやってますよ」とか言って。わたしはハーイと元気に返事し笑って腰を上げつつ、心のどこかで、早く月曜になればいいのになどと思ってしまう。

平日の日中は、リモートワークの杏奈さんとまりとわたしだけのことが多かった。パソコンに向かう杏奈さんの隣でまりはおとなしく絵を描いていたり、人形遊びをしている。ときどきは、前と同じようにわたしのオンライン授業を覗きにくることもあった。とはいっても邪魔をするわけでもなく、黙って布団に腰を下ろしてこちらをじっと眺めているだけだけれど。

授業が終わって手が空くと、まりと一緒に塗り絵をしたり、簡単な英語のドリルなんかを開いたりして、遊ぶ。そして夕方になれば、杏奈さんとまりと夕飯の買いものに出かけたり、小学校までありさを迎えにいったりした。洗面所の棚には、わたしの洗顔道具や化粧道具を置くスペースが設けられた。わたし専用の箸やバスタオルや歯ブラシも決まっていた。

こんな存在の仕方が許されるだなんて、あらためていままでの自分の依怙地《いこじ》な生きかたが悔やまれる。むきになって一人でなんでもやって、「自立」なんて言葉に執着することなんかなかった――もっとひとを頼って、ひとを信じて生活していれば、もっとずっと広い心で、世界と交流することもできただろうに。

まりと二人で公園に散歩に行くと、そんな過去など一切ないというのに、かつて母親だったころの自分を追体験しているような懐かしい気持ちになることもあった。葉っぱを拾ったり棒切れで柵を鳴らしているまりの一挙手一投足が、我が子のように愛おしい。柔らかい猫っ毛を風にあおられ、一人きのこの椅子に座って遊ぶまりを眺めていると、アルバムの写真で見ただけのこの子の成長過程が再現VTRみたいに勝手に頭のなかを流れ出す。滑り台の下で転んだり、笑い声をあげてブランコを漕いだり、存在しないはずの架空の思い出が、目の前のまりに次々と重なっていく。

まりは絵を描くのが好きだった。公園にもスケッチブックとクレヨンを持っていきたがるときがあり、そんなときはたいてい葉っぱの絵や遊具のきのこの絵を描くのだけれど、今日「はい」と差し出されたのは、オレンジ色の線で描かれた人間らしきものの絵だった。

「これ、だあれ?」

「お姉ちゃん」

まりは恥ずかしそうに笑い、オレンジ色に汚れた指先で頭部とおぼしきオレンジ色の線をなぞった。

「わたし?」

自分を指さすと、ウンとうなずく。そのいじらしさに、わたしは思わずスケッチブックごとまりを抱きしめたくなる。

「ありがとう。上手だね。嬉しい」

わたしは手を伸ばし、まりと一緒に、絵に描かれた自分の頭部、目、からだの輪郭をそっと撫でた。そうしていると何かたまらない気持ちになり、思わず「わたしのこと、どう思う?」と聞いてしまった。するとまりは指を止め、困ったようにこちらを見つめた。

「ヘンな質問だよね。でもまりちゃんはわたしのこと、どう思ってるのかなって、気になって」

「居候」

一瞬、なんと言ったのかわからなかった。

「え?」と聞き返すと、まりは「居候」と早口でもう一度言った。

「あ、居候ね。よくそんな言葉知ってるね。確かにその通りなんだけど……」

「ママが、言ってた」

「そっか、ママが言ってたか。居候ね。居候……」

正直、「お姉ちゃん」だとか、もっと抽象的な、子どもらしい言葉を期待していたから、この返答にはめんくらった。居候、それは確かに、小林家でのいまのわたしの立場を表すのにふさわしい言葉だ。でも、杏奈さんがわたしを「居候」だとまりに教えるその場面が、例の架空の再現VTRのようにはすらすら想像できない。

「でも居候って、何?」

まりが自分から質問してくるのは珍しいことだった。わたしは何かをごまかすように、絵のなかのわたしの髪を指先でとかした。

「居候っていうのはね、よその家でご飯を食べさせてもらって、寝かせてもらうひとのこと。食客とも言う。だから、わたしにぴったりの言葉だね」

「帰らないの?」

「え? 家にってこと?」

まりは声を出さず、うなずいた。

「そうだね、もうすこししたら、帰るかも。帰ってほしい?」

まりは首を横に振った。それですこしほっとしたけれど、「居候」と言われ急にお金のことが心配になる。

滞在が決まった翌日、以前の三日分の滞在費と当面の生活費として三万円を杏奈さんに渡そうとしたら、「いいです、そんなの」と拒まれた。あれはやっぱり、無理にでももらってもらうべきだったかもしれない。「家族の一員」と言ってはくれても、息を吸っているだけでお金がかかる世のなかなのだし、憐れまれるほど困窮しているわけでもない。三万円ではなんだか半端だった気もしてきて、わたしはまりの手を引っ張ってコンビニのATMに向かった。

夕食のあと、前回の滞在費と今回世話になる生活費をまとめて、とあらためて十万円の入った封筒を杏奈さんに差し出すと、杏奈さんは「いいですよ、そんなの」と手を振った。杏奈さんはウェットティッシュで冷蔵庫のなかを拭いているところで、また掃除の続きを始めた。でもわたしとしては、ぜひとも受け取ってほしかったのだ。現金のやりとりが発生することで自分とこの家族を繋いでいる貴重な何かが多少損なわれてしまう気もしないではなかったけれど、礼儀知らずの厚かましい奴とは思われたくない。

「でも、こちらも心苦しくて。どうぞ、もらってください」

「ほんとに、いいんですよ」杏奈さんは扉裏のポケットに並ぶ調味料を一つ一つ取り出しながら言う。「言ったじゃないですか、藍さんはうちの家族同然なんですから」

「いやでも、息してるだけでお金がかかる世のなかですから。ほんとに、お納めください」

いいのいいの、全然全然、と笑ってポケットの角を念入りに拭く杏奈さんの本心がよくわからない。これは断固としたノーなのだろうか、それともあともう一押しすればイエスになるくらいのノーなのだろうか？

「お願いします。もらってください」

「いいんですよ。もらったら夫に怒られちゃいますよ」

「じゃあ旦那さんには内緒で」

「ダメです、ダメダメ」

「杏奈さんが受け取ってくれないなら、ありさちゃんとまりちゃんにあげます」

するとと杏奈さんの手がピタリと止まった。でも振り向いた顔は笑顔だった。

「それもダメですよ」

「でもそこまでしないともらってくれないんですもん。ありさちゃんとまりちゃんも受け取ってくれなかったら、この家のどこかに隠しますよ」

いやだ、そこまでして、と杏奈さんが首を振ると、自分たちの名前を聞きつけたのか、テレビを見ていたありさとまりが「何笑ってるの？」とキッチンに顔を出した。そのすきに、わたしは杏奈さんの着ていたエプロンの前ポケットに無理やり封筒を押し込んだ。あっ、ダメですダメですと杏奈さんは返そうとしたけれど、わたしはすかさず両手を広げて子どもたちをわーっと脅かし、歓声をあげて逃げていく二人と一緒に二階の子ども部屋に逃げた。杏奈さんは追いかけてこなかった。

争う声で目が覚めた。

まだ半分夢のなかにいる状態では、それはゴロゴロと近づいてくる雷の低い音に聞こえた。こんな時間に雷か、と寝返りを打ちながら、夜中の雷というのは人間の男が喋っているように聞こえるのだな、と思う。そしてまたうとうとと眠りかけたとき、これは雷ではなくまさにその人間の男の声だと気づいた。

思わず身を起こし、布団をぎゅっと握りしめて耳を澄ませる。声は上から聞こえてくる。男の声の合間に、女の声も交ざる。この家の夫婦が、上で何か言い争っているのだ。怒りを爆発させて罵倒し合うような激しさはないけれど、あきらかに明日の献立の相談だとか、週末の行楽の予定を話しあっている口調ではない。わたしは息を止めて布団から出て、襖に耳をぴったり押し当てた。

そうしてあらためて耳を澄ませてみたけれど、上の寝室のドアも閉まっているからだろう、声はくぐもって何を言っているのかはわからない。ただ、杏奈さんよりも、パパさんが喋っている時間が長いのはわかる。

いったい何を言い争っているのだろう？　おおいに気にはなりつつ、このまま聞き耳を立て続けるのは礼儀に反する気もして、しずしずと布団に戻った。気にしないでまた眠ろうと思っても、階上の争いは収まる気配がない。もうちょっとヒートアップしてくれれば話の断片くらいは聞きとれるかも、と期待したけれど、二人の声はさっきからずっと一定のトーンを保ちつづけている。スマートフォンで時間を確かめると、夜中の二時半だった。二時半に階下の客が目を覚ますくらいの声で話しあわねばならない会議の議題とは、いったいどんなものだろう。

耳が慣れてきたのか、〜じゃん、とか、〜でしょ、とか、語尾だけはなんとなく聞き取れる気がしてきたところ、ふいに「おかね」という言葉が耳に入ったような気がした。おかね。ひょっとして、わたしが今日キッチンで渡したあの金について、二人の間に意見の相違があったのではないか。でもどんな相違が？　居候からそれ相応の生活費を受け取ったところで何も罰は当たらないし、夫婦の善意が汚されるわけでもないのに。

でもそれ以上のドラマチックな展開を、わたしは後ろめたくも想像した。あれだけ涙を流したというのに、杏奈さんの善意、自分に向けられた優しい気持ちを、純粋な友情だと心底信じるだけの勇気が、正直わたしにはまだない。百のうち九十九は信じているけれど、残りの一だけは、ひょっとしたらべつのもの——たとえば金とか、そういうものが目当てなのではないかと疑ってしまう。でもこの家に何らかの事情があって、杏奈さんがお金をほっしているなら、あげられるだけあげてしまったってかまわない。正直、今日十万円を渡したときだって、自ら罠にはまっていくような、ほんのり甘美な高揚感があった。そしていま階上では、本当の純粋な友情に目覚めた杏奈さんが、親友から金を巻き上げることなどできないと夫に――そうだ、そんなことをしろと杏奈さんに命じたのはあのパパさんなのだ、そうじゃなかったら、なぜ赤の他人の女を自分の新居に住まわせたりするだろう？――翻意を迫っているのかもしれない。あのひとを金ヅルにするのはやめてと、パパさんに泣きついているのかもしれない……。

暗闇のなかでも顔がニヤついているのを感じ、わたしは慌てて唇を引き締めた。馬鹿な妄想をしているうちに、気づくと階上の声は聞こえなくなっていた。白黒ついたのか明日に持ち越しなのか、どちらにせよとりあえず今夜はこれで終わりのようだ。

ほっとしたけれど、喧嘩の原因はやはり自分の渡した金にある気がして、どうも寝付きが悪い。遅まきながら、子どもたちのことも気になった。階下の自分でも目を覚ますくらいの大声なのだから、夫婦の寝室の向かいの部屋にいる二人も当然、目を覚ましているだろう。わたしがあの二人と同じくらいの年には、夜中に始まる親の喧嘩ほどおそろしいものはなかった。怒鳴り声を聞きながら隣の布団にいる姉とからだをくっつけあって、どちらかが家を出ていってしまうのではないか、そうしたら自分たちは離れ離れになってしまうのではないかと怯えて、耳を塞いでいたものだ。ありさとまりもあんなふうに怯えているかもしれないと思うと、すぐに階段を上って二人に大丈夫だよ、と言ってやりたくなる。

上の階からはもうなんの物音もしなかった。あおむけになって目を開けていると、部屋の天井のありもしない模様が暗闇からうっすら浮かび上がってきた。静かだった。もしかして、さっきの声もすべて自分の気のせいではなかったか、という気もしてきた。

翌朝、ダイニングキッチンに顔を出したときにはいつもと同じく、もうパパさんの姿はなかった。わたしはそのことに、すこしほっとしていた。ドアを開けたら夫婦が二人揃ってテーブルにかけていて、無理やり金を渡した自分への説教が始まるのではないかと内心ビクビクしていたからだ。

「おはようございます」

キッチンでベーコンを焼いている杏奈さんは、いつもと変わらぬ笑顔だった。テーブルではありさとまりがドナルドダックの器でコーンフレークを食べている。

やっぱり、気のせいだったのか？　わたしはすでに焼けているトーストを一枚もらってテーブルに移動し、子どもたちのようすを観察した。不安とか寝不足を感じさせる何かしらのサインが顔に出ていないかよくよく眺めてみたけれど、二人とも、特に変わったところもない。

「何？」

ありさがわたしの視線に気づいて、いぶかしげに眉をひそめた。

「ううん。なんでもない。二人とも、今日もかわいいね」

ありさはフン、と鼻を鳴らして、コーンフレークをスプーンでザリザリ潰してみせた。まりもそれを真似して、鼻で出せない音をフン、フンと口で言った。その鼻の下にコーンフレークのかけらがくっついていたので、わたしはティッシュで優しくぬぐいとってやった。

「はい、どうぞ」

ベーコンと卵の皿を持ってきてくれた杏奈さんも、特別変わったところがない。心配しているのはどうやらわたしだけのようだった。気が楽になって、わたしはハミングで「しあわせのうた」のメロディーを歌いながらパンをかじった。

東に住む人は　しあわせ
生まれたばかりの　太陽を
一番先に
見つけることが　出来るから

「しあわせのうた」は、なぜだかいま、ありさの小学校のクラスの女子たちに人気の一曲なのだという。ありさとまりもハミングに加わって、一緒に歌い出した。子どもの頃、車のなかでも寝室でもカセットテープでよく聴かされていたからか、この歌のメロディーには子ども時代の甘やかさと気だるさをくたくたに煮詰めたシロップのような強烈な滋味がある。ハミングをやめ本格的に、北に住む人は、と歌いかけたとき、廊下につながるドアが開いた。パパさんだった。

「あっ、おはようございます」

わたしは思わず起立して言った。

「おはようございます。すみません、楽しそうなところをお邪魔して」

パパさんはダークネイビーのスーツを着て、細かい水玉模様のネクタイを締めていた。平日の朝食の席で顔を合わせるのは久しぶりだ。週末と違って髭もきれいに剃ってあって、短くカットされた髪はワックスか何かで適度に撫でつけられている。そのまま四隅をピンで刺して「現代」という標本の一部に収められそうな、見事な会社員の姿形だった。

「いえ、すみません、朝から……」

「どうぞどうぞ、わたしはもう出るところですので」

にこやかに笑いながら、パパさんは棚から不織布のマスクを一つ取り出し、リズミカルに右耳、左耳、と丁寧にひもをかけ、プリーツの位置を調整し、マスクを顔に完全にフィットさせた。

では、と言うのでわたしも頭を下げたけれど、顔を上げても彼はまだそこにいる。何か待っているのだろうか。キッチンの杏奈さんのほうに目をやると、夫の存在にまったく気づいていないかのようにシンクをスポンジでごしごし磨いていた。子どもたちはというと、母親同様に自分の仕事、つまり朝食のコーンフレークを片付けることに精を出している。

「藍さん、ちょっとよろしいですか」

なぜ。なぜわたし？　と思った次の瞬間、金のことだ、とピンときた。わたしはハイ、と裏返った声で返事をして、席を立つ。ありさとまりはちらりとこちらを一瞥しただけで、杏奈さんは水道から勢いよく水を流してシンクを磨きつづけている。手招きされるがまま、わたしは彼の後について廊下に出た。

「これ、受け取ってください」

廊下で差し出されたのは、わたしが昨日杏奈さんに無理やり渡した味気ない茶封筒ではなく、結婚式のご祝儀袋にでも使えそうな淡いピンク色の和紙の封筒だった。

「ええと、これは……」

突っ立っているわたしに、「どうぞ。どうぞ」とパパさんは封筒を近づけてくる。

「あの、すみません、これはいったい……」

「いいから、受け取ってください」

「受け取るといっても、あの、なかには何が、その、入っているのでしょうか」

「いいですから。どうぞ」

パパさんはわたしの手をぐいと掴み、封筒を握らせた。こうなっては仕方がないのですかさず中身を確認すると、そこには新券の一万円札が十枚向きを揃えて入っていた。

「無理です。受け取れません」

あわてて突き返そうとしたけれど、マスクで隠されていないパパさんの顔の上半分がいつになくとても険しい感じになっていたので、自然と封筒を持つ手が下に下がる。

「では。どうぞ、お戻りください」

パパさんは一礼して、玄関に向かった。わたしは我に返って後を追い、「これは、わたしが昨日お渡しした生活費かと……」とその背中に問いかけた。

「いえ、違います。これは、我々からの感謝の気持ちです」

「感謝の気持ち？　というと……」

「子どもたちの相手をしてくれることや、ママの話し相手になってくれていることへの感謝です。ですので、心置きなく受け取ってください」

「でも、あの、そんなことわたしは全然、なんというか、すこしもお金が発生するようなことはしていませんので」

「もうこれ以上お互い遠慮はよしましょう。藍さんからのお気持ちは昨夜わたしどもがありがたく頂戴しました。ですので今度は藍さんに、わたしどもの気持ちを受け取っていただきたいんです。藍さんには申し訳ないことをしているんですから。これであいこになりませんか」

「いや、あいこにはなりますが、そもそもわたしはものすごくここでお世話になっているぶん、あいこではいけないと思ってですね……」

「もう行かなければ」パパさんはわたしの言葉を遮って言った。「では、今日もママたちをよろしくお願いします」

「いや、あの……」

パパさんはもうわたしの言葉には立ち止まらず、ドアを開けて朝の光のもとに出ていった。

一人残された廊下で、わたしはあらためて途方に暮れた。この十万円をどう考えたらいいのだろう。とりあえず、わたしはこの家の金ヅルであるかもしれないという妄想は打ち砕かれた。ということは、本当に杏奈さん及び杏奈さんご家族の純粋な友情、純粋な善意のもとでわたしはここに暮らしているという状況になるが、今度こそ百のうち百、それを信じるときが来たのだろうか。

とりあえずピンクの封筒をパジャマのズボンのゴムに挟み、見えないようにしてダイニングキッチンに戻った。ドアを開けると、入れ替わりに子どもたちが歯を磨きに洗面所に駆けていった。杏奈さんはシンク掃除を終えて、テーブルでコーヒーを飲みながら新聞を広げていた。

わたしは黙って自分の席に戻り、杏奈さんの表情を窺った。杏奈さんは穏やかな表情で新聞に目を走らせながら、さっきわたしたちが合唱していた「しあわせのうた」を小さくハミングしている。

そんな杏奈さんを前にすると、なぜなのか、いまパパさんとの間で生じた生々しいやりとりを、そのやりとりのもとになったはずの昨日の夫婦喧嘩のことを、直接話したり聞いたりすることが憚《はばか》られた。わたしは戸惑いながらも、朝のちょっとしたくつろぎの時間を楽しむ、素顔の杏奈さんに見惚《みと》れていた。そのまま絵に描かれて、「朝のくつろぎ」とか「小閑」なんていうタイトルをつけられて、額縁に入れられて、どこかの幸せな家族の居間に飾られそうな、こんなささやかな日常のありふれているようで稀有《けう》な光景を、無粋な金の話などしてぶち壊してしまうのが嫌だった。

「この歌」ふいに杏奈さんが目を上げてわたしに微笑んだ。「うつりますね」

「歌……?」

「この歌、『しあわせのうた』ですっけ? 誰かが歌ってるのを聴くと、ついつられて歌い出して、頭のなかで止まらなくなっちゃう。幸せも、案外そんなようなものなのかもしれませんね」

何も答えられないでいると、歯を磨き終えた子どもたちが戻ってきて、服を選ぶのを手伝って、とわたしにせがんだ。子どもたちに手を引かれて上っていく階段の下から、「しあわせのうた」のメロディーはまだ続いていていた。


小林家で暮らすようになってから二週間近くが過ぎ、今日、はじめて着替えと授業の資料を取りに自宅に戻った。

エレベーターを降りる瞬間は緊張したけれど、玄関ドアの前には何も撒かれてはいなかった。部屋のなかにも、これといった異状はない。当然のことながら、部屋はわたしに訴えかけもしなかったし、泣きついたりもしてこない。廊下の床を踏むのもどこか遠慮がちになっている自分にたいして、べつにこの部屋を捨てたわけじゃないのだと言い聞かせる。それでも、閉め切ったカーテンや水気のない流しは、ここから逃げていった自分を無言で責めているように見える。

落ち着いたら、きっとまた戻ってくる、ここはわたしの家なんだから。

でもいまは、知らない土地で急にあてがわれた他人の部屋にいるみたいだ。どこにも身の置き場がないという感じがする。一大決心をして、借金を背負って、諸々《もろもろ》の煩雑な手続きのすえにやっと手に入れた自分の家だというのに、どうしてこんなことになってしまったんだろう？

嫌がらせをしているのがどこの誰で理由はなんなのか、突き止めてやめてもらえばいいだけの話なのに、なぜだかエイッと奮起できない。嫌がらせの内容や理由うんぬんよりも、この世のどこかに自分に悪意を抱く誰かがいて、その悪意が行動として表現されたという事実を思うだけで、いまもまだかなりつらい。これまで自分のことをタフな人間だと思い込んでいたけれど、たぶん違うのだ。タフだと思い込めたのは、単に、誰からも直接の悪意を表明されたことがないからだった。ペーパードライバーがゴールド免許を見せびらかして運転の腕を自慢するようなもの……自分の弱さを目の当たりにすると、そもそも大金を借りてマンションを買うという決断が正しかったのかどうかさえ、怪しく思えてくる。理想の家が見つかったという高揚感で、あらゆるリスクを想定しようとする目が曇っていなかったか？　この家は、わたしにとって本当に必要な家だったのか？

考えれば考えるほど、部屋の壁がジリジリと自分に近づいて、押しつぶしにかかってくるような気がした。奮起するのはもうすこしあとでいい。このまましばらく小林家の世話になって完全に心が回復したら、管理会社か警察にしつこく電話して、貼り紙でも見廻《みまわ》りでも何か対応を求めればいい。

最後に寝室のベッドを軽く整えてから、部屋を出た。自分が留守のあいだにも、あの窓には小石が投げつけられているのだろうかと想像すると、心臓の音が不自然に大きくなる。まるで空き巣のようにうつむいてからだを縮こめて早足で外階段を下り、マンションの敷地を出た。峰尾親子にばったり出くわしたりしたら、どんな顔で話せばいいかわからない。

パパさんに封筒の十万円を手渡された日以来、図らずも小林家はますます居心地のいい場所になった。というのも、その晩の夕食の時間にかかってきたパパさんからの電話を終えて、杏奈さんがこう言ったからだ。

「パパ、濃厚接触者になったって」

ありさがエーッと大声を出し、「コロナなの?」と、くじ引きに当たったみたいに嬉しそうに言った。

「違うよ、濃厚接触者。会社で昨日一緒にご飯を食べたひとが、今日の夕方陽性判定だったんだって。だからパパは濃厚接触者」

「なんだ、コロナじゃないの?」

「うん。いまのところはたぶん。症状がないからPCR検査は受けないけど、もし何かあったらいけないから、しばらくはホテルにいるって」

「パパ、帰ってこないの?」

「うん。もしコロナになってたら、わたしたち全員うつっちゃうでしょ。いまはうちに藍さんもいるし」

「あの、でも、検査を受けたほうがいいんじゃあ……」

おそるおそる口を出すと、「そうですよね」と杏奈さんが困ったような顔をした。

「わたしも、検査受ければいいじゃないって言ったんですけど、いまは症状があるひとじゃないと検査が受けづらいみたいで。食事といってもそんなに長く食べてたわけじゃないから、たぶん大丈夫だろうと言ってます」

「パパ、いつ帰ってくる？」と、またありさ。

「たぶん一週間くらいしたらって言ってたかな」

「遊びにいってもいい？」

「それはダメ」

えーパパかわいそう、ご飯どうするの、と騒ぐありさの隣で、まりはミニトマトを刺した小さなフォークを握ったまま、じっと母親の顔を見つめている。

「まりちゃん、大丈夫だよ。パパさん、もうすこししたら帰ってくるよ」

小声で言うと、杏奈さんも「大丈夫大丈夫」と力強くうなずいて、まりの頭を撫でた。それでもまりの顔から不安そうな表情は消えなかった。

「じゃあ、パパのぶんのハンバーグもみんなで食べちゃおっか。残しておいてもしょうがないし」

食べよう食べよう、とありさははしゃいで、自分の皿に残っているハンバーグの一かけを口に押し込んだ。杏奈さんはキッチンに行き、残してあったハンバーグ一人前の皿を電子レンジで温めはじめた。また、「しあわせのうた」のメロディーをハミングしている。濃厚接触者になったというだけで、一家総出で過度に心配する必要もないのだろうけれども、このあっけらかんとした反応を目の当たりにすると、ほんのすこしだけパパさんが気の毒に思えた。心から彼のことを心配しているのは、いまのところいちばん小さいまりだけに見える。

でも居候の身としては、世話になっている家庭のことをあれこれ批判はできない。それどころか少なくとも一週間は帰らないと聞いて、わたしは正直、ほっとしているのだった。すっきりしない金銭のやりとりがあって顔を合わせづらいのもあるけれど、パパさんがいない平日の昼間といる休日の昼間とでは、緊張の度合いがだいぶ違う。

そういうわけで、一家の父親がホテル暮らしになって以来、わたしの心は完全に緩んだ。平日の朝晩も体育の先生の気配がどこにもない、庭の洗濯物に男物が一枚もないというだけで、二十四時間が休み時間になった。遠隔授業の時間をのぞいてほとんどの在宅時間、わたしは自室から出て、ダイニングキッチンのテーブルで仕事をするようになった。

「藍さん、明日はみんなでホームセンターに買いものに行きませんか?」

金曜の午後、リモートワークの手を止めた杏奈さんとコーヒーで休憩していたときに、そう誘われた。まりはすこし前からまた保育園に復帰して、このところ日中家にいるのは大人二人だけだった。

「そろそろ本格的に寒くなってきましたし、フリースのブランケットとか買いたくて。それからもうじきクリスマスですし、その用意も。子どもたちがあちこち飾り付けするんだってはりきってるんです」

「あ、クリスマス……」

わたしは思わず、壁に貼ってある印象派の絵画つきのカレンダーに目をやった。わたしがこの家に住み着くようになったのは十一月で、カレンダーの上半分の絵はドガの踊り子だったのが、いまは十二月で、モネの雪景色の絵に変わっている。

「今年は、クリスマスツリーを買おうかなと思っていて。藍さんのおうちには、ありました？ クリスマスツリー」

「いえ、ないです。そういうのとは無縁の家でした。まあ、クリスマス・イブには二年に一度くらいはチキンなんかを食べた記憶がありますけど、ツリーなんてしゃれたものは、とんでもない。クリスマスのプレゼントも、ずっと千円でしたし」

「え、千円⁉︎」

「夢がないですよね。仏教徒の子どもにクリスマスプレゼントなんて必要ないって考えだったみたいですが、何もあげないのもかわいそうだと思ったんでしょうかね。十二月二十五日の朝には起きると枕元にポチ袋が置いてあって、千円入ってました」

「すごい」

「一週間後には、同じポチ袋でお年玉ももらえるわけなんですが、枕元に置くか、手渡しかの違いだけですよね。さすがに高校生になってからは、クリスマスの方はもういい、そのかわりお年玉を増やしてほしいって直訴しましたけど。ちなみにお年玉もずっと千円だったんです。だから高校に上がってからは、お年玉が二千円になりました」

「質実剛健、という感じですね」

「いえ、その言葉はちょっと違うと思います」まじめな表情の杏奈さんがおかしくて、わたしは噴き出してしまった。すると杏奈さんも笑った。

「杏奈さんのおうちはどうでした？」と口にした瞬間、以前聞いた缶詰工場の話を思い出して、聞くべきではなかったかも、とすぐに後悔する。

「うちは」杏奈さんは意外にもさっぱりとした調子で答えた。「うちは、チキンもプレゼントも何もなしでしたよ」

「あ、そうでしたか……」

「ただ、母が働いてた缶詰工場で、系列の会社からクリスマスケーキの売り込みがあったんです。表面上は買いたいひとだけどうぞ、って感じだったんですけど、実際はほとんどノルマで。必ず一人一台、ホールケーキを買わなきゃいけなかったから、ケーキだけは毎年出てきました。高校生になってからは、わたしも工場で働くようになったから、母のぶんとわたしのぶんで、一家で二台です。だからイブの夜の夕ご飯は、一人一台のホールケーキ。でも一台ぜんぶ、誰にも遠慮せずに好きなだけケーキを食べられるだなんて、夢みたいでした」

「一人一台。いいですね」

「なんだかお互い、子ども時代はパッとしないクリスマスを過ごしてたんですね」杏奈さんは目尻を下げて苦笑した。わたしも同意して、同じように笑った。

「わたし自身は」と杏奈さんが続ける。「クリスマスに思い入れみたいなのはぜんぜんないんですけど、夫がいろいろやりたがるタイプで。クリスマスもわりとクリスマスらしくやるんです。子どもが生まれてからは特に、チキンもケーキもプレゼントも飾り付けもぜんぶ。ツリーもずっと買いたがってたんですけど、前の家では置き場所がないからやめてって、わたしが止めてたんです」

わたし一人では広く感じるあのマンションの一室も、四人家族の杏奈さんからしたらツリーの置き場所もないくらい狭く感じられるのか、と、わずかに胸にチクリと痛みを覚える。あらためて、もう十二月なのだ。さすがにクリスマスのころには、あの家に戻らなければいけないだろう。

「でも、毎年毎年子どもたちが楽しんでるのを見てると、やっぱりわたしも染まってきちゃって」杏奈さんはコーヒーカップをぐるぐる回しながら言う。「子ども時代にこういうきらきらした思い出があると、大人になってからの自己肯定感がぜんぜん違うんじゃないかなって、子どもたちがうらやましくなってきちゃいました」

「そうですよね、いや、わたしもありさちゃんとまりちゃんがうらやましいです。こんなすてきなおうちに住んで、頼もしいパパとママがいて……」

「ね、藍さん」と、杏奈さんはコーヒーカップを手放し、わたしをじっと見つめて言った。「今年のクリスマスは、うちでパーッと楽しく過ごしませんか？」

「え、あ……クリスマスですか」

「明日ツリーを買ってきて、一緒に飾り付けもしましょうよ。子どもたちも喜びますし」

「あ、あの、飾り付けのお手伝いはもちろんしますけど、クリスマスまでにはわたしはそろそろ、家に戻ったほうがいいかと思っていて……」

「え、そんなに早くですか？　そんなこと言わないで、こちらは短くてもお正月まではいてもらえるかなと思ってたんですから」

杏奈さんはなかなか譲らなかったし、わたしもねばった。それから遠慮と親切と謝罪と感謝がさんざん混じりあった会話のすえに、わたしは結局、クリスマスまでのあと三週間近くを、この家で過ごすことになった。

電車に乗って三つ隣の駅にある巨大なホームセンターに着くと、ありさとまりは手を繋いで勢いよく駆け出した。

「走っちゃダメっ」

とすかさず杏奈さんが追いかけて、二人を連れ戻してくる。

「いい？　二人とも勝手に行動しないで。ここ、すごく広いんだから迷子になっちゃうよ。ほら、お姉ちゃんに手を繫いでもらって、ゆっくり歩いてよ」

カートを押す杏奈さんを先頭に、わたしの両側に子どもたちがくっつくかたちで、みんなでぞろぞろとホームセンターの広い通路を進んでいく。周りを見渡してみると、ホームセンターというだけあって、一つのホームに住んでいるであろう家族連ればかりが目に入る。お父さんとお母さんと子どもに、ときにはおじいちゃんかおばあちゃん。お父さんかお母さんのどちらかに子どもの組みあわせもある。夏の引っ越しの前後、このホームセンターに来てラックやほうきを買ったことがあるけれど、土曜の朝のこの時間、わたしのような中年の連れのない女性客は一人もいなかった。はたから見たら、子どもがわたしにくっついているように見えるだろうけれど、実のところ、この家族にくっついているのはわたしのほうなのだ。

そう思うと久々に、フランスのOn a échangé nos mamansを思い出した——わたしたちはお母さんを交換しました、というタイトルそのまんまに、縁もゆかりもない二つのファミリーのお母さんだけを交換するリアリティ番組のことを。はじめて小林家に泊まって、杏奈さんがいない食卓で子どもたちとパパさんとわたしの四人で朝食をとった日、あのときはOn a échangé nos mamansみたいに、自分と杏奈さんが交換されたように思えてどことなく嫌な感じがした。でもいまは、わたしとあの体育教師のような父親が交換されたような気がしている。そしてそのことに、以前のような嫌悪感はまるでない。

一つの家族に割り込みをしているという感覚は、この期に及んですっかり消えてしまった。むしろわたしはすごく自然に、カートを押す杏奈さんを信頼していたし、両側で自分の手を握る子どもたちに、責任感を抱いていた。自分は母親にはなれないかもしれないけれど、努力すればフェミニンな父親にはなれるのではないかと、ふと妙な自信が湧いてきたのを感じて、自分がなんだか怖くなる。

クリスマスのオーナメントのコーナーまでカートを押してくると、杏奈さんは「ほら、好きなのを選んでいいよ。一人五つまで」と子どもたちに言う。ありさもまりも瞬時にわたしの手を放して、きらきらした塗料で塗られたオーナメントが山積みになっているラックに飛びつく。

「藍さん、わたしたちはツリーを選びましょ」

と、杏奈さんはわたしの肘をひっぱって、すぐ隣にある裸のクリスマスツリーのコーナーに連れていった。細い葉をみっしりと茂らせみずみずしく輝くツリーが、光合成をする本物の木なのか、イミテーションの木なのか、わたしにはまったく区別がつかない。

真剣な表情で腰をかがめ、葉っぱに触れたり値札を確かめたりしている杏奈さんの隣で、わたしはもう何年も、この母娘たちと一緒にクリスマスを待ちわびていたような錯覚に陥った。

10 心の鍵

パパさん抜きの、女四人で過ごす小林家の時間は穏やかに過ぎていった。

皆で選び、皆で飾り付けたクリスマスツリーは、わたしたちの結束を祝うみたいにリビングの一角に堂々と鎮座していた。

隔離のために一週間家族と離れ離れになるパパさんには気の毒だけれど、残された妻と娘たちはほとんど心細そうな顔は見せなかった。杏奈さんはメールでやりとりをしているらしく、「パパ、今晩は焼肉弁当だって」だとか、「早く家に戻りたいって」だとか、時折スマートフォン片手に父親のようすをありさとまりに伝える。ところが二人は喜ぶどころか目前で外国語の絵本を開かれたみたいな困惑の表情を浮かべるので、見ているわたしのほうが気を遣って、「パパさん、早く帰ってこられるといいね」などと思ってもないことを口にしてしまうのだった。

ただ、まったく父親のことが恋しくないわけでもなさそうで、わたしが玄関脇の居室に入ったあと、リビングや二階の子ども部屋から楽しげなオンライン通話の声が聞こえてくることもあった。主に喋っていたのはありさだけれど、ときどきまりの笑い声も混じる。子どもにも意地があって、居候であるわたしの前では、あんまり寂しがっているところを見せまいとしているのかもしれない。

理屈に合わないとはわかっているけれど、家族の一人の不在が長く続くと、どことなく自分がその代替要員であるかのように感じられて、妙な責任感めいたものが芽生えてくる。わたしがこの家の父親の代わりになり得るわけはない、それは当然だ、でもなぜだか、わたしは日々彼がしていたように、毎朝の食卓で皆のコップに牛乳を注いだり、郵便受けからとってきた新聞に誰より先に目を通したり、日中夜間問わず来客があれば率先して出ていったりしている。父親のようにふるまっているつもりはないけれど、居候は居候なりに、主が不在のこの一家を守らなければ、皆ができるだけ快適にハッピーに過ごせるようにはからわなければ、という使命を勝手に背負ってしまっている。ありさとまりのどちらかを連れてちょっとおつかいや散歩に行くときにも、わたしは以前より周囲に注意を払い、不審者や事故を子どもに寄せ付けないよう額のまんなかにぐっと力を入れて歩くようになった。

さらに妙な気持ちになるのは夜だ。夜、畳の和室に一人で横たわっていると、どうしても二階が気になる。子どもたちはもう眠っただろうか？　ありさはちゃんと宿題を済ませて、明日のランドセルの中身も揃えてあるだろうか？　食の細いまりはお腹をすかせてないだろうか？　そして、杏奈さん、杏奈さんは……。

杏奈さんのことを考えようとするとき、どの方面から考えればいいものか、いつも戸惑う。きっかけはマンションの売買だったけれども、そして最初のうちは確かに子どもたちの媒介があったけれども、いまこうして彼女がわたしを家に招き入れてくれ、わたしもその厚意を素直に受け取っているということは、わたしたちは一人の人間同士として、お互いを気に入ったということだ。いまだに、なぜ杏奈さんはわたしにこんなに親切なんだろうという疑問が湧くこともある。でも、ひとを気に入る気に入らないの判断に、万人共通のチェックリストなどない。そしてひとは、自分が気に入った誰かにはできるだけ親切であろうとするものではないか？　お互いを気に入って、日常のどうでもいいことをとりとめなく話せて、頼み事も遠慮せずでき、すっぴんも寝起きのみっともない姿も見せあい、自分の大切なもの（杏奈さんにとっては子どもたち、わたしにとっては……なんだろう。わたし自身？）を預けられる仲。大人になってから、恋人以外に誰かとこんなに近しい関係になったのははじめてだった。

でも正直、杏奈さんのことを、親友、と呼ぶことにはほんのすこしのためらいを覚える。彼女はわたしを自分の家族と同じテーブルにつかせて、同じものを食べさせ、家族にするのと同じように笑いかけてくれる。でもその優しいまなざしをあまり長く浴びていると——さすがに金ヅルにされる妄想はもう完全にとっぱらわれたとはいえ——いつかふと感じたように、自分が外で世話されている野良猫のように思えることもある。優しさに甘えてぎゅっとその手にしがみついたら、途端に冷たく振り払われそうで、怖いのだ。でも実際、パパさんが留守になってからは、わたしは野良猫というか、心持ちとしては、この家の番犬のようになっているのだけれど。

杏奈さんとわたしは、生い立ちも境遇もぜんぜん異なる。けれども、気に入る気に入らないはべつとして、わたしにとっては、依然興味をそそられるひとであることは変わらない。夫を持ち、子どもを持ち、仕事を持ち、家を持っている女性……そんな女性はこの世に山と存在するはずなのに、わたしのちっぽけな人生の圏内には一度も登場したことのないタイプのひとだった。

わたしにも仕事があり、家がある。子どものころからいつか家庭を持ちたいと思ったことはあるものの、付きあった何人かとはなんとなくそこまでいかなくて、心からの親友と呼べる友人もなく、ここまで独身生活を続けてきた。毎日の生活は仕事のプレッシャーやローンの支払いで手一杯だけ

10
心の鍵

れど、手一杯なのは片手だけで、もう片方の手はいまだに何も持たず、掴まず、ただぶらぶら遊んでいる気がする。いや、よろけて倒れそうになるところを、その空っぽの手を振り回すことでなんとかバランスを取っているのかもしれない。でも、杏奈さんのような女性は、ちゃんと両手が塞がっているように見えるのだ。彼女たちが感じているのは、自分の人生の重さだけではない、自分が生かさねばならない誰かの重さだ。そのことを、うらやましいとは思わない。でも、両手が塞がっているひとたちのなかで、空っぽの片手を隠しつづけること、あるいは、空の片手で見えない錘《おもり》に耐えるふりをするのがなんとなく後ろめたい。

両手を手一杯にして、毎朝決まった時間に起床し、家族の食事を作り、仕事をこなしている杏奈さんと一緒に暮らすことで、わたしは自分の空いているほうの手に、ある重さが兆しはじめたのを感じた。彼女がわたしに、「藍さん、冷蔵庫から豆腐を出しておいてください」とか、「藍さん、子どもたちに歯磨きさせてください」と頼むとき、ラグの上に横になっている彼女にブランケットをかけてあげるとき、手のうちに分銅一つぶんくらいの重さが生まれる。同時に、もうすでにいっぱいの彼女の手のどちらかにも、同じくらいの重さが生まれていることを、彼女の微笑みから期待してしまう。

数ヶ月前まではまるで赤の他人だった杏奈さんの、その生の心、生の肉体がいまでは同じ屋根の下、すぐそばにある、という現実に、わたしは激しく心を揺すられている。

「藍さん、これからちょっとローソンに行ってきますけど、何か荷物を取ってきましょうか？」

リビングで授業の資料を作っているときに声をかけられて、振り向くと杏奈さんはすでに白いダウンジャケットを着込んでいた。

「えっ、ローソンですか？　なんで？」

「なんか、一昨日くらいからありさがローソンのシュークリームが食べたいって言い出して。スーパーのじゃだめなの？　って言ったんですけど、どうしてもローソンのがいいそうなんです。いま、仲良い子たちのあいだではやってるみたいで。ローソンのシュークリーム」

「あ、そうなんですか……」

「今日のおやつに絶対食べたいから買っといてねって、朝、念押されちゃって。気分転換に、これから行ってきます。ローソン行くなら、藍さんのおうちも近いから、何か必要なものがあれば、取ってきますよ」

「いえ、そんな、大丈夫ですよ」

「ほんとに？　遠慮しないでくださいね」

大丈夫です、と返そうとして、言われてみれば、授業で紹介するオースティンの書簡集を近々取りにいこうと思っていたことを思い出した。

「あ、何かありますね？　じゃあメモします」

と、杏奈さんはキッチンからメモ帳とペンを取ってきてくれたので、わたしは素直に「文庫本。『ジェイン・オースティンの手紙』リビングの低い本棚の一番左の上段か中段。岩波文庫のコーナー」と書いて、「お願いします」と渡した。

「オーケーです。文庫本ですね」

「でも急ぎではないので、見つからなかったらそのままで大丈夫です」

「ついでに郵便受けも見てきましょうか?」

「あ……お願いできますか?」

「郵便受けのダイヤル、変えてない?」

「あ、はい、変えてません」

「右に4、左に9、右に1、だっけ?」

「はい。その通り」

「十二年毎日回してたから、そうそう忘れないみたい」

杏奈さんは笑って、じゃあ、と玄関に向かった。わたしはショートブーツを履く杏奈さんのかがんだ後ろ姿を眺めながら、帰宅したありさとまりと四人でシュークリームを食べるところを想像し、早くもうっとりとしかけた。

「鍵」

はっと気づくと、笑顔の杏奈さんがこちらを見ていた。

「鍵」杏奈さんはこちらに空の右手を差し出した。「お借りしていいですか?」

「あ、そうだ、鍵……ちょっと待ってください」

わたしは玄関脇の自室に入り、バッグに入れた水玉のポーチの中から家の鍵を取り出した。姉の新婚旅行土産のハワイの椰子《やし》の木のキーホルダーが、いつになく古びて見える。

「ごめんなさい、忘れてました」わたしは玄関に戻り、杏奈さんに鍵を差し出した。「これ。お願いします」

「あ、このついでに」

杏奈さんはわたしの鍵を受け取ると、観音開きのシューズクローゼットの左側の扉を開けて、蓋にぶどうの彫り物がしてある小さな木箱を取り出した。なかを開けると、ドライバーが数本に、ねじやクリップなんかのこまごまとした金属が入っている。杏奈さんはそのこまごまとしたものの奥に指を差し入れて、「あった」といたずらっぽく微笑んだ。

「これ、どうぞ」

差し出されたのは、一本の鍵だった。

「これ、うちの鍵です。持っててください」

胸がカッと熱くなった。目の前にぶらさがっている鍵は、金色の光をまとった禁断の果実のように見える。

「でも、必要ないかと……」

「留守をお願いしてるあいだに、急に外に行かなきゃならない用事ができたりするかもしれないじゃないですか。だからそういうとき用に、これ」

「あ、じゃあ……いまだけお預かりしておきます」

「いまだけと言わず、ふつうに持っててください」

鍵をわたしの手に握らせると、行ってきます、と杏奈さんは胸の前で小さく手を振って、玄関を出ていった。

わたしは手のひらを開いて、そこに置かれた鍵を見た。この家の鍵。つまりわたしは、いつでも自由に出入りしていい身分となったわけだ。留守を任せ鍵まで与えてくれる、杏奈さんが自分に寄せる信頼を目の当たりにして、自分のからだがクリスマスツリーのようにあちこちの関節ごとに点滅しているように感じた。

リビングに戻って、おやつのために資料作りを片付けてしまおうと椅子に腰掛けたときも、気持ちは落ち着かなかった。鍵をスマートフォンの上に置き、キーボードの上に両手の指を広げて何も押さぬまま、スリープ状態のパソコンの画面に映る自分の顔を眺める。そしてもう一度鍵を手に取り、そのひんやりとした感触をしばし楽しんだ。目を上げて再び暗い画面に自分の顔を見たとき、あらためて自分がいま、この家のなかに一人でいることを感じた。

キッチンで水道水を一杯飲んだあと、わたしはゆっくり階段を上りはじめた。はじめてこの家に招かれたときには、子どもたちのあとをついておそるおそる上った階段だけれど、いまでは段差や手すりの感触さえ、すっかり自分のからだになじんでいるように感じられる。上に行って、何を見るわけでもなかった。クローゼットやベッドの下を覗き見ようというつもりもない。ただ、誰もいない部屋に、彼女たちの暮らしの痕跡を感じてみたいだけだった。

わたしはまず、夫婦の寝室のドアを開けた。一歩足を踏み入れたとたん、ふわりと柑橘《かんきつ》系のファブリックスプレーの香りが漂う。大きなベッドはきちんと整えられていて、枕はひとの頭のかたちを残さず、なめらかにふくらんでいる。ベッドサイドのラグがすこし斜めになっているくらいで、乱雑なところは何一つない部屋だった。入ったのはこの部屋なのに、リモートで杏奈さんの心のなかに侵入しているような後ろめたい気持ちになる。わたしはベッドのふちに腰掛け、おそるおそる、上体を後ろに倒していった。完全に背中がベッドにつくと、力を抜いて両腕を大きく左右に伸ばした。からだの裏側いっぱいに、杏奈さんが昨晩このベッドの上で過ごした時間を感じる。このまま眠ってしまいたいような気もするけれど、たぶんそれはまだ、許されていない。

わたしは起き上がると、シーツにできた皺を叩いて消し、寝室を出た。向かいの子ども部屋は、ドアが開けっぱなしにされている。ためらいなくなかに入り、二段ベッドの上下でまるきり同じコブのように盛り上がっている布団と、へこんだ枕を見た。カーペットの上には、開きっぱなしの本やぬいぐるみが散乱している。ありさの勉強机には、パステルカラーで描かれたわたしの知らない女の子のキャラクターの下敷きが二枚、分厚いビニールのカバーの下に並んでいた。机の端、鉛筆削りの下に四角いメモがいくつか挟まれていて、いちばん上の一枚には不規則な数字が乱暴な字で羅列されている。ためしに二枚目をめくってみると、長方形のなかをいくつかの線で区切った、部屋の間取り図のようなものが描かれていた。近づいてよく見てみようとしたとき、下でガチャッとドアの開く音がした。

「ただいま!」

ありさだった。メモをもとの位置に戻し、あわてて部屋の外に出る。幸い、ありさは洗面所に手を洗いにいき、わたしが上にいることには気づいていないようだった。水音が聞こえているうちに、わたしは急いで、かつ音を立てないよう階段を降り、ありさが洗面所から出てきたところで、さもリビングから出てきたような顔で「おかえり」と声をかけた。

「ただいま」ありさはタオルでちゃんと拭いていない手をぶらぶらさせながら、怪訝《けげん》そうな顔で言う。「何?」

「ううん、なんでも。早かったね」

「今日は五時間目の授業の途中で、先生の歯が痛くなって、早く終わったの。ママは?」

「いま、ちょっと買い物に行ってるよ。ありさちゃんが食べたいって言った、ローソンのシュークリーム買いにいってるよ」

「そうなの?」ありさの顔がパッと明るくなった。「いつ帰ってくる?」

「ちょっと前に出たから、もうじきだと思うよ。ランドセル上に置いて、お茶の準備しようよ」

「うん、する」

ありさが二階に駆け上っていくのを見て、ほっとした。二階にいたことはバレていないようだ。

わたしはキッチンに行き、湯沸かし器にたっぷり水を入れてスイッチを入れた。ありさはすぐに下に降りてきて、テーブルで算数のドリルを広げる。

「偉いね、それ宿題? すぐにやっちゃうんだね」

湯が沸くあいだ、向かいに座ってありさの鉛筆が動くのを眺めた。

「やなことは先にやっちゃうの。するとあとが楽だから」

「そうなんだよね、わかってはいるけど、それができないんだよね」

「できないって言ってるけど、やらないだけだと思うよ」

「ありさちゃん、核心をつくね」

「核心って何?」

核心というのは……と正確な意味をスマートフォンで調べかけたとき、ちょうど湯沸かし器のスイッチが切れ、見計らったかのような同じタイミングで玄関のドアが開き、「ただいま!」の声が聞こえた。

「あ、ママ帰ってきた!」

ありさは鉛筆を放り出し、母親を玄関に迎えにいった。戻ってきたありさは、ぱんぱんに詰まった白いレジ袋をテーブルに投げ出し、さっそく中身を検めはじめる。続いて入ってきた杏奈さんは、ショルダーバッグからオースティンの書簡集を抜いて、「どうぞ」とわたしに差し出した。

「ありがとうございます。見つけるの、大変じゃなかったですか？」

「いいえ、すぐに見つかりましたよ。それから郵便物も。チラシの類は捨ててきちゃいました、これ以外」

そう言って杏奈さんはバッグから通販会社のカタログの封筒を取り出し、肩をすくめて笑った。引っ越してまもないころにも、うちに届いた杏奈さん宛のカタログだ。まだ住所変更をしていないのかと意外に思ったけれど、わたしも笑った。カタログはテーブルに置いて、杏奈さんは五通のわたし宛の封筒を手渡してくれた。

「すみません、お手数をおかけしました」

「いいえ、ぜんぜん。じゃあありさ、おやつ食べよっか」

「いまちょうどお湯が沸いたところです。お茶の準備しますね」

「あ、じゃちょっとお願いしていいですか？」

杏奈さんは白いダウンジャケットを脱いで、二階に上がっていった。わたしはティーポットにアールグレイの茶葉を入れて、蒸らすあいだに、またありさのいるテーブルに戻った。

レジ袋の中身をすべて出しきったありさは、真剣な表情で一つ一つの菓子を手に取り、裏側の説明を読んだり、袋を引っ張ったりしている。シュークリームのほかにも、わたしの好きなフルーツゼリーやヨーグルトやマシュマロの袋もあった。

「ママ、大盤振る舞いだね。今日はパーティーだね」

　ありさに笑いかけると、ありさも珍しく素直に大きな笑顔で返してくれた。わたしはテーブルの上に目を戻し、シュークリームを一つ手に取ってから気づいた。

「あれ、シュークリーム三つしかない。一つ足りないね」

「まりがいないからだよ」

「でもまりちゃん、もうすぐお迎えの時間でしょ。帰ってくる前に、三人でこっそり食べちゃうの？　それはまりちゃんがかわいそうじゃない？」

「まりは今日、帰ってきませんよ」

　振り返ると、ティーポットと重ねた三つのカップを手にした杏奈さんが立っていた。

「えっ、なんて？」

　驚いたわたしに、杏奈さんは笑って「まりは今日からお泊まりなんですよ」と返した。

「お泊まり……」

「あ、ごめんなさい、言ってなかったでしたっけ？　仲良くしてる保育園のお友だちが、この週末家族で安曇野《あずみの》の別荘に行くそうで。ママさんがまりちゃんも一緒にどう？　って誘ってくれたんです。森のなかなら感染の心配もないし、まりも行きたいと言うので。ほんとは明日の朝出発のはずだったんですけど、せっかく行くなら土日の丸二日楽しもうってことになって、保育園から直接出発してもらいました。もういまは車のなかですよ」

「あ、そうだったんですね……」

　そんな話は初耳だった。今朝、杏奈さんがまりを送りに家を出るとき、わたしはリビングのテーブルで新聞を読んでいて、わざわざ玄関まで見送りには行かなかった。週末一緒に過ごせないと知っていたら、ちゃんと「行ってらっしゃい」を言えたのに……。杏奈さんに手を引かれてリビングを出るまりの後ろ姿を寂しく思い出していると、「食べようよ」とありさがシュークリームをわたしの前に置いた。

「そうだね。食べよっか」

杏奈さんがカップに注いでくれた紅茶を飲みながら、わたしたちは週末の予定を話しあった。ありさは自分も安曇野に行きたかったとしきりにぼやいた。でも、杏奈さんが来週のクリスマス・イブに向けて、ブッシュドノエル作りの練習を提案すると、がぜんやる気を出して、最初から最後までぜんぶ自分がやると宣言した。

「うまくできたら、パパのところに持っていっていい？」

「パパはいま大阪だから、持っていけないね」

「えっ？」

大阪、の一言にわたしはまた驚いた。この家の父親は、隔離中でホテルにいるはずだったではないか？

「あ、ごめんなさい、これも言ってなかったかも。夫は昨日から大阪出張なんです。隔離期間はもう終わったけど、ホテル用の荷物もまとまってるし、直接大阪に向かうって、おととい連絡があって」

「そうなんですね……」

「ごめんなさい、今週はなんかいろいろバタバタしてて、わたしも何がなんだか」

杏奈さんが笑ったので、わたしも同じように笑った。

「だからありさ、明日はママとありさと藍さんの三人だけだね。大人の女子会って感じだね」

母親に大人扱いされて、ありさは照れ隠しなのか、フンと鼻を鳴らした。それから急に立ち上がり、「材料調べる」と言って、リビングを出て二階に上がっていった。

「旦那さん、大変ですね、ずっと家に帰れなくて……」

正直に言えばさほど気の毒にも思っていなかったけれど、居候の礼儀として、わたしは杏奈さんの前で旦那さんのことを気遣った。

「ええ、テレワークが続いてストレスたまったみたいですけど、いまは外に出ていけて喜んでると思いますよ。子どもたちのことは恋しがってましたけど、たまには一人の時間を持てて、いいリフレッシュになったんじゃないですか？」

「杏奈さんも、たまには一人の時間がほしいって思いますか？」

「ええ、そりゃまあ、たまには」杏奈さんは一瞬二階に目をやって、小声で言った。「子どもたちの前では言えないですけど」

「じゃあ……じゃあ、もしよかったら、明日はわたしがありさちゃんのケーキ作りにお付きあいしましょうか？」

えっ、と杏奈さんは目を見開いた。

「ママさんにもたまには一人の時間、必要でしょうから」

「いえいえ、大丈夫ですよ。お気遣いなく」

「でも、今週はパパさんもまりちゃんもお留守でわたしたち三人だけですし。ありさちゃん一人なら、もう半分大人みたいなものだし、わたし一人でも大丈夫ですよ。というか、わたしの付き添いもいらないくらい、ありさちゃんはしっかりしてますけど」

「まあ、それはそうかもしれないですけど、でも……」

「遠慮しないでください。ほんとに、半日でも一日でも、杏奈さんとありさちゃんさえよかったら」

「えーっ……ほんとに、いいんですか？」

「もちろん」

二階からありさの足音が聞こえたと同時に、テーブルに置いたスマートフォンの着信音が鳴り出した。03から始まる、見覚えのない番号だった。ちょっと失礼します、と断ってリビングのドアを開けると、手にタブレット端末を掴んだありさがちょうど階段の最後の一段を降りたところだった。ドアを押さえた自分の腕の下からありさをリビングに通し、廊下に出て通話のボタンを押す。

「もしもし？」

聞き慣れない女性の声が、聞いたことのない会社名を名乗る。続く話で、ようやくそれが、リフォーム後に管理会社から紹介された鍵の専門業者だと気づいた。コロナ・パンデミックのせいで遅延していたドイツ製の鍵がようやく完成して届いたので、交換の日取りを決めてほしいと言う。

「いつから交換できますか？」

「来週半ばまですこし予定がつまっているので、来週の木曜以降でしたら、いつでも大丈夫ですよ」

「それじゃあ……」

わたしは自室に入って、壁に貼り付けたミニカレンダーを見た。来週の木曜は、クリスマス・イブだった。当日はきっとパーティーの準備でごたごたするだろう。

「じゃあ、金曜の午後の時間帯にお願いできますか？」

希望は通った。代金はあらかじめ振り込んであるので、金曜の十五時に印鑑だけを準備して待っていればいいそうだ。

電話を切ってリビングに戻ると、杏奈さんとありさはもうシュークリームを食べ終えていて、マシュマロの袋に手を伸ばしていた。

「お仕事でしたか？」と聞いてきた杏奈さんに、「いえ」と答える。

「鍵です。ようやく鍵ができたって」

「鍵？」

「リフォームが終わってからすぐ鍵の交換を頼んでたんですけど、あの鍵、ドイツ製で国内では新しい鍵を作れないそうで。ただでさえ四ヶ月かかるそうなんですけど、今年はコロナのせいで、さらに時間かかるって言われてて。それがようやくできたそうなんです。時間がかかりすぎて、いまのいままですっかり忘れてました。来週、やっと交換できます」

「ああ、そうだったんですね」

鍵といえば、とわたしは先ほど杏奈さんに貸した鍵のことを思い出した。

「杏奈さん、すみません、さっきお貸しした鍵……」

「え？　あ、ごめんなさい、お返しするの忘れてた」

杏奈さんは席を立って、ソファの上のショルダーバッグのなかをあさり、椰子の木のキーホルダー付きの鍵を返してくれた。

「でも、うちの鍵は持っててくださいね。明日、お留守番もお願いすることだし。ありさ、明日は藍さんの言うことよく聞いてね」

どうやらわたしが電話をしているあいだに、明日の留守番ペアの計画はありさに共有されたようだった。

「でもママ、どこ行くの？　何するの？」

ありさの問いかけに、杏奈さんは「ひみつー！」とひとさし指を口に当てて笑っている。

「まりのところに行ったりしないよね？」

ありさは珍しく心細げな表情で母親を見つめた。

「安曇野まで？　まさか、遠くて行けないよ。ちょっと銀座のほうにでも遊びにいこうかな。映画に行くのもいいな」

「ずるい。わたしも行っちゃだめ？」

「でもブッシュドノエルの練習するんでしょ」

「そうだけど……」

ありさはこちらをちらりと見て、ほのかに迷惑そうな表情を浮かべた。この表情に、わたしはほんのすこしだけ傷ついた。

「あ、ありさちゃんがママと一緒がいいなら、大丈夫だよ、わたし、一人で留守番するよ」

「いいよ」ありさはまだ不服そうな顔で「ブッシュドノエル、作るから」と言い切った。これでは、わたしのほうがだだをこねてありさとブッシュドノエルを作りたがっているようだ。

「よかった。じゃあ決まりね」

杏奈さんはマシュマロの袋をひっくり返し、ティッシュペーパーの上に残りをぜんぶ出した。ありさはその一つをつまみ、親指とひとさし指でこねくり回しながら、わたしの顔をじっと見つめていた。

翌日、目が覚めてリビングに行くと、杏奈さんはもう出かけたあとだった。

テーブルの上には、「今日は留守番お願いします。買いもの代です」というメモと一緒に、一万円札が一枚置いてある。水色のセーターを着たありさはソファでタブレットをいじっていて、「おはよう」と声をかけると、「おはよう」と目を上げずに挨拶を返してきた。

「ママ、もう出かけたんだね」わたしはソファに近づきありさの隣に腰かけた。「いつ出てったの？」

「ちょっと前」

ありさが見ているのは、ブッシュドノエルのレシピ動画だった。ボウルの真上から撮っている映像で、倍速で見ているらしく、早口の説明が鳥の鳴き声みたいに聞こえる。

「スーパー行きたい」

「あ、そうだね。ちょっと待って、ご飯食べて、支度するから……」

「早くしてね」

わたしは大急ぎで食パンをかじり、顔を洗って買いもの用の格好に着替えた。リビングに戻るとありさはすでに襟付きのオーバーコートを着て、わたしを待ち構えていた。

スーパーではわたしがプラスチックのかごを持ち、ありさが先頭に立った。ありさはこのスーパーのどこに何があるか正確に把握しているらしく、メモにしたがって最短距離で必要なものをかごに集めていく。わたしは従者のように、何も考えずただそのあとをついていけばいいだけだった。

「これで終わり」

乳製品売り場で生クリームのパックをかごに入れたあと、ありさは堂々とした足取りでレジに向かっていった。そのあとを追っていると、「あれ、藍さん」と後ろから声をかけられる。振り返ると、おそろいのベージュのマスクをつけた峰尾親子が二人並んで立っていた。

「あ、峰尾さん……」

咄嗟のことで二の句が継げないでいると、レジに向かったありさがわたしの横に戻ってきて、同じように峰尾親子を見つめた。

「あら、ありさちゃんじゃない」

言ったのは峰尾さんのお母さんのほうだった。

「久しぶりね。おばちゃんのこと、覚えてる？」

お母さんは満面の笑みを浮かべて、ありさの身長に合わせて身をかがめる。ありさは無言でうなずいた。

「藍さんも、お久しぶりですね」

今度は息子の峰尾さんが言った。

「え、ええ……」

「ぼんやりしてるうちにもう年の瀬ですね。いや、びっくりした、僕たちも土曜にはこっちのスーパーに来るんですよ。ここ、魚とか肉の品揃えがいいから。あれ、ケーキでも作るんですか？」

と、息子はわたしたちのかごを覗き込む。

「あ、はい……」

「ブッシュドノエル」ありさが横から口を出す。

「あらあ、ブッシュドノエル作るの。クリスマスのケーキよね。すごいわね。ママと?」

ありさが首を横に振ったので、お母さんは、ん? ん? と聞き返すような顔になった。

「ありさちゃんのママさんは、今日はお留守なんです。なので、わたしと一緒に作ります」

「あ、ああ、そういうこと。ありさちゃん、まりちゃんは? まりちゃんもお元気?」

ありさは最初の質問には首を横に振り、次の質問には縦に振った。峰尾さんのお母さんはさらに混乱したようだった。

「あ、まりちゃんは今日はお友だちと一緒で。ありさちゃんとわたしだけです」言ってすぐ、もしかしてこれでは誘拐犯の言い訳みたいに聞こえるかもしれないと思う。「いろいろありまして、あの、わたし、最近はありさちゃんのおうちでお世話になっていて……あの、い、居候みたいな感じになってます」

「居候?」

息子の峰尾さんが大きな声を出したので、周りの客が何人か振り返った。

「もしかして……あの、夜中の騒音のせいで?」

わたしはうなずいたけれど、玄関に撒かれた野菜の皮のことは黙っていることにした。騒音も皮も、まだこのひとたちの仕業である可能性はゼロではないのだ。

「それはかわいそうに」お母さんが続ける。「騒音、まだ続いてたのね。うちでは何も聞こえないけど……管理会社のひとは何もしてくれないの？」

「もうすぐ戻ることになってるので、戻っても聞こえたら、もう一回管理会社に連絡してみるつもりです」

「じゃあ、最近はぜんぜんこっちには戻ってないんですか？」と、息子の峰尾さん。

「はい、ときどき荷物を取りにいくくらいで……」

「昨日はいらっしゃいましたよね」

「え？」

「昨日。僕が帰ってくるときには、部屋の明かりがついてた気がするけどな」

「いいえ、昨日はいませんでした。あ、でも、午後にちょっと荷物を取りにいきましたけど……電気、うっかり消し忘れちゃったのかも」わたしはなぜだか、荷物を取りにいったのは自分ではなく杏奈さんであることを言わなかった。

お互いに中途半端な笑みを浮かべたまま、しばし沈黙が訪れた。店内に流れる陽気なクリスマスソングが、気まずさをより引き立たせる。清潔で明るい照明の下、だんだんと、この二人の隣人の視線にさらされていることが何かの罰みたいに感じられてきた。

「じゃあ、これで……」

わたしがありさの肩を押してレジに向かわせようとすると、「そうしてると」とお母さんがぱっと目を輝かせた。

「そうしてると、ほんとの親子みたいね」

「はい？」

「藍さんとありさちゃん、なんだか本当の親子に見える。マスクのせいで余計にそう見えるのかしら? ねえ、そう思わない?」

お母さんは隣の息子の顔を見上げ、同意を求めた。

「うん。言われてみれば似てるかもね」

息子の峰尾さんも笑顔で答えた。

わたしは隣のありさを見下ろした。幽霊でも目にしたかのように、マスクから覗く顔の上半分がこわばっている。わたしは、じゃあ、と頭を下げて、ありさよりも先にレジに早足で向かった。

二人、というか、ほとんどありさが一人で作った試作品のブッシュドノエルは悪くない出来だった。

バタークリームはちょっと甘過ぎ、スポンジは巻き込むときに一部が崩れてしまったけれど、九歳の子どもがほぼ一人で作ったことを思えば、じゅうぶん立派なものだ。表面にフォークで作った細い畝《うね》など、本当の切り株みたいにリアルでほれぼれしてしまう。でも、ありさは納得がいかなかったらしい。

「これじゃダメ」

一口食べるとあとは放り出し、またタブレットのレシピ動画を食い入るように見はじめた。

「なんで? おいしいよ。すごくうまくできたよ」

一切れ食べ切ったわたしが言っても、疑うような目で一瞥したきり、またタブレットに目を落とす。

「おいしいけどなあ。もう一切れ食べていい？」

どうぞ、と下を向いたまま返事があったので、わたしは厚めに切った一切れを皿に載せて、無言で食べた。それから流しにたまった大量の洗いものを一人で片付け、ケーキが乾かないよう、なおかつ表面の装飾を崩さないよう苦心してラップをかけ、冷蔵庫にしまった。

杏奈さんは十九時を過ぎても帰ってこなかった。夕飯までには戻るかもしれないと思ったけれど、せっかくの休養日にいつ帰るかメールでせっつくのも無粋な気がする。タブレットを離さないありさに、夕飯どうする、と聞くと、「いらない」と返ってきた。「いらない」と言うからと言って、子どもに何も食べさせないわけにもいかない。わたしはキッチンのストック戸棚から袋のラーメンを取り出し、切ったキャベツとハムを焼いて、野菜ラーメンを二人前作った。「ラーメンできたよ」と声をかけても、ありさは「いらない」と顔を上げない。さすがに一瞬ムッとしたけれど、テーブルに置いておいても麺が伸びてしまうだけなので、わたしが二人前食べた。

「食べたくなったら作るから、言ってね」

こちらの気遣いにも、「自分でやるからいい」とそっけない言葉が返ってくるだけだ。

結局ありさは何も食べないまま、わたしが沸かした風呂に入り、髪もろくに乾かさずに二階に上がり、それきり降りてこなかった。

わたしはいつもより時間をかけてじっくり風呂に入り、玄関脇の部屋に引っ込んだ。時計を見ると二十二時を過ぎている。杏奈さんはまだ帰ってこない。ひょっとして朝帰りでもするつもりなんだろうか？　目を閉じると、急に一日の疲れが出てきて、それ以上何か考えるのが面倒になった。

眠りに落ちる一瞬前、このまま杏奈さんがずっと戻ってこなかったらどうなるんだろう、と淡い

10

心の鍵

疑問が目の前を通り過ぎたけれど、すぐにまぶたの裏の暗闇に引き込まれた。

11 西日のなかで

キッチンからの物音で目が覚めた。

フライパンで何かを焼く音、湯沸かし器の音、冷蔵庫をパタパタ開け閉めする音。これはこの家の、いつもの朝の音だった。よかった。杏奈さんは帰ってきたのだ。

わたしは布団のなかでからだを丸めたまま、しばしその音に聞き入った。何かが足りないという気もしたけれど、不規則ににぎやかに鳴りつづけるキッチンの物音は、耳から効いてくるマッサージのように一日の始まりを元気付けてくれる。でも、この音で目覚められるのもあとすこしのことだ。クリスマスが終わったら、わたしはこの家を出て、もとの自分の家に戻ることになっている。

あの広々とした部屋、自分の好きな家具だけを集めた部屋、自分の吐く息以外何の音もない部屋……考えはじめると、どこか遠い異国での未知の生活を想うように、胸の底にじわりと不安がにじむ。戻りたいという気持ちはある。でも、この小林家で家族に囲まれて過ごした一ヶ月弱のあとでは、再びあの静けさのなかに舞い戻ってごまかしなしの満足を見出せるか、自信がないのだ。

つくづく自分は弱くなったのだ、と、ぬくい布団のなかでためいきをつく。

この家で暮らして、一人で生きていくには弱くなった。いや、でもそれはここ一ヶ月で生まれた弱さではない。もうずっと昔からわたしの内にあって、一生けんめい奥へ奥へと押しやってきた弱さが、いまこの家のひとたちの優しさによって引き出されただけにすぎないのだ。だからこれからは、完全な自立を諦めた弱さありきの自分として、生きていかねばならない。

キッチンから聞こえる他人の生活の息吹《いぶき》のなかで、わたしは束の間の安寧な気分を味わった。そしてからだを起こして部屋の扉を開け、キッチンに顔を出した。

「あ、藍さん、おはようございます」

フライパンの目玉焼きをフライ返しで突っつきながら、杏奈さんは笑顔を向ける。

「おはようございます。ごめんなさい、昨日は先に寝ちゃって……いつお帰りでした？」

「いいのいいの、気にしないで。こちらこそ、一日ありさの相手してもらって、ありがとうございました。おかげさまでリフレッシュできました。独身のころよく行ってたバーに行ったら、昔の知りあいにばったり会っちゃって、遅くなっちゃった」

「バーですか。かっこいい」

「バーっていうか、飲み屋ですけどね。しかもわたし、あんまり飲めないのに」

杏奈さんはアハハと笑い、勢いよく目玉焼きをひっくり返した。

「冷蔵庫のブッシュドノエル」わたしは目をこすりながら言った。「見ました？　ありさちゃんの」

「ああ、見ました見ました。よくできてましたね。味もなかなか」

「あ、食べたんですね。おいしいですよね」

「昨日帰ったあとで味見しました。まだ半分くらい残ってますけど、食べます？」

「わたしは昨日、たくさんいただいたので……ありさちゃん、一口味見しただけでもういいってなっちゃったので、ありさちゃんに食べてもらいたいんですけど……」

「ああ、ありさはなんだか、不満足だったみたいですけどね。今日も食べないで遊び行っちゃった」

「ありさちゃん、今朝もご機嫌斜めでした?」

「まあ、多少。よっぽどケーキがお気に召さなかったみたい」

杏奈さんは肩をすくめて、目玉焼きとトーストを載せた皿を「はい、どうぞ」とわたしに手渡してくれた。

ダイニングテーブルには、空になったありさの朝食の皿がまだ残っていた。冷蔵庫から杏奈さんが運んできたブッシュドノエルのひと切れは、表面の畝がラップにこびりついて乱れ、投げ出されたタイヤのように横倒しになっている。

ありさは夕方になってから帰ってきたけれど、まだ機嫌が直らないらしく、口数は少なかった。杏奈さんが焼いたクッキーにもほとんど手をつけなかった。安曇野にいる杏奈さんのママ友から電話があり、まりは今日も帰らないことになったそうだ。別荘の近くで倒木があり、明日の朝まで通行禁止になってしまったという。杏奈さんは「そんなことがあるんですね」と笑っていた。わたしは何か、胸騒ぎを覚えた。


月曜、昼前にオンライン授業を終えると、わたしは久々に都心に出た。これまでの居候のお礼もこめて、デパートで杏奈さんや子どもたちへのクリスマスプレゼントを買うつもりだった。

先月半ばから東京都のコロナ感染者数は日に日に増えていて、デパートはどこの階も閑散としている。父親だけ仲間外れにするわけにもいかないだろうと思い、まずは地下の食品売り場で、白ワインを一本買った。それから杏奈さんには化粧品売り場でヘアコロンと手鏡。子どもたちのぶんにはいちばん時間をかけた。さんざん迷ったあげく、ありさにはケーキのレシピ本とエプロンを、まりには五十色入りの色鉛筆を選んだ。自分にも何か気に入ったものがあればついでに買っていこうと思っていたのに、数えきれないほどのすてきなモノに囲まれていても、何一つほしいと思えるものがない。デパートに並んでいる商品は、わたしの好きなひとたちを喜ばせることができるかもしれないという、ただその一点で、かろうじてわたしの欲望に結びついていた。

両手を紙袋でいっぱいにして、さあ帰ろうと出口を目指したとき、ポケットの電話が鳴った。杏奈さんだった。

「もしもし?」

出てみると、「あ、藍さん?」と珍しく慌てた声で杏奈さんが応答する。

「どうしました?」

「あの、ちょっと、困ったことになって」

「えっ? どうしたんですか?」

「ありさが学校でお腹痛くなっちゃって、救急車で病院に運ばれたそうなんです」

「ええっ」

「詳しいところはまだよくわからないんですけど、保健の先生の話では痛がりかたからして盲腸かもしれないって。いまタクシーで病院に向かってるところです」

「だ、大丈夫ですか、わたしも行きましょうか?」

「いいえ、とりあえずはわたしだけで大丈夫です。なので、すみません、お留守番お願いしていいいですか？　慌てて出てきちゃったんですけど、前に渡した鍵、持ってます？」

「ええ、持ってます。すぐ帰ります」

「すみません、じゃあ、また連絡します」

こちらの返事を待たずに電話は切れた。ありさが救急車で運ばれた？　盲腸？　もしや昨日一昨日の食欲不振は単なる不機嫌ではなく痛みのせいだったのではと遅ればせながら気づき、自分の鈍感さを悔いた。

わたしは早足でデパートを出て電車に乗った。途中何度もスマートフォンの画面を確認したけれど、着信もメッセージも何もない。自分が焦ったところでどうにもならないと思いつつ、電車を降りてからはほとんど走るようにして帰路を急いだ。

明かりをつけると、誰もいない、しんと静まり返った家のリビングで、クリスマスツリーだけが場違いに楽しげな雰囲気を醸し出していた。わたしは電飾の電源を入れ、デパートで買いこんできたプレゼントをいったんその鉢の周りに置き、床に座ってぼんやりこのクリスマスのムードを眺めた。

クリスマス・イブまであと三日だ。それまでにありさは戻れるのだろうか。クリスマスが終わったら、ツリーもわたしも、このリビングを去ることが決まっている。ツリーはこの家のどこかに片付けられ、そしてわたしはこの家の外に出される。自分はやはりこの家の恒常的メンバーではないのだという至極当たり前の事実が、いまになって冷たいフローリングから音もなく靴下のなかに染み入ってきた。

11
西日のなかで

杏奈さんから電話があったのは、二〇時過ぎだった。

ありさはやっぱり盲腸で、数日入院して抗生剤で散らすことになったのだという。

「本人が不安がるので、ひとまず今晩は病院で待機することにします。なので藍さん、今晩は一人で留守番お願いできますか?」

「もちろん。あの、何か持っていくものありますか?」

「いえ、とりあえず今晩のぶんはなんとかなりそうだから、大丈夫。明日の午前中にはわたしはいったん帰りますので。あ、それからまりはもう無事に東京に戻ってるんですが、お友だちの家がこのまま預かってくれるそうです」

まり、と聞いてハッとした。わたしはすっかり、今日帰ってくるはずのまりのことを忘れていた。

「もう、いきなりてんやわんやで調子狂っちゃいますね。藍さんにもご迷惑おかけします、すみません」

「いいえ、ぜんぜん迷惑じゃないです。何かできることあったら言ってください」

「ありがとうございます。とりあえず、留守を頼みます。ああ、やっぱり鍵、渡しておいてよかった」

この家に来てから、一人きりで夜を迎えるのははじめてのことだった。

普段、杏奈さんや子どもたちと四人でいるときには、このうえなく自分たちのサイズ感にフィットしているように感じられる家なのに、一人で過ごすにはここはあまりに広い。暖房をつけるのも電気をつけるのも後ろめたい。夜になっても杏奈さんや子どもたちの声が聞こえないのが不自然で落ち着かなかった。ありさとまりと一緒のときにはいつもニコニコ笑顔を向けてくれているスーパーの店員さんが、わたし一人のときには無表情で目も合わさないように、この部屋も、小林家の人々なしのわたしには、冷たくよそよそしい。クリスマス後に自宅に戻ったら、こんなふうに一人きりで取り残されたような気持ちになるのではないかと怖くなる……もともとそこにはわたし一人しか暮らしていなかったというのに。

わたしはホットココアを作り、部屋の明かりを消して、暗闇に浮かび上がるクリスマスツリーの電飾を眺めた。こうすると、部屋の過剰な広さもよそよそしさも明かりの向こうに隠れる。もしここに大阪出張からパパさんが帰ってきたりしたら、すごく気まずいだろう。でも、それでも一人で一晩じゅうこうしているより、すこしましな気がした。

朝、リビングのテーブルにパソコンを広げてメールをチェックしていると、杏奈さんが帰ってきた。

寝不足なのか、顔は青黒いクマが浮かんでいる。ただいま、と言ってちょっと微笑むと、中断しないで、とでもいうように手のひらをこちらに向けて、洗面所に手を洗いにいった。

すこしして戻ってきた彼女は、わたしの向かいの椅子に座り、ウーンと上半身を伸ばした。

「おつかれさまでした。ありさちゃん、どんな具合ですか?」

「昨日はもう、パニックで泣いちゃって泣いちゃって。今日はだいぶ落ち着きました」

「ありさちゃんでもそんなになっちゃうんですね。相当痛かったんでしょうね」

「あの子、ちょっとプライド高いところあるから、痛さの限界が来るまで我慢してたみたいなんです。わたしもぜんぜん、気づかなくて……」

「土曜の晩からちょっとご機嫌斜めだったのも、そのせいだったかもしれないですよね。すみません、わたしも何も気づかなくて」

「いえいえ、藍さんが謝ることはないですよ。本人はちょっとかわいそうですけど、命に別条はないですし」

「クリスマスには戻ってこられそうですか?」

「それが、今週いっぱいはとりあえず入院てことになって。このまま抗生剤がうまく効けば手術なしで来週には退院できるそうです」

「じゃあ、ブッシュドノエルは作れないですね……ありさちゃん、すごく気合い入れてたのに」

杏奈さんはすこし笑いかけて、視線を下に落とし、上下の唇を軽く合わせてまた笑った。

「退院したら、ちゃんとやり直そうねって慰めておきました。とりあえずは元気に退院することがいまの目標ですね。ああ、お腹すいちゃった。お昼にしましょうか。午後はちょっと仕事して、夕方にはまたようすを見にいこうかと」

「あの、杏奈さんは大丈夫なんですか?」

「それが感染防止で病室には長くいられなくて……ずっとロビーでうとうとしてたら、腰痛くなっちゃった」

「あ、じゃあ、わたしがご飯作りますよ。杏奈さんは休んでてください」

杏奈さんがシャワーを浴びて着替えているあいだ、キッチンに立って焼きそばを作った。具はキャベツとハムで、土曜の晩ふてくされたありさに作ってやったラーメンの具材と一緒だ。フライパンの中身を皿に空けたところで、スウェット姿で髪をタオルで巻いた杏奈さんがリビングに戻ってくる。

「いただきます」と杏奈さんは嬉しそうに手を合わせて、よっぽどお腹がすいていたのか、ほとんど何も喋らず横に置いたお茶も飲まずに、箸を動かしつづけた。杏奈さんがくたびれているとき、いまはわたしがこうして焼きそばを作れるけれど、来週からは誰が彼女を助けるんだろう。パパさんが？　ありさが、まりが？　当然だ、彼ら四人は家族なんだから。でも、こんなふうに、家族じゃない人間だからこそできる助けかただってあるんじゃないだろうか？　彼女はわたしをこれからも必要としてくれるんだろうか？

「藍さん？」

呼びかけられて、ハッとした。いつのまにか、杏奈さんの皿は空になっていた。

「どうしたんですか？　食が進んでないみたい」

「ごめんなさい、ぼーっとしてました」

「おいしかった。ごちそうさまでした」

杏奈さんは顔の前で手を合わせると、グラスのお茶を飲み干した。そして「おかわりしようかな」と席を立ちかけたとき、

「杏奈さん」

今度はわたしが彼女に呼びかけた。

「はい？」

「わたし、クリスマスが終わってからも、ときどき、ここに来てもいいですか？」

杏奈さんは破顔した。

「何言ってるんですか、いいに決まってるじゃないですか。それどころか、ずっとここにいてくれたっていいんですよ」

「ずっと、ってわけにはいかないですけど。でもわたし、この家にいると、すごく心が安らぐというか……はじめて居場所、居場所があるって感じるんです。変ですよね、よそにちゃんと自分の家があるのに。こっちのほうが、自分の居場所だって感じるなんて……」

「ぜんぜん、そんなこと言ってもらえて嬉しいです。藍さんは、わたしたち家族にとって大事なひとです。子どもたちも藍さんが大好きです。それにうちの和室も、藍さんに使われて喜んでます。ほんとに、ずっとここにいてくれてうちはぜんぜんかまわないんです」

「自分でも不思議で。これまで実の家族と同居することだって考えられなかったのに、どうしてかここにいるのはなんの違和感もストレスもなくて。一人で静かにしているのが好きな性分だったんですけど、昨日はじめてこの家で一人で過ごしたとき、正直、なんて寂しいんだ、って思っちゃいました。前の家では一度もそんなことなかったのに」

「前の家？」

杏奈さんは目を見開いて、何か確かめるようにこちらをじっと見つめた。

「あ、前の家っていうか、いまの、向こうのわたしの家のことですけど……」

「藍さんの家はもう、ここですよ。ほんとに、そう思ってください」

杏奈さんは満面の笑みを浮かべて、テーブルに置かれたわたしの手をぎゅっと握った。

「藍さんの家は、ここ。ずっとここにいてください」

杏奈さんは席を立って、フライパンに残る焼きそばをおかわりしにいった。

翌日、ゼミの面談を終えて大学から帰ってくると、また家には誰もいなかった。

杏奈さんだけではない。なぜだかリビングのクリスマスツリーまで消えていた。今朝まで堂々とそこに鎮座していたはずの、クリスマスツリーが、ない。

わたしはしばらく、ツリーのないがらんとした床を見つめていた。そしていくらか冷静さを取り戻したあとで、杏奈さんに電話をかけた。

「はい？」杏奈さんの声はいつものように明るく柔らかだった。「いま、また病院です」

「杏奈さん、あの……リビングのクリスマスツリーがないんですけど、どうしました？」

「あ、ツリー。パーティーが延期になったので、お友だちのところに貸したんです」

「貸した？　お友だちに……？」

「ありさの友だちが昨日本人にお見舞いの電話をくれて、そんな話になったみたいで。昼前、その子のお母さんに取りにきてもらいました」

「あ、そうだったんですか……」

わたしはなんとなく釈然としない気持ちで、ツリーのあった一角を見つめたまま、杏奈さんの声を聞いていた。

「あ、それと、今日から親子で泊まれる部屋に移ったので、しばらくこっちにいることにします。なので藍さんには申し訳ないんですけど、今日も……」

「いえ、留守番するのはぜんぜんかまわないですよ。パパさんはいつ大阪からお帰りですか？　戻られたらわたしは家に帰ろうかと……」

「夫も本当は今日帰るはずだったんですけど、こんな状況なので。週末までは大阪からリモートワークすることにしたそうです」

こんな状況だからこそ家族を助けるために帰ってくるべきなのでは……心のなかではそう思っていたけれど、わたしは「そうなんですね」と返しただけだった。

「ありさが治ったら、来週、みんなでパーティーし直しましょうね」

杏奈さんの明るい提案にも、「ええ」としか声が出ない。

電話を切ったあと、わたしはクリスマスツリーが置いてあった場所に行き、そこに座り込んだ。またしてもよその家で一人ぼっちだ。

置かれたクリスマスツリーが忽然《こつぜん》と消えたみたいに、わたしたち女四人の結束も、いまとなってはそれを証明するものはない。すべては自分一人の思い込みだったという可能性だってある。家族の一員として歓迎されている気でいたけれど、こうして一人きりになってみると、ばらばらの場所にいるはずの他の四人が、わたしをのけ者にして、ここから離れたどこかで本物の家族水入らずを楽しんでいるところを想像してしまう。

いやでも、と首を振る。杏奈さんはわたしを信用してくれるからこそ、こうして誰もいない家の留守番を頼んでくれるのだ。だからわたしは、できるだけその信頼に応えたい。いまできることはこの家の留守を守ること、そして皆が帰ってきたとき笑顔で迎えること。わたしは杏奈さん、ありさ、まり、パパさんが帰ってきたときに顔に浮かべる笑顔をシミュレーションした。「おかえりなさい」と声に出して練習してみた。しばらく立ち上がる気にならなかった。でもそのうちに寒くてからだが震えてきた。

しかたなく立ち上がって暖房のスイッチを入れ、リビングの明かりもつける。空腹を感じてもいい時間だったけれど、何も食べる気にはならなかった。あらためてリビングを見回すと、なくなっているのはツリーだけではなかった。ツリーの横の、いつも杏奈さんが仕事をするときに使う机の上から、ノートパソコンがなくなっている。

わたしは階段を上って夫婦の寝室のドアを開けた。一度も開いているのを見たことがない、ベッドの奥のクローゼットに近づく。開けてみると、男物の服と女物の服がちょうど半々くらいの割合で吊り下げられている。恐れていたように一式ごっそりなくなっている、ということはなかったけれど、女物のスペースの左端にはわずかにスペースが残っていた。きっといつもはここに、杏奈さんの白いダウンジャケットが吊り下げられているのだろう。続けて、窓の下の収納を上から開けていく。一段目には杏奈さんと旦那さんの下着が、クローゼットと同じように半々に並んでいる。どちらも手前の一列が丸々抜けていた。収納の二段目は靴下類で、一段目と同じく手前だけがからっぽだった。三段目はセーター類の段で、三分の一くらいの隙間が空いている。

わたしは夫婦の寝室を出て、今度は向かいの子ども部屋で同じことを繰り返した。子どもたちのクローゼットも収納も、だいたい同じ状況だった。つまり、明らかに三、四日分の着替えがなくなっているのだ。

パパは出張、長女は入院、ママは入院付き添い、次女は友だちの家にお泊まり。こういう状況を考えてみれば当然の状態だけれど、何かすんなり受け入れられないものがある。

階段を下りてからあらためて暗い二階を見上げると、いないはずのこの家の家族が、その奥で息を潜めて、自分を笑っている姿が見える気がした。

11

西日のなかで

朝、目を覚ますとすぐに布団から出て、物音のしないキッチンでトーストとコーヒーの準備をし、一人では広すぎるテーブルで朝食をとった。

今日は授業日ではないので、慌ててパソコンを立ち上げる必要はない。パジャマのまま家の外に新聞を取りにいき、飲みかけのコーヒーと一緒にソファに移動して、ゆっくり時間をかけて紙面に目を通した。それからソファに横になって、朝のニュース番組を眺めた。

そうしていると、何日か前までここで杏奈さんとありさとまりと、お菓子を食べたり絵を描いたりして楽しく過ごしていたことが、テレビのなかの出来事のように感じられる。でもそれと同じくらい、赤の他人の新居でこうして一人くつろいでいるいま現在の状況も、現実味が薄い。いちばんリアルに感じられるのは、過去でも現在でもなく、夜のパーティーのためにキッチンで立ち働いている杏奈さんの姿、その横で卵やバターをかきまぜているありさの姿、ツリーの飾りをいじっているまりの姿、そしてその三人を眺めている自分の姿……本来ならそうなるはずだった、未来の光景だった。

ぼんやりしているうちに、新しい番組が始まっていた。今日はクリスマス・イブですね、と司会の女性が笑顔で言う。わたしはソファのクッションに顔を埋めて、強引に目をつむった。起きたばかりなのに起きていたくない。それからずっと横になったまま、動かなかった。

目を覚ましたときには、もう十五時過ぎだった。

家に帰ろうか。

リビングの窓から差し込んでくる暖かい蜜のような西日に照らされて、ふとそう思う。

あのひとたちのいないこの家は、わたしの家じゃない。一人でいるのにふさわしいのはこの家じゃない。

西日のなかの決心は、とても平静なものだった。痛みも寂しさも何も伴わず、時が来て太陽が地平線にふっと落ちるような自然さで、そう思った。

痺れている腕や足を伸ばして一気に勢いよくソファから起き上がる。まず洗面所に行って歯を磨き、脂が浮いてべたべたする顔を洗った。それから朝食の皿を洗い、軽くシンクを磨く。スティック掃除機でリビングを掃除し、洗面所のタオルを換える……この家の四人が帰ってきたときに、気持ちよく過ごせるように。掃除が終わると、玄関脇の部屋で荷造りをした。最初に持ち込んだボストンバッグと、大学に行くときに使うリュックサックのなかにすべてを無理やり突っ込んだけれど、そんなに重くはならなかった。これが、ここ一ヶ月のわたしの生活の重さだ。こんなにも軽いなんて、と乾いた笑いが自然にこぼれる。デパートで買いこんできたプレゼントは、リビングのテーブルの端に一列に並べておいた。ありさやまりの笑顔が見られないのは残念だけど、きっとあとで、お礼のメッセージをくれるだろう。

玄関を出て、キーホルダーも何もついていない鍵で施錠する。もう外は薄暗かった。住宅街の家々の窓から明かりが漏れている。このあたりの家はほとんどが一戸建てだった。なかには、わたしたちが実現できなかったクリスマスパーティーを楽しんでいる家だってあるだろう。ボストンバッグの持ち手をぎゅっと握りしめ、早足で歩く。乾いた冷たい風で鼻の先まですぐに冷えた。

自宅までの二十分ほどの道を、ほとんどうつむいて歩いた。共用玄関を通り、郵便受けをチェックする。さぞかし中身がパンパンになっているだろうと思ったけれど、ボックスのなかには水道修

11

西日のなかで

理のチラシが一枚入っているだけだった。エレベーターで三階まで上り、久々に我が家の前に立つ。玄関の前には何も撒かれていない。こうして堂々と帰ってきたからには、あんな馬鹿馬鹿しいことはもう二度と起こらないだろうという気もする。ここがまた、今日からはわたしの家なのだ。大きく息を吸い、鍵を差して回そうとしたとき、指の先で鈍い音がした。

最初は、鍵を間違えたのかと思った。もしかしたら小林家の鍵を使ってしまったのかも？　でも、手のひらにあるのはどうみても椰子の木のキーホルダー付きの、わたしの家の鍵だった。もう一度、鍵穴に差し込む。

回らない。

鍵が回らない。

鍵を穴に入れたまま、わたしはしばし固まった。でもすぐに、先週鍵の交換の電話があったことを思い出す。ただ、鍵の交換は明日の午後に決まったはずだ。ひょっとして、鍵の業者が日付を間違えた？　いや、鍵業者は古い鍵は持っていないのだから、交換はわたしの立ち会いのもとでしかできない。

わたしはゆっくり目を上げ、おそるおそるドアの横のプレートを確かめた。そこに書かれているのは間違いなく、紛れもないわたしの部屋、三〇七号室の部屋番号だった。

回らない鍵を鍵穴に差したまま、なんとか冷静さを保とうと深く息を吸い、吐く。

もしかしたら、なかに何か詰まっているのかもしれない。そう思いついてかがんで鍵穴に顔を近づけたとき、分厚いドアの向こうから声が聞こえた。子どもの声。かん高い声がもう一つの高い声を追いかける。一人じゃなくて、二人いる。わたしは息を呑んで、耳をぴったり冷たいドアにくっつけた。よく耳を澄ましてみると、かすかに音楽のようなものも聞こえる。

一気に動悸が激しくなって、からだの芯まで氷漬けにされたように冷たくなる。反射的にノックをしかけて、拳を静かに下ろした。

拳を握りしめたまま、わたしはしばしドアの前に立ち尽くした。

そうしているあいだに空はどんどん暗くなっていく。十七時になると自動的にオンになる玄関灯が頭上でパッと点灯した。かつて夢見たのっぺらぼうの土偶のシルエットが何体も頭のなかに現れ、踊るような動きで目まぐるしく入り乱れた。驚きと恐怖で麻痺《まひ》した感覚の下から、分厚い氷の板のような不穏な何かがせり上がってくる。

じっとしていたら叫び出してしまいそうだった。わたしは外階段を一階ぶん駆け下りて、峰尾さん宅のチャイムを鳴らした。すこし時間を置いて出てきたのは息子の峰尾さんだった。

「ちょっといいですか？」

戸惑う息子の返事は待たず、勝手に靴を脱ぎ廊下を歩いてまっすぐリビングに向かう。お母さんはキッチンで米を研いでいる最中で、部屋に押し入ってきたわたしを見て目を丸くした。

「突然ごめんなさい。ちょっとベランダ貸してください」

「どうしたんですか、何かあったんですか？」

慌てて息子が追いかけてくるけれど、それも無視してリビングの掃き出し窓を開ける。ベランダには同じサイズのつっかけサンダルが二組、きれいに揃えて並べられていた。そのうちの一組に足を突っ込み、ベランダの端から思いっきり身を乗り出して上の階を見上げる。

「はしご！　はしごないですか？」

11
西日のなかで

窓から顔を出して心配そうにこちらを見ている峰尾親子に言った。「「はしご……？」お母さんがほとんど泣きそうな顔で言う。「ねえ、どうしたの、上で何かあったの？」

「上に誰かいるんです、わたしじゃない誰かが！」ドアからはもう入れないんです。だからはしごないですか？」

「いちおう、脚立《きゃたつ》ならあるけど……」と息子が言うので、「すぐ持ってきてください」と返して、わたしはまた三階を睨みつけた。

親子はすぐに戻ってきた。手渡された折りたたみ式脚立をベランダの端にセッティングし、一段飛ばしでためらいなく登っていく。一番上の段で手を伸ばせば、三階のベランダの手すりにはゆうに届きそうだ。

「藍さん、気をつけて」

下を見ると、親子が揃って脚立の下を支えてくれている。一番上の段に到達すると、わたしは大きく息を吸って手すりに手をかけ、鉄棒の要領で渾身《こんしん》の力を込めて上半身を手すりまで持ち上げ、それから倒れ込むように三階のベランダに全身を投げ出した。

痛みを感じる間もなくまず目に入ってきたのは、窓のレースのカーテン越しに漏れる部屋の明かりだった。ベランダに敷かれたすのこに這いつくばるように平たくなって、窓に顔を近づけ、カーテンの隙間から目を凝らす。

杏奈さん、ありさ、まり、パパさん。

病院か近所の家か大阪にいるはずの四人が、わたしの家のなかでテーブルを囲んでいた。皆笑っている。買った覚えのない、その楕円形《だえんけい》の大きなテーブルには、チキンやサラダや、ブッシュドノエルの皿がところ狭しと載せられている。そして四人を見守るようにすぐそばに立っているクリスマスツリー……。あれは、わたしたちがホームセンターで選んで、皆で一生けんめいに飾りつけたクリスマスツリーだった。

わたしは拳を振り上げて、窓を叩こうとした。でも、いくら力を入れようとしても、金縛りにあったみたいに手がすのこにひっついて動かない。

杏奈さんはテーブルの大皿に盛られたチキンをギザギザのナイフで切り分け、三人に配っている。ときどきパパさんが冗談を言うのか、こちらに背を向けている子どもたちが笑う。顔は見えないけれど、二人は全身で笑っている。ドアの向こうで聞いたよりも近く、クリスマスソングのメロディーが聞こえる。でもメロディーや笑い声以外、窓のこちらに向こう側の言葉は何も届かない。さっきとは逆に、熱いコテでも押し付けられたかのように、からだの芯がヒリヒリした。それなのに指先は震えていた。嘘だ、嘘だとまばたきを何度繰り返しても、窓の向こうの家族の団欒は消えない。

どうして?

言葉にならない声が、うめきのように漏れた。目のふちに熱い水分が染みて、視界が滲む。そのときふと、ナイフを手にした杏奈さんが視線を下げて、こちらを見た気がした。目が合っているのかもわからない。気づかれたのかもわからない。わたしは彼女の名を大きく呼ぼうとした。杏奈さんはそれまで家族に向けていたのと同じ微笑みを保ちながら、テーブルを回って窓の前に立った。

這いつくばったままの、ぶざまな亡霊のようなわたしの前で、杏奈さんは遮光カーテンを隙間なく閉めた。半年前、わたしが何日もかけて血眼になって選んだ、お気に入りの、アイボリーのカーテンを。

閉じたカーテンの向こうで、音楽と笑い声だけは続いていた。


目覚めると、見慣れた天井が視界いっぱいに広がった。

寝汗をかいていたのか、額がじっとり湿っている。喉が渇いていて、唾がうまく飲み込めない。

寝返りを打って、柔らかい枕に顔を埋める。

選択肢はなかった。昨日、何もできずに脚立から下りてきたわたしに、峰尾親子は何度も何かを聞いてきたけれど、ろくに言葉が出てこなかった。引き留めようとする親子を振り切って帰ってきたのは、自分のマンションではなくこの他人の家、小林一家の広い一軒家だった。すでに自分の体臭が染み込んだ畳部屋の布団のなかで、吸い込まれるように眠った。

寝ているあいだに溜まった悪い膿《うみ》を絞りだすみたいに強く目をつむり、昨晩目にした光景をあらためて思い出す。甦る映像に実際よりもたくさんのレースを重ねて、明かりを落として、ぼんやりとしか見えないように……。

子どもたちがあげていた笑い声、クリスマスソングのかけらが、まだ耳の奥に突き刺さっていて、じくじくと痛んだ。声もメロディーもばらばらに分解されて、尖った破片になって頭のなかで舞っているような感じだった。枕で耳を押さえようとして、ふと手を止める。これは、内から聞こえる音だけじゃない。

わたしはがばっと身を起こして、閉じた襖の向こうを透視するようにじっと見つめた。

静かに布団から這い出ると、裸足のまま、襖を開けて廊下に出る。音はいっそうはっきり聞こえた。この家で何度も聞いた音。聞きながら布団のなかで何度も幸福を嚙み締めた音。

ダイニングキッチンに続くドアを開けて、わたしは自分の想像が現実にとってかわられるのを見た。

「おはようございます」

キッチンのガス台の前に立つ杏奈さんは、フライパンでベーコンを焼いていた。

わたしはその場に立ち尽くしたまま、ただそこで呼吸を繰り返すことしかできなかった。

「いま、トースト焼けますから、待っててくださいね」

杏奈さんはなんでもないというふうに、これはごく普通の、これまでに繰り返し迎えた幾千もの朝の一つに過ぎないというふうに、笑ってみせた。

「どうして……」

ようやく発したわたしの声は、自分自身でさえ聞き取れないくらいにかすれていた。

「もうすぐ焼けますから、そっちで待っててください」

杏奈さんはまたニコッと笑うと、油が跳ねて騒がしいフライパンに卵を一つ割り入れた。

まだ夢を見ているようなぼんやりとした頭で、いつもの椅子に腰掛ける。テーブルの上には、昨日並べたこの家の家族へのプレゼントが、手付かずでそのまま残されている。カウンターの向こうでせっせとわたしの朝食を準備している杏奈さんが、「しあわせのうた」を口ずさんでいる。そのメロディーの断片が、わたしの歯の隙間からも漏れでてきた。

「お待たせしました」

運ばれてきたのは、大きな平皿に盛られたトーストとベーコンと目玉焼きだった。この家の、定番の朝食メニュー。続けて、マグカップのコーヒーが運ばれてくる。

「さあ、どうぞ」

杏奈さんは向かいに座って、テーブルの上で頬杖《ほおづえ》をついた。わたしはただ、その杏奈さんの顔を見ていた。その明るい微笑みの奥に何を隠しているのか、わたしに何を言いにきたのか、察しようとして。

「どうしたんですか？　食べてください」

皿をこちらに近づけた杏奈さんは、眉毛の端を下げて困ったような表情を浮かべているけれど、でも目は笑っている。困っているのか苛ついているのかおもしろがっているのかよくわからない顔……ありさやまりが、朝食を食べしぶっているときによく見たこの顔。

わたしは皿に添えられたフォークを手に取ろうとした。杏奈さんもその手を見ていた。手は震えていた。小刻みに揺れるフォークの先を、目玉焼きの黄身に突き刺す。黄身の表面の膜が音もなく弾けて、黄色くどろどろと流れ出す。わたしは決定的に取り返しのつかないものを前にしたように、その流れに見入った。

「どうして？」

わたしの声は、杏奈さんには聞こえないみたいだった。どちらつかずの表情を崩さぬまま、彼女はただこちらの手元を見守っている。

「杏奈さん。どうして？」

わたしはわざと音を立ててフォークを皿の上に置いた。それでようやく杏奈さんは目を上げた。

「どうしてなんですか？　どうして……」

「どうして、というのは?」

杏奈さんの目は笑ったかたちをしているけれど、その黒目は碁石のように滑らかで、すこしの温かみも感じられない。

「説明してください。どういうことなんですか?」

「説明、というのは、何を?」

「ぜんぶです。昨日、どうしてわたしの家にこの家のひとたちがいたんですか? どうやってなかに入ったんですか? なんでいま、杏奈さんはここにいるんですか? わたしに何を言いにきたんですか?」

「相談しにきたんです」

「相談?」

「もう、だいたいわかってますよね?」

わたしは首を横に振った。自分から質問したのに、もう何も聞きたくない。

「家を交換してくれませんか?」

杏奈さんは、まるでテーブルの上の塩をとってほしい、というようなさらりとした口調で言った。

「藍さんの家と、この家を。交換してほしいんです」

そしてまたさっきの、眉を下げ口を曲げ目で笑う、あのちぐはぐな表情を取り戻して、「交換」と繰り返した。

「こう、かん?」わたしは一音一音を確かめるように、彼女の言葉を繰り返した。

「そうです。あの家はやっぱり、わたしたち家族の家だとわかったから」

あの家、というのが、わたしが彼女たち一家から買ったあの中古マンションの三〇七号室を指していることを理解するのに、またすこし時間がかかった。わたしは一つ唾を飲み込み、自分たちがテーブルの上の塩について話しているわけではないことを、自分に言い聞かせなければならなかった。

「あの家は、わたしの家です。わたしが買った家です。杏奈さんたちが、手放した家です」

「でももう、あそこには帰りたくないんでしょう？」

杏奈さんは目を細めて、虫の居所の悪い子どもを宥めるように言う。

「それは……それは、確かにそうでしたけど、でも……」

「藍さん、この家がすっかりお気に入りじゃないですか。ここにいると心底落ち着く、まるでこっちのほうが本当の自分の家みたいだって、おっしゃったじゃないですか。わたしたちもそうなんです。向こうの家が、わたしたちの本当の家だって、遅まきながらやっと気づいたんです」

「意味がわかりません。わたしが言う、本当の家みたいっていうのは、あくまで精神的な拠《よ》りどころという意味で……」

「それでいいんですよ、ここを藍さんの本当の家にしてください。そしてあっちの家を……」

「あれはわたしの家です！」

思わぬ大声が出て、杏奈さんがはっと息を呑むのがわかった。

「わたしの家です！　あなたたちから買ったんです！」ようやく湧き出てきた怒りに任せて、わたしは勢いに乗って大声でまくしたてた。「ふざけないでくださいよ。あのひとたちは？　パパさんとありさとまりはいまもわたしの家にいるんですか？　だったらすぐに追い出してください。クリスマスツリーもこっちに戻してください。それにあのばかでかいテーブルはなんなんですか？　あんなテーブル、わたしは買った覚えない。勝手に運び込んだんですか？」

わたしは知らず知らずのうちにフォークの柄を握りしめ、声に合わせて拍を打つみたいに、フォークを皿に打ちつけて音を出していた。でもそれも、長くは続かなかった。急に息が上がって、苦しくなった。テーブルに沈黙が落ちた。

「テーブルは」長く黙ったあと、杏奈さんは顔を上げた。「買って、業者に運んでもらいました」

「鍵は？」わたしは息継ぎをするように言った。「鍵はどうしたんですか？」

「昨日交換しました。その前の鍵は、もともと持っていたから」

「もともと？」

「引き渡しのときに、一本控えで持っていたんです。何かあったときにそなえて、念のために」

「念のため？　仲介の古堀さんからは、鍵はスペアも入れて三本もらいましたよ。でも本当は、もう一本あったってことなんですか？　それを手元に残しておいたってことなんですか？」

杏奈さんは黙ってうなずく。

「でも、わたしの鍵ではもう……」

「藍さんには申し訳なかったですが、鍵屋さんに連絡して、鍵の交換は昨日の朝に変更してもらいました。だからもう、藍さんの持っている鍵は使えないんです」

それからまた、長い沈黙が続いた。手をつけられない一人前の朝食が、目の前で冷めていく。わたしは一生けんめいに頭のなかを整理しようとした。わたしの家に、わたしがもう入れない？　ありえない。家の交換？　ありえない。この家はわたしには広すぎる。広すぎる、と考えてみて、自分はすでに、この家に一人で暮らす自分の姿を想像できているのだと気づいた。想像というより、ここ数日、まさにわたしはここに一人で暮らしていたではないか。

「住めないことも、ないでしょう?」

こちらの頭のなかを見通したように、杏奈さんが静かに口を開いた。何も答えずにいると、テーブルの上で組んだ両手をまた組み直して、小首を傾げて話を続ける。

「藍さんには、申し訳なかったと思っています。わたしたちもまさか、こんなことになるとは……。いつかお話ししましたよね、家を建てようと言ったのは夫でした。わたしも子どもたちも反対だったのに、でもずるずると流されて、ここまで来てしまったんです。最初におかしくなったのはありさでした。夜に眠れないと言って、毎晩わたしのところに泣きついてきて。ここは家じゃない、前の家に戻りたいって朝までずっと泣いてるんです。それがまりにもうつりました。まりは感じやすい子で、ありさよりもずっと深刻で……前はお喋りな子だったのに、姉の姿を見て家のなかではほとんど口を開かなくなってしまって」

わたしははじめてマンションの前でありさを見かけたときのようすを思い出した。あの奇妙な執《しつ》拗《よう》さ、当時は気づかなかった小さな瞳のなかの切迫感が、目の裏に蘇ってくる。

「じゃあ、ありさちゃんとまりちゃんがうちに二人で遊びにくるようになったのは……」

「わたしが行かせました」杏奈さんはまったく悪びれもせずに言う。「そんなに戻りたいなら、行って上がらせてもらったらって。藍さんは寂しそうで、それに悪いひとには見えなかったから。そしたら本当に、行ってしまったんです」

わたしは再び言葉を失い、相手の言葉を待つだけになった。

「一人で前の家に行ってきたとありさから聞いたときにはびっくりしましたけど、でも、二人の話を聞いているうち、どうしても、わたしもお邪魔してみたくなって……それであの日、二人が来ていることを知ったうえで、お邪魔したんです。一度戻ってみたら、もうダメでした」

「ダメ……とは？」

「戻らなきゃって思ったんです」と、杏奈さんの目に突然輝きが戻る。「あのときはじめてはっきりわかったんです、わたしたちの決断は間違っていたんだって。見栄《みえ》を張って新築の一戸建てなんての意味もない、わたしたち家族にぴったりな家はここ以外にありえないって。戻ってこないとわたしたち家族は壊れる、とまで思いました」

「そんな、無茶な」

「おかしくなっていたのは子どもたちだけじゃないんです。わたし自身、ここが自分の家だって思っても、どうしてもなじめませんでした。何が悪かったのかわからないけれど……前の家のように、ここでいまから家族の歴史を作っていくんだ、っていうふうにはどうしても思えなくて。無理でした。住むところのことをそんなに軽く考えてはいけなかったんです、ずっと違和感はあったのに、見ないふりをしていたんです。わたしたちは新築一戸建てに引っ越してきた、幸せな家族なんだって、自分で自分に言い聞かせてました。でもこの新しい家に来てから、何もかもがぎくしゃくしてうまくいかなくて……みんなで食事をしていても、お風呂に入っていても、モデルルームで幸せな家族のふりをしているだけみたいに感じるんです。見せものにされているような感覚が抜けなくて、夫とのあいだにも誰かもう一人挟まっている感じで……結局わたしたちに、この家は広すぎたんです。食べられないぶんを皿によそっちゃいけないんです」

「それはもともとうまくいっていない関係を、家のせいにしてるだけなんじゃないですか？　どっちにしろもう、杏奈さんたちはあの家を売っちゃったんですよ。買ったのはわたしです。買うのに、本当に信じられないくらい大変な手間とお金と時間がかかったんです。そんなに簡単に返してと言われて返せるものじゃないですよ」

「だから、交換を……」

「わたしがここに住むんですか？　この広い家に？　そんなのありえない」

「でも、ここが気に入ったっておっしゃったじゃないですか」

「じゃあ言いますけど、もし交換が成立したとして、前の家にもう一度住んでみて、やっぱり違う、ここは自分たちの家じゃない、って気づいたら、どうするんですか？　そのときはまた交換するっていうんですか？」

「それはありえません」杏奈さんは自信たっぷりに言った。「戻ってみたら、やっぱりここだと確信しました。昨日今日に始まったことじゃありません。藍さんがお留守のとき、何度か皆でこの気持ちは間違いないって確かめにもいきましたから」

「留守のときって……」

言いかけて、はっとした。秋に数日実家に戻ったとき、帰ってきて妙に部屋がきれいだと感じたことがあった。そのあともいつだったか、風呂の温度や流しのレバーに何か違和感を抱いたこともあった。

「ひょっとして、わたしが実家に帰ったとき……」

二の句が継げないでいると、「ええ、皆で戻りました」と杏奈さんが何か吹っ切れたように続ける。

「夫も最初は困っていましたけど、子どもたちとわたしの本気に最後は根負けしました。いまでは夫が一番、大事な我が家を売ってしまったことを後悔しています。簡単なことじゃないと理解はしてます。でも藍さんには感謝もしてるんです。藍さんは、わたしたちにとってあの家がどれほど大事な家だったか、わからせてくれたから」

「感謝なんて……」

「強引なやりかたをしてしまったことはお詫びします。でも藍さんにならわかってもらえると思ったんです、だから……」

杏奈さんのすがるような目つきに、妙な影がよぎった……と、その影が突然、忘れかけていたべつの影を呼び起こした。

「まさか」わたしは思わず立ち上がっていた。「夜中の音と里芋の皮も杏奈さんたちの仕業ですか？」

杏奈さんは何も言わず、ただ微笑んでいるだけだった。

「わたしを……追い出すために？」

杏奈さんの目尻が、ほんのすこしだけ下がった。信じがたい言葉をいくらぶつけられても、このときまでまだほんのひとかけら残っていた杏奈さんへの慕わしい気持ちが、このとき、ふっと消えた。杏奈さんは本気だった。だから夜な夜な起き出して、ひとの家の窓に小石を投げたのだ。バッグかポケットに忍ばせた野菜の皮を玄関先にばら撒いたのだ——すべては、家を取り戻すために。

「出ていって！」

11
西日のなかで

わたしは叫んだ。杏奈さんは目を丸くした。

「出ていって！　出ていって！」

わたしはテーブルを回り、椅子から無理やり杏奈さんを立ち上がらせ、荒っぽく玄関に押しやった。怒っているというより、恐ろしかった。わたしに向けられたあの数々の優しさは、わたしではなく、わたしの家に向けられたものだった。彼女たちにとったら、わたしは人間でもなく、家のなかの邪魔な家具くらいの存在でしかなかったのだ。邪魔な家具はあっちからこっちによけておけばいい。そしていま実際、わたし自身が自分を、持ち主に反乱を起こすやっかいな家具のように感じてしまっている。

「藍さん、落ち着いて」杏奈さんは押されるがままになりながらも、穏やかに喋るのをやめない。「パニックにならないで、まずは考えてみてほしいんです、決してそれほど無茶な、悪い話ではないと思うんです、だってこの家は藍さんに住まれたがっていて、あの家はわたしたちに住まれたがっているんですから、ちょっとは考えてみてほしいんです。細かい話はあとからいくらでもできますから」

気づけばわたしは一人で靴脱ぎにへたりこんでいた。大理石の床のひんやりとした冷たさが、部屋着の布一枚を通して全身に染み渡っていく。

杏奈さんが出ていってどれくらいの時間が経ったのかもわからない。ふくらはぎに痺れを感じ、我慢しきれなくなって、ようやくシューズクローゼットの扉に掴まりながら、ゆっくりと立ち上がる。広い靴脱ぎには、わたしのスニーカーだけがハの字になって並んでいた。

喉が渇いていた。お茶でも飲もうと冷蔵庫を開けると、冷蔵庫のなかにはお茶も卵もチーズも佃煮のパックもなく、ただ、大小のありとあらゆるフルーツゼリーがいっぱいに詰め込まれていた。わたしは夢でも見ているかのようにしばらくそれをぼんやり眺めたあと、小さなカップゼリーを一つ取り出し、透明な蓋を開けて、口のなかにすすった。甘い桃の味が口いっぱいに広がる。これは、せめてものお詫びということだろうか？　わたしは両手に持てるだけのゼリーを鷲掴みにし、テーブルの椅子に座った。そして、冷め切った朝食の皿と、自分がこの家の家族のために用意した四つのプレゼントを前に、片っ端からゼリーの蓋を剝がして中身を口に放り込んでいった。

そのとき、玄関のチャイムが鳴った。

無視したけれども、チャイムはしつこく鳴りつづける。玄関を開けると、ドアの前には見覚えのある、夏の引っ越しのときにわたしが何時間もかけて選んだセミダブルベッドが縦に置かれていた。そのベッドフレームの脇から青い制服を着た男たちが現れて、それを家のなかに運び込んでいった。よく見ると、ベッドのあとには観葉植物の鉢が、ローテーブルが、テレビ台が、列をなしてこの家に運び込まれるのを待っていた。

わたしの知らない段取りを男たちはすべて知っているらしく、運んだぶんと同じくらいの量の家具を、今度は家から運び出し、巨大なトラックに詰め込みはじめ、あっというまに去っていった。

わたしは家のなかに戻った。リビングの家具の約半分が、入れ替わっていた。かつて一つ一つ大切に選んだ家具が、新しい床と壁を巻き込んで、わたしから愛着の念を引き出そうとしている。玄関脇の畳部屋を覗くと、何軒も家具屋をはしごして選んだセミダブルベッドが前からずっとそこにあったように、部屋の真ん中に鎮座している。

そこに身を横たえて目をつむった途端、思いがけないほどの安堵が胸を突き上げた。

この幅一メートルほどの四角いベッドの上だけは、紛れもないわたし一人のための居場所だ。だけども、奪われたものと与えられたものがどうしても釣りあわない。家具を一つ一つ移動させるみたいに、この家からすこしずつひとが減っていったとき、わたしの心からも何かが抜き去られていた。そもそもわたしは、何を持っていたというのだろう。あの家も、あの一家への愛着も信頼も、気づかぬうちにあっけなく奪われてしまうくらいのものを、本当に「持っていた」と言えるのだろうか？

勢いよく起き上がり、冷たい水で顔を洗った。それから着替えを済ませて、リビングのテーブルの上に並ぶ四つのプレゼントの包みを、それらがもともと入っていたデパートの紙袋に突っ込んだ。リビングの大きな窓から、午後半ばの光がいっぱいに差し込み、まんべんなく部屋を照らしている。

わたしは見慣れた家具に取り囲まれて、抜き去られた心の陣地を西日でじりじりと炙った。手にした四つのプレゼントが何と交換されるのかは、わからない。でもわたしは、この包みと引き換えに、あの四人からもう絶対に奪われない何かを必ずもぎ取ってこなければならない。

靴を履いて玄関の扉を開ける前に、わたしはいま一度振り返った。

リビングから漏れる西日が廊下に落ち、壁を照らした。そこにかけてあったはずの家族四人の絵は、いつかまりがクレヨンで描いてくれた、オレンジ色のわたし一人の絵にかけ替えられていた。

息を深く吸うと廊下の両壁が狭まり、勢いよく吐くともとに戻ってすべてのドアが細かく震えた。

「行ってきます」とわたしは言った。

本書は『ＷＥＢきらら』（２０２０年11月号〜２０２３年１月号）に連載された
同タイトルの作品に加筆改稿を加えたものです。

青山七恵　あおやま・ななえ

1983年埼玉県生まれ。「窓の灯」で文藝賞、『ひとり日和』で芥川龍之介賞、『かけら』で川端康成文学賞受賞。著書に『ハッチとマーロウ』『私の家』『みがわり』など。最新刊に『はぐれんぼう』がある。

前の家族

二〇二三年七月十七日　初版第一刷発行

著　者　青山七恵
発行者　下山明子
発行所　株式会社小学館
〒一〇一-八〇〇一　東京都千代田区一ツ橋二-三-一
編集　〇三-三二三〇-五四四六
販売　〇三-五二八一-三五五五
DTP　株式会社昭和ブライト
印刷所　萩原印刷株式会社
製本所　株式会社若林製本工場

 ISBN 978-4-09-386693-4
JASRAC 出2304056-301